제3제국 ❶

제3제국 ❶

초판1쇄 인쇄 | 2017년 6월 10일
초판1쇄 발행 | 2017년 6월 15일

지은이 | 이원호
펴낸이 | 박경미
펴낸곳 | 도서출판 황금물고기

등록일자 2003년 12월 5일
등록번호 제2013-000213호
주소 서울시 마포구 모래내로 83(성산동 한올빌딩 6층)
전화 02-326-3336
팩스 02-325-3339
이메일 okpk@hanmail.net

ISBN 978-89-94154-66-4 978-89-94154-65-7(set) 04810

제3제국 1

뜨거운 동토

이원호 지음

황금물고기

저자의 말

제3제국은 현재 문화일보에 연재 중인 서유기(徐遊記) 3부입니다.

각각 독립된 스토리로 3부만 따로 읽는다 해도 이해에 무리가 없습니다. 3부에서는 열강의 침탈 대상인 약소국의 비애, 지역 갈등, 남북 대치에서 벗어나 거침없이 세계로 뻗어 나가는 대한민국의 힘찬 기상을 그렸습니다.

승승장구하는 제3제국, 대한연방과 함께 세계 속으로 질주하는 통쾌한 소설입니다.

이야기의 개요는 다음과 같습니다.

1) 신의주특구를 남북이 공동 개발하여 북한의 국력과 대한연방의 기초를 다지고

2) 곧 남북한 총선의 유예기간을 거쳐 연방제의 연방 대통령을 선출 후 남북한 총리 체제를 갖춥니다.

3) 시베리아의 광대한 동토를 러시아 푸틴 대통령과 협의하여 공동 개발하기로 한 후에 임차합니다.

4) 한랜드(Han Land)로 개칭한 또 하나의 대한민국이 시베리아에 탄생

한 것입니다.

5) 한랜드와 대한민국 연방을 잇는 거대한 경제 고리, 곧 러시아의 극동지역 경제는 급상승하고 중국의 동북 3성이 한랜드에 동화, 흡수됩니다.

6) 이제 대한민국은 고래 등에 끼인 새우가 아니라 해양 세력 미국과 대륙 세력 중국의 무게 중심으로 거대한 힘을 가진 아시아의 강국이 됩니다.

7) 일본으로부터 대마도를 무력 환수하고 중국으로부터는 동북 3성 주민을 한랜드로 흡수시키는 쾌거를 이룹니다.

8) 그리고 SNS '역사 전쟁'이 시작됩니다. 중국 대륙에 신라, 고구려, 백제가 존재하고 있었다는 것입니다.

일본이 한국과 합류해서 '임나일본부'가 중국 대륙 산동 반도에 있었다는 설(說)을 내놓습니다. 이것이 국력이 강하면 역사가 따라간다는 증거입니다.

대한민국 만세! 한민족 만세!

2017. 6. 5.

이원호

차례

1장 내란

백진철은 얼음 속에 묻혔다. 깊은 얼음 구덩이 속, 백진철의 시신은 앞으로 100만 년이 지나도 그대로 보존될 것이다. 북쪽의 매장지에서 돌아오는 차 안이다. 뒷좌석에 나란히 앉은 조창복이 김광도에게 말했다.

"제가 전에 관리하던 마약 소매상들이 요즘 바쁜 것 같습니다."

조창복은 얼굴 피부가 거칠고 입술도 두텁다. 눈두덩도 두툼하여 눈이 덮인 것 같다. 앞쪽을 응시한 채 조창복이 말을 이었다.

"그중 하나를 만났더니 마약을 펭귄촌에서 받았다는 겁니다."

"……."

"점조직이라 윗선밖에는 모르는데 또 한 놈은 러시아촌에서 받았다는군요."

"……."

"내무부가 수사하고 있지만 찾기 힘들 것 같습니다."

"백진철은 누가 죽인 것 같습니까?"

불쑥 김광도가 묻자 조창복이 그제야 이쪽으로 머리를 돌렸다.

"연쇄 효과를 노린 것 같습니다."

"연쇄 효과라니요?"

"한강회의 무력화, 한강기업의 붕괴, 그리고 이어서 한랜드의 혼란……."

"……."

"지금 대량으로 마약을 들여온 조직이 그 주역일 것 같습니다."

"짐작 가는 조직이 있습니까?"

"현재 계속 적자를 보고 있는 조직이 한국과 일본이죠. 현 상태에서 혼란이 일어나면 손해 볼 기업이 우리하고 중국, 러시아 조직입니다."

"……."

"이건 간단하게 생각해야 됩니다. 복잡하게 중간에 엉킨 건 무시하고 맨 앞을 보면 간단해집니다."

"그럼 한국 조직이?"

김광도의 표정이 굳어졌다.

"강남 신한국파가 말이오? 아니면 대전 유성파가?"

"일본 야쿠자, 미국 마피아도 있지요. 그들도 진출해 있으니까요."

어깨를 늘어뜨린 김광도가 긴 숨을 뱉었다.

"그렇다면 그놈들이 죽였단 말인가?"

김광도가 실크로드로 들어섰을 때는 오후 2시 반 무렵이다. 이 시간대가 김광도류의 '밤의 세상' 인간들에게는 하루 중 가장 한가했지만 김광도의 눈은 붉게 충혈됐다. 숙소로 들어서니 장현주가 다가와 방한복을 벗겼다.

"전에 마약을 공급해 주던 소매상, 지금 찾아볼 수 있어요?"

김광도가 묻자 뒤에 서 있던 장현주가 주춤 움직임을 멈췄다. 어깨를 늘어뜨린 김광도는 몸을 돌렸다. 장현주가 굳은 표정으로 김광도를 보았다.

"왜요?"

"조 대좌는 이번 사건이 마약과 관계가 있다고 해서."

"북한산 마약은 지난번에 생산, 공급이 중단됐어요."

장현주의 시선이 김광도의 가슴으로 내려갔다. 그때 김광도가 장현주의 어깨를 두 손으로 감싸 쥐었다.

"다른 곳에서 소매상들을 이용하는 것 같아서."

"합숙소 근처에 남아 있을 거예요."

"백진철 암살은 사건의 시작이라는 것이고 나도 그런 생각이 들어요."

"찾아볼게요."

장현주가 두 손을 뻗어 김광도의 허리를 감싸 안았다.

"도와드려야죠."

"백진철은 당신한테 나를 소개시켜 준 사람이기도 하니까."

"안됐어요. 결혼해서 아이를 갖고 싶다고 했는데."

백진철이 그런 이야기까지 한 모양이다.

"우즈베키스탄에서 왔습니다."

또렷한 한국어로 여자가 말했으므로 서동수의 얼굴에 웃음이 떠올랐다.

"한국말 잘 하는군."

"감사합니다."

"난 커피에다 보드카 한 잔을 섞어주지."

"예, 장관님."

여자가 주문서에 적으면서 말했다. 풍만한 체격의 미녀다. 살이 쪘다기보다 볼륨이 크다. 젖가슴과 엉덩이가 컸고 허리는 잘록하다. 테이블에 앉은 유병선과 안종관의 주문을 받아 적은 여자가 몸을 돌렸다. 여자의 뒷모습을 보던 서동수가 머리를 들더니 시치미를 뗀 얼굴로 외면하고 있는 둘에게 말했다.

"고려인 같은데 체격이 크군."

"러시아에 이주한 지 150년이 지났으니까요. 러시아계 피가 조금 섞였을지도 모릅니다."

안종관이 서동수의 가슴께에 시선을 준 채 대답했다.

"중앙아시아로 이주한 고려인들은 고생이 많았지요."

유병선이 거들었다. 1937년, 스탈린은 연해주의 고려인을 중앙아시아로 강제 이주시켰다. 2차 세계대전이 일어나기 전(前) 일이다. 고려인들이 일본군과 내통할지 모른다는 의심을 받고 무수한 인명이 살상되기도 했다. 서동수가 잠자코 카페 안을 둘러보았다. 밤 10시 반이다. 이곳은 고속도로 옆 휴게소, 지방에 다녀오던 서동수 일행이 휴게소 안 카페에 들러 잠깐 쉬는 중이다. 카페 안에는 손님으로 그들 일행 10여 명이 들어와 있어서 활기를 띤 분위기다. 30평쯤 규모에 종업원들은 모두 고려인 같다.

"가족이 경영하는 것 같군"

서동수가 카페를 둘러보며 말했다.

"조금 전 여자 남편이 카운터에 있는 것 같고 주방에는 시부모가, 저쪽 종업원 아가씨는 시누이 같네."

"어떻게 아십니까?"

유병선이 묻자 서동수가 쓴웃음을 지으며 말했다.

"내가 여자는 좀 알지. 조금 전 여자는 제법 미인이 아닌가? 다른 종업원 아가씨는 카운터 남자 닮았어."

"과연."

안종관이 머리를 끄덕였으므로 유병선이 숨을 들이켰다. 그때 서동수가 안종관에게 물었다.

"과연이라니? 과연 내가 여자에 대해서는 박사라는 뜻인가?"

"아, 아닙니다."

당황한 안종관이 손까지 저었는데 얼굴이 금방 붉어졌다. 유병선은 머리를 돌렸으므로 얼굴이 보이지 않았다. 그때 여자가 마실 것을 들고 다가왔다. 각자의 앞에 잔을 내려놓으려고 허리를 굽히자 여자의 풍만한 젖가슴 윗부분이 드러났다. 그것을 본 서동수가 입안에 고인 침을 삼켰고 둘은 또 외면했다.

"저기, 카운터의 남자가 남편인가?"

찻잔을 든 서동수가 묻자 여자가 허리를 폈다. 동그란 얼굴에 웃음이 떠올라 있다.

"아닙니다, 장관님. 제 동생입니다."

"으음, 그럼 저 아가씨도 동생이구먼."

"제 동생의 아내지요."

"그렇군."

어깨를 부풀린 서동수가 힐끗 둘을 보았다. 둘은 제각기 외면하고 있어서 얼굴이 보이지 않는다.

"그럼 아가씨 남편은 주방에 있나?"

"주방에는 제 부모님이 계시지요. 제 남편은 없습니다. 이혼했거든요."

"그렇군."

심호흡을 한 서동수가 보드카가 들어간 커피를 한 모금 삼켰다. 여자가 서동수 옆을 지나갔을 때 진한 향내가 맡아졌다. 향수 냄새가 아니다. 신 우유 냄새 같은 체취다.

1989년, 소비에트 연방이 해체되면서 독립한 중앙아시아 국가들은 민족 정체성을 확립한다는 명분을 내세웠다. 따라서 이민족을 차별하고 배척했기 때문에 각국에서 고향을 향한 이주가 시작되었다. 그러나 연해주에서 강제 이주당한 고려인, 카레이스키의 고향은 어디인가? 그것이 중앙아시아에 남아 있던 이민족, 고려인의 현실인 것이다. 러시아의 고려인 숫자는 대략 55만 명, 국가별로 구분하면 우즈베키스탄 19만, 카자흐스탄 10만, 키르기스스탄 2만, 남부 시베리아 3만, 사할린 4만, 연해주 4만, 모스크바 4만, 남부 우크라이나 2만, 기타 7만 명이었는데 이제 그들의 고향은 한랜드로 정해졌다.

서동수가 다시 옆을 지나는 여자를 불러 세우고 물었다.

"장사는 잘되나?"

"곧 한시티로 들어가 식당을 하려고 합니다."

씩씩하게 대답한 여자가 서동수를 향해 이를 드러내고 웃었다.

"장관님이 자주 들러 주세요."

"그러려면 이름하고 전화번호를 알려 줘야지."

정색한 서동수가 손을 내밀었다.

"종이에다 적어줘."

"그러지요."

여자의 얼굴이 조금 붉어진 것을 보자 서동수의 심장 박동이 빨라졌다. 몸을 돌린 여자의 뒷모습에 시선을 준 서동수가 혼잣말을 했다.

"이곳에서 자리를 잡아야 할 텐데."

"미주에서의 이민도 급증하고 있습니다."

유병선이 위로하듯 말했다.

"한랜드는 아직 희망의 땅입니다, 장관님. 한민족의 미래입니다."

"그건 내가 만드는 게 아냐."

그때 여자가 다가오더니 서동수에게 쪽지를 내밀었다. 또박또박 잘 쓴 글씨다. 이옥영, 그리고 전화번호가 적혀 있다. 쪽지를 받은 서동수가 이옥영에게 물었다.

"한랜드에는 언제 온 거야?"

"반년 되었습니다, 장관님."

"이 카페는 언제 차렸고?"

"넉 달 되었습니다."

"돈은 모았어?"

"반년만 더 모으면 식당을 차릴 수 있습니다, 장관님."

"돈 모아서 뭐 할 거야?"

"더 큰 식당을 차리고 식구들도 부자가 되어야지요."

이옥영이 다시 이를 드러내고 웃었으므로 서동수가 숨을 들이켰다. 이렇게 사는 것이다. 더 큰 것, 더 많이, 더 행복하게. 서동수가 주머니에서 명함을 꺼내 내밀었다.

"어려운 일 있으면 전화해."

"감사합니다, 장관님."

명함을 받은 이옥영의 얼굴이 더 붉어졌고 불빛을 받아 반들거렸다. 잘 익은 사과 같다. 카페를 나온 서동수가 다시 차를 타고 한시티로 이동한다. 한동안 어둠에 덮인 창밖의 동토를 응시하던 서동수가 입을 열었다.

"비 온 뒤에 땅이 굳어진다는 말이 있어. 지금이 그 시기인 것 같아."

한랜드의 급격하게 증가한 이민자는 한국에서 옮아온 제조업체가 대부분 소화했다. 한국에서 한랜드로 넘어오는 제조업체 숫자는 폭발적으로 늘어났다. 고임금과 생산성 저하, 노사분규로 인해 경쟁력을 잃어가던 한국 기업들에 한랜드야말로 희망의 땅이었던 것이다. 한랜드는 신의주특구와도 다른 환경이다. 북한의 영향을 전혀 받지 않고 충분한 노동력, 싼 임금, 그리고 철저한 기업보호 정책을 펴온 한랜드가 기업가들에게는 천국과 같았기 때문이다. 그러나 양지가 있으면 음지가 있다. 그것은 엄청나게 끌어들인 검은 자본이다.

식당을 나온 정용남이 숨을 들이켜면서 걸음을 멈췄지만 늦었다. 좌우에서 사내들이 다가와 양쪽 팔을 끼었고 뒤에서도 누가 밀었다.

"가자."

팔을 낀 사내 하나가 말했다.

"반항하면 다친다."

정용남은 놈들이 누구냐고도 묻지 않았다. 길가에 주차되었던 승합

차가 그들에게로 다가오더니 안에서 문이 열렸고 정용남은 사내들과 함께 밀려들어 갔다. 오후 7시 반쯤 되었다. 추위가 몰려와서 지나던 서너 명이 그들을 보았지만 서둘러 갈 길을 간다. 그날 밤 11시에 서동수는 내무부장 안종관의 보고를 받았다.

"장관님, 마약 소매상 정용남한테서 중간 공급책을 알아냈습니다."

서동수는 듣기만 했고 안종관의 말이 이어졌다.

"중간책 역할을 하던 놈이 고속도로를 타고 도주하는 것을 잡았습니다."

"……."

"방금 확인이 되었는데 조총련계 재일동포였습니다. 이름은 가네야마."

"……."

"야마구치 조직 소속 하급간부더군요."

서동수는 소리 죽여 숨을 뱉었다. 오후에 잡힌 사내는 김광도의 부인 장현주가 전에 거래했던 소매상이었던 것이다. 장현주가 도와주었기 때문에 잡을 수 있었다. 그때 안종관이 말을 이었다.

"이자는 입을 꾹 다물고 있는데 분위기가 좋지 않습니다. 야쿠자가 마약 장사를 한다는 것은 확인이 되었지만 그 배후, 그리고 그 목적을 빨리 알아내야 될 것 같습니다."

일본도 한랜드에 상당한 투자를 하는 중이었지만 한국과 중국, 러시아 다음 순서다. 오히려 미국이 일본을 추월하려는 분위기였다. 그 시간에 한랜드의 중심 거리인 이승만로를 달리는 차 안에서 마사무네가 사토에게 말했다.

"가네야마는 도매상이 누군지도 몰라. 고문을 해도 대지 못할 거야."

마사무네의 넓은 얼굴에 웃음이 떠올랐다.

"지금쯤 서동수가 침대에서 뛰다가 보고를 받고 있겠군."

"일본 지역에 대한 검문검색이 강화되지 않을까요?"

사토가 묻자 마사무네는 등받이에 몸을 눕혔다. 도요타 자동차는 빙판길을 조심스럽게 달려가고 있다.

"밀입국자 합숙소에 대한 검색도 강화되겠지. 예상하고 있는 일이야."

마사무네가 말을 이었다.

"북한인이 대부분인 밀입국자들은 검문검색에 불만을 품을 것이고 말이야."

사토는 잠자코 시선만 주었다. 그에게 마사무네는 수수께끼 같은 인물이었다. 대학에서 한국어과 조교로 근무하다가 갑자기 마사무네의 통역으로 추천되어 한랜드에 오게 된 사토인 것이다. 그런데 마사무네는 기업인도 아니고 정치인도 아니었다. 거간꾼, 즉 거래를 만드는 인간 같았다. 이제는 비서 역할까지 하는 터라 사토는 마사무네가 만나는 인간들을 다 안다. 기업인, 야쿠자, 한랜드에 주재하는 외교관, 한국인 조폭까지 만났는데 한국인들은 사토가 대신 만난 적도 있다. 방금 가네야마라는 마약 중간상이 한랜드 경찰에 체포되었다는 연락을 받은 것이다. 사토가 헛기침을 하고 나서 물었다.

"사장님, 마약을 일본에서 들여왔다는 것입니까?"

사토는 마사무네를 사장이라고 부른다. 그때 마사무네가 정색하고 말했다.

"글쎄, 난 모르겠어. 연락만 받았으니까."

"이런 병신 같은 놈."

선더가 입술도 움직이지 않고 욕을 했다.

표정도 그대로여서 앞에 선 장린이 주위를 둘러볼 정도였다. 오전 10시 반, 펭귄촌 안의 저택 별채에서 선더가 어젯밤 상황을 보고받는 중이다. 선더가 지그시 장린을 보았다.

"그럼 석찬이 히로뽕 50그램을 갖고 튀었단 말이야?"

"예, 형님. 난 튀고 나서 갔다니까요?"

장린이 어깨를 부풀리며 선더를 보았다.

체중이 120kg인 장린은 이종격투기 무제한급 선수 출신이다. 서열이 선더보다 낮지만 한랜드 책임자 우장의 경호원이라 호락호락하지 않다.

"큰일 났군."

다시 목구멍에서 말한 선더가 어깨를 늘어뜨리며 장린에게 말했다.

"내가 보고하지."

"그래 주시면 고맙지요."

장린이 살찐 얼굴을 펴고 웃었다. 어젯밤 장린은 중급 간부 석찬이 마약 거래를 한다는 밀고를 받고 근무처에 갔다가 놓쳐버리고 만 것이다. 석찬과 함께 다녔던 부하를 잡아서 내막을 알기는 했다. 석찬은 공금을 15만 달러나 횡령했으니 여러 번 거래했을 것이었다. 안채로 들어간 선더가 부회장 왕춘과 우장에게 보고했다.

"잡아서 죽여라."

말이 끝나자마자 우장이 말했다. 두 번 다시 듣고 싶지도 않다는 표정이다. 그때 상석에 앉아있던 왕춘이 눈썹을 모으고 선더를 보았다.

"그 히로뽕을 한국 놈한테서 샀다고 했느냐?"

"예, 부회장님."

긴장한 선더가 입술을 움직였다. 석찬의 부하가 같이 갔던 것이다. 왕춘이 다시 물었다.

"북한 놈이 아니라 한국 놈이란 말이지?"

"그렇다고 합니다."

"한국 놈이 어디 있는 놈인지 안다더냐?"

"도망친 석찬이는 안다고 합니다."

"그 부하 놈은 잡아두도록."

왕춘이 직접 명령했다.

"그, 석찬이란 놈도 찾아라. 죽이지 말고 데려와."

누구 명이라고 토를 달겠는가. 선더가 머리를 숙여 보이고는 물러나왔다. 방에 둘이 남았을 때 왕춘이 우장을 보았다.

"일본 놈들이 대량으로 들여왔다는 소문이 맞는 것 같다."

"그런 것 같습니다."

우장이 건성으로 대답했을 때 왕춘의 이맛살이 찌푸려졌다. 그것을 본 우장이 조심스럽게 묻는다.

"대형, 왜 그러십니까?"

"좀 이상한 것 같지 않냐?"

"뭐가 말씀입니까?"

"너, 도둑놈이 소리치고 다니는 것 본 적이 있냐?"

"그거야……."

자주 말도 안 되는 비유를 하는 통에 웃을 수도 찌푸릴 수도 없는 처지가 되는 터라 우장은 시선만 주었다. 그때 왕춘이 말을 이었다.

"이건, 그 꼴이야. 일본 놈들이 마약을 몽땅 가져왔다는 소문도 그래.

난 이렇게 소문이 자자하게 나면서 마약이 들어온 꼴은 처음 보았다."

"……."

"마치 광고를 하는 것 같구먼그래. 특히 일본 놈들이 말이다. 그놈들은 난징대학살 같은 사건도 입 싹 씻고 거짓말하는 놈들 아니냐?"

"……."

"그런데 이건 웬일이야? 마약 들어왔다는 소문이 다 퍼졌어. 아마 오바마도 알 것 같다."

우장이 벌린 입으로 숨만 들이켰다.

"한랜드 정부에서 한국인들을 잡아넣기 시작하는 것으로 분위기가 조성될 것입니다."

제임스 모건이 회색 눈동자로 마틴을 보았다. 회색 테두리 안에 검은 점이 박혀 있다. 제임스가 말을 이었다.

"일본인들의 마약 뿌리는 수단은 교묘합니다. 전혀 윗선은 드러나지 않습니다. 싼 가격으로 많이 뿌린 터라 중간상이 수백 명, 소매상은 수천 명이 되었지요."

"소문은 한국에까지 다 났던데."

마틴의 혼잣소리를 들은 제임스가 머리를 끄덕였다.

"그렇습니다. 마약은 이제 중간상 손에 다 들어갔고 일본인들은 손을 털었습니다. 다 뿌려지면 대혼란이 일어날 것입니다."

"누구 작전인가?"

"마사무네, 아시지요?"

"그렇군."

쓴웃음을 지은 마틴이 소파에 등을 붙였다. 오후 1시 반, 서울호텔의 방안이다. 마틴은 한국 주재 CIA 감사관으로 한랜드 책임자 제임스를 만나려고 온 것이다. 입맛을 다신 마틴이 커피 잔을 들고 식은 커피를 한 모금 삼켰다.

"가미카제(神風) 작전이라고 했지?"

마틴이 묻자 제임스가 눈을 가늘게 뜨고 웃었다.

"예, 일본 놈들은 가미카제를 좋아하는 것 같습니다."

"도대체 얼마를 준 거야?"

"45kg 정도."

"한랜드가 미쳐 돌아가겠군."

커피 잔을 내려놓은 마틴이 소리 죽여 숨을 뱉었다. 그렇다. 가미카제란 이름으로 자살 특공대를 조직했던 2차 세계대전 말의 작전과 모양새는 비슷하다. 비행기 앞에 폭탄 대신 마약을 넣고 덤벼든 것이다. 그러나 내용은 교묘했다. 마약은 미국산이고 조종사 대부분이 한국인, 북한인, 중국인, 러시아인 순이다. 오직 비행기만 일본산이다. 마틴은 이 작전을 알고 있는 몇 명 중의 한 명이다. 정색한 마틴이 한랜드에서 가미카제 작전을 참관하고 있는 제임스를 보았다. 제임스는 상부의 지시대로 움직이고 있겠지만 즐기는 눈치다.

"제임스, 우리야 시킨 대로 하면 되겠지만 좀 물어보자."

"뭡니까?"

"도대체 이 작전의 목적은 뭐야?"

"미·일 동맹국의 한랜드 파괴 작전이죠."

"한국은 동맹국이 아닌가?"

"한랜드는 아닙니다."

가볍게 일축한 제임스가 정색하자 잿빛 눈동자 속의 검은 점이 커졌다.

“한랜드의 기반이 굳어지고 남북한연방과 연결되면 가장 먼저 제압 당할 국가는 일본입니다. 일본 정부는 위기의식을 느끼고 있지요. 지금 이 작전의 배후에는 일본 정부가 있습니다.”

“그건 나도 알아. 그런데 우리는 왜?”

“우리도 생각이 같기 때문이겠죠.”

공공연한 작전이다. 미국의 마약국 창고에 있던 마약을 가져와 일본이 가미카제 작전이란 이름으로 투하한다. 이제 중간상 역할을 했던 한국 조폭과 북한인들이 대거 소탕되고 주모자를 찾으려고 한랜드 정부와 일본 사이는 악화될 것이다. 양국 정부는 경쟁하듯이 극약처방을 내놓고 대립한다. 마틴의 얼굴에 다시 쓴웃음이 번졌다. 국가 간의 비밀은 거의 존재하지 않는다. 뻔히 알면서도 당하고 속고, 속아 넘어가는 시늉을 하는 것이 아닌가?

“더럽군.”

마틴이 혼잣소리처럼 말했지만 제임스가 들으라고 한 소리다. 그런데 제임스는 놀라지 않고 슬쩍 웃기만 했다. 그럴 줄 알았다는 시늉 같다.

“소매상들이 무더기로 잡힙니다.”

보고하는 유병선의 표정이 어둡다. 서류를 편 유병선이 말을 이었다.

“이틀간 소매상 37명, 마약 구입자 275명을 체포했습니다.”

오후 3시 반, 한랜드의 장관 집무실 안이다. 서동수는 잠자코 시선만 주었고 유병선의 목소리가 방을 울렸다.

"밀입국자 합숙소와 북한인 거주촌인 '북촌'을 경찰 병력이 집중 단속하고 있습니다."

소매상과 구입자 대부분이 북한계이기 때문이다. 노동자가 대부분인 북한계는 싼 가격으로 퍼진 마약에 무방비 상태로 빠져들었다.

"펭귄촌, 러시아인 거주지는?"

서동수가 묻자 유병선이 서류를 넘기고 나서 대답했다.

"중국계, 러시아계 순으로 마약이 퍼졌는데 전체의 40퍼센트 정도입니다."

"일본 야쿠자가 뿌린 건 확실한가?"

"체포된 곽병택, 일본명 가네야마 한 명뿐인데 이자는 중간상이고 윗선은 모르는 것 같습니다."

서동수는 길게 숨을 뱉었다. 치안 책임자인 내무부장 안종관은 요즘 마약사범 소탕에 밤을 새우고 있다. 지금까지 소매상 100여 명과 구입자 500여 명을 체포했으니 한랜드 개국 이후로 이런 사건은 처음이다. 그러나 아직도 끝없이 이어진 고구마 줄기처럼 마약사범이 솟아나오고 있다. 머리를 든 서동수가 유병선을 보았다.

"여론은 어때? 민심은?"

"그것은……."

숨을 들이마신 유병선이 입을 다물었다. 한랜드에는 아직 여론조사기관이 없다. 한때 한국에서는 무슨 일이 있을 때마다 수많은 여론조사기관을 운영했고, 나중에는 여론조사기관이 여론을 선도하는 것처럼 보인 적이 있었다. 그런데 지금은 아니다. 소신과 자신감이 있는 지도자는 여론에 좌우되지 않는다는 것을 국민이 알게 된 것이다. 서동수가 갑자기 여론 동향을 물어보는 바람에 조금 당황했던 유병선이 곧 헛기침을 했다.

"안 부장도 걱정하고 있었습니다. 특히 북한계와 중국계 주민의 불만이 크다고 하더군요."

"……."

"차별을 당한다고 생각하는 주민도 많다고 했습니다. 검문검색을 철저히 하는 바람에 일부는 반항한다고 들었습니다."

그러고 보면 일본계 주민은 많지도 않지만 대부분이 고급 주택가에서 거주하기 때문에 검문검색이 드물다. 일본 야쿠자가 마약을 들여왔다는 소문이 퍼져 있어도 그렇다. 내무부에서 철저하게 캐보았지만 아직 결정적인 증거를 잡지 못했기 때문이다. 그때 책상 위의 흰색 전화기가 울렸으므로 서동수는 시선만 주었다. 직통전화다. 서동수의 눈치를 살핀 유병선이 전화기를 집더니 응답했다.

"예, 비서실장 유병선입니다."

그러더니 유병선이 어깨를 부풀리는 것을 보면 숨을 들이마신 것 같다. 놀라는 시늉이어서 서동수가 긴장했을 때 유병선이 송화구를 손바닥으로 막더니 물었다.

"장관님, 고속도로 휴게소의 이옥영 씨라고 하는데요. 받으시겠습니까?"

유병선의 시선이 서동수의 가슴께로 내려와 있다. 자리에서 일어선 서동수가 전화기를 건네받았다.

"어, 그래. 전화해 주었구먼. 무슨 어려운 일 있어?"

서동수가 떠들썩한 목소리로 물었더니 이옥영이 대답했다.

"장관님, 말씀드릴 것이 있어서 전화 드렸는데요. 지금 바쁘세요?"

한랜드는 오후 6시 반이면 어둡다. 일찍 어둠이 덮이면서 추위가 몰려온다. 한시티 북쪽은 별장 지대라고 불리는 고급주택가로 안쪽에 장관의 별장이 있다. 숲 하나만 지나면 숲에 둘러싸여 중세 궁전 같은 푸틴의 별장이 드러나는데 이번에 서동수가 지어준 것이다. 별장 안, 응접실에 앉아있는 이옥영의 볼은 붉게 상기되어 있다. 페치카의 장작불 열기 때문만은 아닌 것 같다. 이옥영은 휴게소에서 방금 이곳에 도착했다. 내무부 직원들이 은밀하게 빨리 모셔온 것이다. 응접실에는 이옥영 혼자다. 안내해온 직원은 마실 것까지 내려놓더니 나가서 돌아오지 않았다. 기다린 지 5분쯤 되었을 때 응접실로 장관 서동수가 들어섰다. 웃음 띤 얼굴이다. 뒤에 지난번 휴게소에서 보았던 내무부장 안종관, 비서실장 유병선도 따라 들어선다. 자리에서 일어선 이옥영이 허리를 꺾어 절을 했다.

"안녕하셨어요?"

"어, 그래. 잘 왔어."

서동수가 다가오더니 손을 내밀어 악수를 청했다. 뒤에 선 둘도 부드러운 표정이다. 이윽고 넷이 자리에 앉았을 때 서동수가 이옥영을 보았다.

"어쨌든 한랜드를 생각해주는 이옥영 씨한테 감동했어. 고마워."

"아닙니다, 장관님."

볼이 붉은 사과처럼 달아오른 이옥영이 재킷 끝을 손가락으로 비틀었다. 서동수가 머리만 끄덕이자 이옥영이 작게 기침을 했다.

"제 카페에는 밤 9시만 되면 손님이 거의 없습니다. 하지만 고속도로 휴게소여서 24시간 영업을 하죠."

그렇게 이옥영이 입을 열었다. 이옥영은 서동수에게 이번에 일어난 대사건에 대해 제보할 것이 있다고 연락을 해온 것이다. 이옥영은 휴게소 카페에서 사내들이 모여 이야기하는 것을 우연히 들었다는 것이다.

"장관님이 들르신 이틀쯤 후인데 밤늦게 손님들이 왔습니다. 모두 한국인이었지요. 그런데 한국인도 있었고 북한인도 있더군요. 저한테 카레이스키라면서 조선족까지 다 모였다고 했으니까요."

이옥영이 준비한 듯 제법 조리 있게 말을 이었다.

"하지만 제 앞에서는 이야기를 꺼렸습니다. 저도 들을 생각이 없어서 지나치다가 문득 '내란'이라는 말을 듣고 정신이 들었지요. 우즈베크에서 자주 들었던 말이니까요."

이옥영이 반짝이는 눈으로 서동수를 보았다. 숨을 쉴 때마다 풍만한 가슴이 움직이고 있다.

"우리 가족이 어떻게 이곳까지 왔는데요? 이곳이 마지막 희망인데 내란이라니요? 말이나 됩니까?"

이옥영의 얼굴이 더 상기되었고 목소리가 떨렸다. 어깨를 부풀렸던 이옥영이 손가방에서 휴대전화를 꺼내 탁자 위에 놓았다.

"제가 주방에 숨어서 그 사람들 사진을 여러 장 찍었습니다. 한국제 휴대전화여서 확대해도 선명하게 나오더군요."

안종관이 불쑥 손을 뻗었다가 멈추고는 서동수를 보았다.

"장관님, 제가……."

서동수가 머리를 끄덕이고 나서 이옥영에게 말했다.

"고마워, 이옥영 씨. 희망은 꺾이지 않을 거야. 내가 자신 있게 말할 수 있어."

그때 안종관이 자리에서 일어났는데 손에 이옥영의 휴대전화를 쥐고 있다. 그것을 본 이옥영이 말했다.

"자물쇠는 희망의 H자로 푸세요."

"아니, 누구시오?"

놀란 사토가 소리쳤지만 뒷말을 잇지 못했다. 좌우에서 다가온 사내 둘이 팔짱을 낀 순간 올 것이 왔다는 생각이 들었기 때문이다. 일식당 도쿄에서 점심을 먹고 나오다가 사내들에게 잡힌 것이다. 오늘은 마사무네가 쉰다고 해서 혼자 점심을 먹고 나오다가 이렇게 되었다. 식당 앞에 주차된 승합차에 태워진 것은 잠시 후, 차 안에는 사내 셋이 더 있었으므로 그들이 타자 꽉 찬 느낌이 들었다.

"무슨 일입니까? 그리고 누구십니까?"

어깨를 편 사토가 다시 일본어로 물었지만 대답하는 사내는 없다. 모두 시선만 주고 있을 뿐이다. 그래서 사토가 이제는 한국어로 말했다.

"난 일본인입니다. 무슨 오해가 있으신 것 같은데요."

차창 밖으로 한낮의 시베리아 햇살이 비치고 있다. 오후 1시 반, 승합차는 이승만로를 기운차게 달려가는 중이다. 다시 입을 열려던 사토는 앞쪽 사내가 방한복을 열고 가슴에서 담배를 꺼내는 것을 보고 나서 어깨를 늘어뜨렸다. 안에 경찰 제복을 입고 있었던 것이다. 담배를 꺼내 문 사내가 불을 붙이더니 담배 연기를 사토의 가슴에 대고 길게 뿜었다. 연기가 가슴에 부딪히더니 사토의 얼굴을 덮었다.

"마사무네는 체포했지?"

사내가 불쑥 묻자 사토 옆에 앉은 사내가 대답했다.

"예, 조금 전에 체포해서 압송 중입니다."

한국어였지만 사토는 다 듣는다. 담배를 피우는 사내가 상급자 같다.

다시 연기를 내뿜은 사내가 혼잣말처럼 말했다.

"이놈들은 내란 음모죄로 30년은 감옥에 있어야 해. 이야기 들을 것도 없어."

사토는 숨을 들이켰다. 내란 음모라니? 나는 심부름을 했을 뿐이다. 마사무네가 시킨 대로만 했지 전체 윤곽은 모른다.

"이놈이 만난 놈들도 다 체포됐으니까 이제 사건 윤곽은 드러나겠군."

"잠깐만요."

사토가 필사적인 표정으로 사내를 보았다. 눈앞에 다섯 살짜리 딸 히메의 얼굴이 떠올랐다. 30년이라니? 내가 왜? 그날 오후 6시 반이 되었을 때 안종관은 경찰청장 김상영의 보고를 받는다.

"사토가 다 털어놓았습니다. 대체적인 윤곽은 모르고 있는 것 같지만 마사무네가 만난 사람과 대화 내용, 자신이 심부름한 내용까지 자백했습니다."

한국 경찰청장 출신인 김상영의 얼굴에 웃음이 떠올랐다.

"퍼즐 조각이 거의 모인 셈이니까 맞추기만 하면 될 것 같습니다."

"마사무네는?"

"지금 숙소에 있는데 사토가 체포된 것을 알겠지요."

마사무네가 체포되었다고 사토에게 말한 것은 위축시키기 위해서다. 우즈베키스탄 출신의 고려인 이옥영이 가져온 정보는 헝클어진 실처럼 얽혀있던 사건을 해결해줄 계기가 되었다. 휴대폰에 찍힌 사진에는 사토와 한국계 조폭, 북한인, 야쿠자 간부인 재일 교포, 거기에다 중국 출신 조선족까지 섞여 있었던 것이다. 그들이 이옥영에게 조선인은 다 모였다고 농담을 할 만 했다. 안종관이 그늘진 얼굴로 앞에 앉은 김상영을 보았다.

"이놈들의 핵은 마사무네란 말이지요?"

"그렇습니다."

김상영이 정색했다. 사진에서도 중심인물이 사토였다. 사토는 마사무네의 전달자인 것이다.

"그리고 마사무네는 일본 정부의 대리인 역할을 한 것이지요. 그리고 그 배후에는 미국이 있습니다."

어깨를 편 김상영의 눈빛이 강해졌다.

"이제 마사무네를 잡으면 됩니다."

한 모금 차를 삼킨 리정산(李正山)이 앞에 앉은 도요타를 보았다. 오후 7시, 둘은 베이징 이화원 근처의 안가에서 만나고 있었는데 분위기가 무겁다. 도요타는 아베 총리의 외교담당 특별보좌역, 장관급이지만 철저히 외부 노출을 삼가고 있어서 언론에서는 '그림자 보좌역'이라고 부른다. 산둥성 당서기 리정산도 마찬가지. 중국 총리 저커장의 후계자로 불리는 인물이다.

"도요타 씨, 그럼 구체적인 내용을 말씀해 보시오."

리정산이 말하자 도요타는 헛기침을 했다. 둘 다 50대 중반의 나이에다 미국에서 대학을 나왔기 때문에 영어가 유창하다. 도요타도 영어로 말했다.

"우리도 한랜드에 투자를 한 입장이어서 정세에 민감할 수밖에 없지요. 그런데 곧 한랜드에서 문제가 터질 것 같습니다."

리정산은 머리만 끄덕였고 도요타가 말을 이었다.

"불씨는 한랜드 측에서 김 아무개라는 사내를 내세워 사조직을 강화시켜주고 유흥시장을 장악하려고 했던 것이었지요."

"……."

"김 아무개를 통해서 시장을 장악하려고 무리수를 둔 것이 화근이었던 것입니다."

"도요타 씨, 말을 에둘러 하는 일본인의 습성은 잘 압니다. 자 우리, 호흡은 맞춘 상태니까 본론으로 들어갑시다."

리정산이 정색하고 말했다. 열흘 동안 두 번이나 만나면서 양국 간 이해가 같다는 결론은 도달했던 것이다. 일본 측이 만나자는 제의를 했고 오늘 세 번째 만난다. 한랜드에서의 이해가 같다는 합의를 했으니 구체적인 계획을 일본이 내놓아야 할 차례다. 리정산은 슬슬 짜증이 났다. 이 게다짝이 우리 입에서 먼저 말이 나오기를 기다리는가? 그때 도요타가 말했다.

"이대로 가면 한랜드 유흥시장은 한랜드 정부의 하수인인 김 아무개와 러시아 마피아가 장악하게 됩니다."

리정산은 그만 좀 하라는 듯이 이맛살을 찌푸렸고 도요타의 말이 이어졌다.

"곧 폭동이 일어날 것입니다."

그때야 리정산이 긴 숨을 뱉었다. 그러나 놀라는 표정이 아니다.

"먼저 북한인들이 불평등, 자본가들의 착취에 반발하는 폭동을 일으킬 것이고 한국계 조직들도 합세할 것입니다. 우리 일본 세력도 뒤에서 응원하겠지요."

"……."

"여기에 중국 측 지원만 있으면 이번 혁명은 성공합니다."

혁명이란 말이 생소했는지 퍼뜩 시선을 들었던 리정산이 가라앉은 목소리로 물었다.

"목표는 어느 선에 두는 게 낫겠소?"

"러시아 국경부대가 진입할 상황까지면 됩니다."

"러시아 측에서 거부하면?"

"그건 내부 상황에 달린 것입니다."

도요타의 얼굴에 웃음이 떠올랐다.

"한랜드 자체에서 수습할 수 없을 정도가 되면 진입해야지요."

"그렇군."

리정산이 지그시 도요타를 보았다.

"구한말에 일본과 청국군이 한반도에서 각축을 벌이던 역사가 떠오르는군요."

도요타는 눈만 껌벅였고 이번에는 리정산의 얼굴에 웃음이 떠올랐다.

"그때, 청일전쟁에서 승리한 일본이 조선을 장악하자 조선 황제가 러시아 대사관으로 피신했지요?"

알고 있었지만 도요타는 대꾸하지 않았다. 1년 후에 러시아 대사관에서 돌아왔을 때 일본 공사 미우라는 암살대를 보내 조선 왕후 민비를 살해하고 친일 정권을 세웠다. 그 민족들이 존재하는 한 역사는 반복되는가?

"이번에는 미국과 일본이 한랜드를 분열시키려는 것 같습니다."

안종관이 말을 이었다.

"미·일 동맹은 한랜드에 이어 남북한연방이 통합되는 것을 받아들이지 못하겠다는 것이지요."

오후 8시 반, 장관 별장에서 서동수와 유병선, 안종관과 경찰청장 김상영까지 넷이 둘러앉아 있다. 저녁을 먹은 뒤 응접실로 옮겨 차를 마시는 중이다. 이옥영이 찍어 온 사진이 단서가 돼 줄줄이 배경이 드러났다. 배후에는 일본 야쿠자, 그리고 마사무네다. 마사무네는 재빠르게 목적을 감췄지만 일본 정부의 지휘를 받는다는 정황이 드러났다. 일본 정부가 미국과 내통하고 있다는 것은 증거만 아직 확보하지 못했을 뿐이다. 엽차를 한 모금 삼킨 안종관이 서동수를 보았다.

"현재 상황으로는 러시아만 확실한 우방입니다. 하지만……."

말을 그친 안종관이 시선을 김상영에게로 옮겼다. 대신 말을 이으라는 표시다.

"한랜드 내부가 혼란스러워지면 러시아 정부도 자국민을 보호해야 된다는 열강의 압력을 거부하지 못할 것입니다."

숨을 고른 김상영이 말을 이었다.

"러시아군이 한랜드에 거주하면 열강은 한랜드 정부를 인정하지 않을 것이고 정부 교체를 요구할 수 있습니다. 그러면……."

그 뒷말은 서동수가 이을 수 있다. 모든 것을 내놓고 한랜드에 투자한 서동수의 몰락이다. 서동수의 몰락뿐만이 아니다. 한랜드가 다자(多者) 관리에 들어갈 가능성이 많고 그러면 한민족의 한랜드는 사라진다. 남북연방의 위쪽으로, 유라시아로 뻗어 나갈 길이 막혀 버리는 것이다. 나중에는 남북연방마저 위태롭게 될지도 모른다. 그때 서동수가 말했다.

"강해져야 돼."

시선을 벽 쪽으로 향한 채 서동수가 혼잣말을 이었다.

"아무도 믿을 수가 없어. 우리가 강해져야 된다고."

"가쓰라-태프트 밀약이 떠오르는군요."

유병선이 정색하고 서동수를 보았다.

"110년 전에도 미·일이 밀약을 맺었지요?"

서동수는 숨만 들이켰다. 현 상황과 맞는 것은 아니지만 약소국에 대한 대국(大國)의 입장이 드러난 경우다. 1905년 7월 29일, 도쿄에서 미 육군 장관 윌리엄 하워드 태프트와 일본 총리 가쓰라 다로는 밀약을 했다. 그것은 미국의 필리핀에 대한 지배권과 일본의 대한제국에 대한 지배권을 상호 승인한 것이다. 이윽고 머리를 든 서동수가 안종관을 보았다.

"북촌의 동향이 불안한가?"

북촌이란 북한인 밀집 구역으로 가장 인구밀도가 높은 지역이다. 안종관의 표정이 굳어졌다.

"선동이 먹힙니다. 남한 자본이 북한 노동력을 착취해서 저희들만 배를 불리고 있다는 단순한 논리인데 선동 주도자들은 북한의 반(反)김동일 세력입니다."

마사무네가 그들과 제휴하고 있는 것이다. 서동수가 쓴웃음을 지었다.

"남북연방이 되었을 때를 대비해서 한랜드가 미리 예행연습을 하는 것 같군."

셋은 시선만 주었고 서동수가 다시 물었다.

"펭귄촌은?"

중국인 밀집구역이다. 서동수의 시선을 받은 안종관이 어깨를 늘어뜨렸다.

"일본 마약을 40퍼센트 정도나 소화했는데 중간상 체포율이 가장 낮은 건 그만큼 조직이 잘돼 있다는 증거입니다. 그래서 불안합니다."

자료와 증거로 보고해야 할 안종관이 이런 식으로 말하는 것은 드문 일이다. 다시 안종관이 말을 이었다.

"중국이 이번 상황의 중심입니다, 장관님."

"백 부회장을 살해한 놈을 알았습니다."

다가선 조창복이 말했으므로 김광도는 움직임을 멈췄다. 오후 10시 반, 이곳은 김광도의 새 사업장인 '유라시아 카지노' 사무실 안이다. 한시티 남쪽에 위치한 이곳은 시멘트와 통나무를 사용해서 만든 독특한 3층 건물로 건평은 2000평이나 된다.

"북촌에서 소문이 퍼졌다고 합니다. 반년 전에 입국한 전광수란 놈인데 기관에서 일했다는군요."

"기관이라니요?"

김광도가 묻자 조창복이 심호흡을 했다. 3층 사무실까지 뛰어 올라온 것 같다.

"예, 당 소속 정보기관 말입니다. 보위부 소속인지 무력부 소속인지는 알 수 없습니다만, 그렇게 소문이 났습니다."

"……."

"그놈이 누구 지령을 받았는지 잡아서 알아내야겠습니다. 그래서 요원들을 북촌에 풀었습니다."

김광도가 머리를 끄덕였다. 조창복이 한강회를 맡고 나서 조직 체계가 더욱 단단해졌다. 대좌 출신으로 부대를 지휘한 경륜이 있기 때문일 것이다. 한강회는 한랜드 정부의 비밀조직과 같다. 따라서 불법 행위는

꿈도 꾸지 못한다. 김광도가 앞에 앉은 조창복에게 물었다.

"마사무네는 찾지 못했지요?"

"예, 지금 마사무네도 찾는 중입니다. 회장님, 그놈이 북촌이나 펭귄촌에 숨어 있는 것 같습니다."

한강회는 경찰과 함께 마사무네를 찾고 있다.

"전광수라고 했지요?"

조창복에게 확인한 김광도가 핸드폰을 들더니 버튼을 눌렀다. 장현주에게 전화를 한 것이다. 10분쯤 뒤 사무실로 들어선 장현주에게 김광도가 물었다.

"전광수라고 알아요? 기관에서 일하던 놈이라는데."

"알아요."

금방 장현주가 대답했으므로 조창복이 상반신을 세웠다. 두툼한 눈두덩이 한껏 치켜 올라갔지만 입술은 꾹 다물었다. 다가선 장현주가 되물었다.

"그런데 왜요?"

"그자가 백진철을 살해했다는 소문이 났다는 거요."

장현주가 시선을 조창복에게로 옮겼다.

"전광수는 보위부 소속으로 이곳에 올 때 내 호위 역을 맡았어요."

"아, 그렇습니까?"

조창복이 정중하게 응답했다. 장현주는 보스 김광도의 부인인 것이다. 김광도는 이제 38개 사업장을 보유한 유라시아그룹의 회장이 되어 있지만 회장 칭호를 싫어했다. 지금도 시간만 나면 실크로드에 나가 술을 나르고 청소도 한다. 그래서 조창복 등 간부들은 김광도를 보스라고 부르는 것이다. 물론 아직 대놓고는 부르지 않는다. 장현주가 말을 이었다.

“내가 전향을 하고 나서 연락이 딱 끊겼는데 이곳에 남아 있었군요.”

장현주의 눈빛이 강해졌고 목소리는 조금 떨렸다.

“이젠 완전히 내 적이 되었는데 방심하고 있었어요.”

조창복은 물론 김광도도 숨을 죽였고 장현주가 말을 이었다.

“북촌에 ‘해주 이발관’이 있을 겁니다. 그곳이 연락사무실 역할을 하지요. 난 한 번도 가보지 않았지만 기관 소속 요원들이 들르는 곳이라고 들었습니다. 그들은 내가 모르는 줄 알고 있겠지요.”

길게 숨을 뱉은 장현주가 흐려진 눈으로 조창복을 보았다.

“덕분에 확실하게 전향을 하게 되었습니다, 부회장님.”

“감사합니다, 사모님.”

엉거주춤 일어선 조창복이 장현주에게 머리를 숙였다.

“저도 확실하게 백진철의 복수를 하겠습니다.”

오후 11시, 왕춘이 앞에 앉은 우장에게 말했다.

“먼저 북촌에서 폭동이 일어날 거야. 무리를 지어서 유흥업소에 화염병을 투척하고 경찰서를 습격할 텐데 인민을 착취하는 자본주의를 멸망시키고 평등하게 잘사는 세상을 만들자는 구호를 외칠 거야.”

왕춘의 얼굴에 쓴웃음이 떠올랐다.

“북조선 인민을 착취하고 무시하며 종처럼 부리는 남조선 자본주의 세력을 처단하자는 거야. 그것이 먹혀들고 있어.”

“대형, 가능할까요?”

우장이 조심스럽게 묻자 왕춘이 크게 심호흡을 했다.

“먹혀들고 있어. 혁명이 성공하면 남조선 사업장을 모두 인수하고 다시 질서가 잡힐 때까지 시민권 획득, 지분을 나눠 준다는 회유가 먹혀들고 있다. 그들에겐 손해 볼 일이 없어."

"남조선 사업장 모두 말입니까?"

"이번 혁명에 가담한 한국 조폭의 사업장들은 제외되어야겠지."

"김광도 사업장이 모조리 분해되겠군요."

"당연하지."

"우리는 어떤 역할입니까?"

"북촌에서 폭동이 일어난 후에 우리가 거드는 역할이지. 뒤를 따르되 절대 앞에 나서지는 말 것, 한국 조폭과 야쿠자들도 뒤에서 지원하겠지만 행동대는 북한이야."

"이건 군사작전이나 같습니다. 폭력배들 간 싸움이 아닌데 작전을 잘 수립해야 될 텐데요."

그때 왕춘이 다시 쓴웃음을 짓더니 우장에게 서류를 내밀었다. 여러 장짜리다.

"이게 작전 계획이다. 우리가 맡은 일이 일정별로 행동 요령까지 적혀 있다."

숨을 들이켠 우장이 서류를 받았을 때 왕춘의 표정이 엄격해졌다.

"이건 당에서 딱 2부 보내온 것이니까 머릿속에 넣고 서류를 태워. 네가 죽을지언정 그 서류는 노출되면 안 된다."

"예, 대형."

긴장한 우장이 서류를 두 손으로 움켜쥐었다.

"그럼 정부에서는 일본 측과 합의를 한 것이군요."

"그러니까 이렇게 작전 계획서까지 보냈지 않느냐? 이건 중·일 양국이 북한 인민을 괴뢰로 내세워 한랜드를 뒤집으려는 작전인 거다. 그리고…….”

어깨를 편 왕춘의 눈빛이 강해졌다.

“배후에는 미국이 있지. 이것은 한민족이 남북 연방에 이어서 한랜드까지 진출하여 유라시아가 어쩌고 하는 헛소리를 더 이상 용납하지 못하겠다는 강대국들의 결론이다.”

“그, 그렇군요.”

“러시아는 한랜드 덕분에 동반 경제 성장을 누리고 있지만 이제 꿈에서 깰 거다. 한민족과 연합해서 중국과 일본을 누르고 동북아 패권을 노리려고 했지만 말이다.”

“아아, 예.”

“한랜드의 내란이 절정에 이르면 중국, 일본, 미국까지 나서서 러시아 연방군의 진입을 요청할 것이고 그렇게 되면 한랜드 정부는 붕괴된다. 러시아 입장에서는 별로 손해날 것도 없지, 모두 러시아가 관리하게 될 테니까 말이야. 푸틴은 저절로 입안에 떡이 굴러들어온 셈이 될 테니까.”

왕춘의 얼굴에 웃음이 떠올랐다.

“서동수도 떠나게 되고 한랜드는 아마 시베리아 랜드가 되어서 러시아 정부 주도 하에 새 공화국이 되겠지.”

“러시아로서도 별로 손해 볼 것도 없겠습니다, 대형.”

“앞으로 열흘 남았다.”

왕춘이 아직도 우장이 손에 들고 있는 서류를 눈으로 가리켰다.

“그 계획대로만 준비하면 돼.”

“예, 대형.”

우장이 기운차게 몸을 일으켰다.

"이놈들이 간과한 사실이 하나 있지요."

라진이 눈을 치켜떴지만 입술은 웃는다. 그 얼굴로 라진이 말을 이었다.

"내 입장은 전혀 고려하지 않았다는 것인데 이것이 가장 치명적인 실책이란 것을 증명시킬 겁니다."

오전 12시 반, 이곳은 서동수의 별장 안이다. 응접실에는 서동수와 라진, 안종관과 경찰청장 김상영, 유병선까지 둘러앉아 있었는데 분위기가 무겁다. 그때 머리를 든 안종관이 말했다.

"해주이발관에서 잡은 이유복이 진술한 내용은 현 상황과 일치합니다. 우리가 먼저 선수를 치겠습니다."

서동수가 머리를 끄덕였다. 장현주의 제보를 받은 안종관은 북촌의 해주이발관에서 나오는 수상한 사내를 체포했다. 전광수를 노리다가 대신 체포한 셈이다. 그런데 이유복의 입에서 폭동의 윤곽이 조금 드러난 것이다. 이유복은 폭동의 일부분만 알고 있었지만 퍼즐의 윤곽은 드러났다. 그것은 일본의 주도하에 북한의 불만 세력이 앞장을 서고 한국, 중국, 일본, 미국이 지원한다는 작전이었다. 치밀했고 명분도 준비한 데다 방대한 연합 조직이다. 한랜드의 친한(親韓) 서동수 세력은 러시아 자본과 함께 손쉽게 무너질 수밖에 없는 구도다. 그래서 서동수는 유일한 원군 세력이라고 할 수 있는 라진을 불러 내막을 털어놓은 것이다. 그때 라진이 머리를 들고 서동수를 보았다.

"장관 각하, 우리도 적극적으로 협조하겠습니다."

라진 입장에서 보면 러시아군이 진입해서 한랜드를 재편성하게 되면 현 상황에서 나아질 리가 없는 것이다. 새 정부와 함께 새로운 조직들이 밀물처럼 몰려올 것이고 지금까지 쌓아놓은 성과가 허물어질 것도 당연했다. 이른바 기득권이 붕괴되는 것이다. 서동수가 얼굴을 펴고 웃었다.

"위기가 기회라는 말이 있습니다. 이 기회에 한랜드를 대청소해서 재도약의 기반을 굳히지요."

그 시간에 조창복이 둘러앉은 사내들에게 말했다.

"우리한테 한랜드는 마지막 고향이고, 마지막 희망이다. 그런데 이 땅을 다시 북조선의 당원 놈들한테 빼앗긴단 말인가? 겨우 남북 연방으로 잘 살게 되려는 북조선에서 도망쳐 온 당원 놈들이 이제 한랜드를 다시 그 지옥 같았던 북조선 세상으로 돌리려고 하는 것이다."

조창복의 목소리는 떨렸고 두 눈이 번들거리고 있다. 이곳은 한시티 유라시아 카지노 3층 회의실 안이다. 조창복 옆에 앉아있던 김광도가 심호흡을 했다. 그렇다. 적절한 비유다. 북한군 대좌까지 지낸 조창복이니 이렇게 절절한 말을 할 수 있을 것이다. 테이블에 둘러앉은 사내들은 모두 20여 명, 한강회 간부들이다. 조창복이 말을 이었다.

"여러분의 미래가 걸려있는 싸움이다. 부하들에게 이 말을 전해줘야 한다. 우리는 명분이 있는 싸움을 하는 것이다. 그리고……."

어깨를 부풀렸다가 내린 조창복이 머리를 돌려 옆에 앉은 김광도를 보았다.

"회장님께서 한말씀하시겠다."

그때 김광도가 턱을 들었다. 원고를 미리 써놓고 외웠지만 다 잊었다. 그래서 생각나는 대로 말했다.

"폭동으로 남이 애써 쌓아놓은 것을 약탈해 가면 안 되지요. 이 폭동을 진압하면 여러분의 기반이 굳어질 것입니다. 이것이 기회지요."

김광도의 두 눈도 번들거렸다.

"지킵시다. 그리고 반란 세력을 분쇄합시다. 우리가 왜 한랜드에 왔습니까? 또 빼앗기려고 온 것입니까? 안 됩니다!"

이것이 김광도의 본성인 것이다. 진심이다.

"고발자는 상금 1만 달러야, 1만 달러."

박철수가 떠들썩한 목소리로 말했다. 북촌의 '원산 개장국집' 안이다. 한랜드에도 썰매 끄는 개가 많지만 이곳 개장국집 개고기는 중국과 북한에서 수입해오고 있다. 오후 3시 반, 식당 안에는 손님이 절반쯤 차 있었는데 모두 북한인이다. 박철수가 보드카로 붉어진 얼굴을 들고 둘러앉은 동료들을 보았다.

"전화로 신고해도 돼. 현금으로 지급하고, 신고자는 절대 보호해 준다는 거야."

"근데 시위를 모의하는 놈들이라고 했지? 반정부 시위라는 거야?"

사내 하나가 묻자 옆에 앉은 사내가 대답했다.

"요즘 북촌이 술렁술렁하긴 해. 남조선 자본가의 노예가 되지 말자면서 말이야."

"자본가가 없으면 공장은 누가 짓나? 시위 선동하는 놈들이 돈 있다는 거야?"

하나가 되묻자 다른 하나가 이맛살을 찌푸리며 말했다.

"가만, 내가 그런 이야기를 하는 놈을 본 것 같은데……."

"어디서?"

두어 명이 한꺼번에 물었으므로 사내가 손을 저었다.

"아냐, 아냐. 잘못 봤는지도 몰라."

"이 자식이. 혼자 상금 타 먹으려고?"

"글쎄, 아니라니깐."

그때 옆쪽 식탁에 앉아있던 사내 둘이 자리에서 일어나 계산을 하더니 식당을 나왔다. 둘 다 허름한 방한복 차림에 술기운으로 얼굴이 붉다. 영락없는 북한 밀입국자 신분의 일당 노동자다. 사내 하나가 트림을 하고 나서 말했다.

"역시 현상금이 잘 먹히는군. 벌써 십여 명이 신고를 했고 여섯 명이 잡혔다는 거야. 그놈들이 서둘겠어."

"일단 윤곽이 잡혔으니까 주도권은 우리가 쥐었어."

옆쪽 골목으로 들어선 둘이 벽에 대고 지퍼를 내리면서 말했다. 좁은 골목에는 오줌 지린 흔적이 가득했지만 냄새는 나지 않는다. 오줌이 단단히 얼어붙었기 때문이다. 오후 3시 반이었지만 밖의 온도는 영하 20도인 것이다.

"우선 북촌부터 막고 북한인 밀집 공장 지역 경비를 강화하면 돼."

사내 하나가 말했고 다른 사내가 진저리를 치면서 말을 받는다.

"내일 특전사 1개 연대가 날아오지?"

"모레에도 1개 연대야. 사흘 후에는 6000명 가까운 병력이 한랜드에 깔려."

"일본 놈들이 식겁을 하겠군."

"이 기회에 새판을 짜는 거지."

둘은 한국 국정원에서 지원 나온 요원들인 것이다. 국정원 요원들도 100명 가깝게 지원을 나와 작전을 도와주고 있다.

"하긴 쿠데타 예방이라면 한국을 당할 국가가 없지. 일본이 간과한 부분 중의 하나가 그거야."

사내 하나가 앞장서 골목을 나오면서 말했다.

"2차 세계대전이 끝난 후로 미국에 빌붙어서 태평세월을 구가하던 놈들이라 우리처럼 센 경험을 못 해서 그래."

"머리는 좋은 놈들 아닌가?"

뒤를 따라 나오던 사내가 말하더니 손목시계를 보았다.

"좋아, 이동하지. 소문은 대충 퍼진 것 같다. 이놈들도 우리가 적극적인 공세로 나오고 있으니까 당황할 거라고."

둘은 길가에 주차시킨 승용차에 올랐다. 그렇다. 한랜드 측은 바로 적극적인 대응책을 실시했는데 한국 정부에서 이틀 만에 특전사 파견을 결정한 것도 그렇다. 러시아 대통령 푸틴도 즉각 승인해준 것이다. 지금 특전사 병력은 출동 준비를 완료하고 서울 공항으로 이동 중이다. 서동수의 요청을 받은 북한의 김동일 위원장도 곧 병력을 파견할 것이다.

"다나카 씨, 한랜드 쪽 반응이 너무 빠릅니다. 우리가 좀 늦을 것 같습니다."

마사무네가 말하자 다나카의 눈빛이 강해졌다.

"마사무네 씨 당신 역할은 성공적으로 달성된 것이니까 다음은 우리한테 맡겨요."

"아니, 그게 무슨 말씀이시오?"

마사무네도 똑바로 다나카를 보았다. 오후 6시, 이곳은 이른바 '미국촌'으로 불리는 한시티 서남쪽의 고급 주택가 안, 옆쪽에 여름 한 달 동안만 해빙되는 강줄기가 뻗어 있고 그 아래쪽은 지평선이 보이는 동토다. 미국인 투자가들은 대지를 분양받아 집단적으로 거주했는데 저택 규모와 시설이 미국의 고급 주택가를 능가했다. 지금 마사무네는 한시티의 호텔 소유주인 제임스 코너의 별장에 묵고 있다. 다나카가 입맛을 다신 뒤 말했다.

"우린 이런 경우도 예상하고 있었어요. 일부는 체포되겠지만 북한인들은 폭동을 일으킬 거요."

"다나카 씨, 내일 한국에서 특전사 병력이 공수되어 옵니다. 며칠 후면 북한군이 진입해 오고요. 푸틴이 북한군 진입도 허용했단 말입니다."

"그럼 폭동이 더 격렬해지겠지."

다나카의 주름진 얼굴에 웃음이 떠올랐다.

"그리고 죽고 다치는 건 한국 놈들이지 우리가 아니란 말이오. 한국인 재산이 불타고 한랜드 정부가 흔들리겠지."

마사무네가 숨을 들이켰을 때 다나카의 말이 이어졌다.

"우리가 기다렸던 건 북한군이오. 분노한 김동일의 지시를 받은 북한군이 북한인들을 잔혹하게 진압할 것이오. 그럼 어떻게 되겠소? 여긴 북한이 아니오. 억눌려 왔던 북한인들이 격렬하게 반발할 것이고 금방 전쟁터가 되지."

다나카의 얼굴에 웃음이 떠올랐다. 이번 작전의 현장 지휘관이 바로 다나카인 것이다. 다나카는 일본계 카지노 '도쿄클럽'의 자문역으로 방문했지만 휘하에 10여 명의 보좌관을 대동하고 있다. 모두 신분을 위장하고 있지만 정보, 작전의 전문가들인 것이다.

"수백, 수천의 사상자가 날 거요. 그것이 우리가 기다렸던 결과지, 한랜드 정부의 무력화. 지금 정보가 유출되고 남북한군이 진입해 오는 건 모두 우리가 예상하고 있었던 줄거리요."

소파에 등을 붙인 다나카가 느긋한 표정으로 마사무네를 보았다.

"중국인 희생자가 나오는 순간이 클라이맥스요. 중국인들이 북한 세력을 지원하기로 약속했지만 그 친구들은 눈치만 살피고 있을 거요. 그때 우리가 중국 놈 몇 명을 죽이는 것이지. 북한군 소행으로 하고 말이오. 그럼 중국 정부가 들고 일어서겠지."

"……."

"그때 미국도 거들고, 우리는 말할 것도 없고. 그럼 푸틴은 못 이기는 척 군대를 진입시켜 한랜드 정부를 무력화하겠지. 푸틴한테는 전혀 손해가 없는 일이오. 한랜드의 투자 자금은 그대로 얼어붙어 있으니까 오히려 푸틴의 영향력만 더 강해지는 거지."

그 줄거리야 마사무네도 안다. 마사무네가 천천히 머리를 끄덕였다.

"이제 내 역할은 끝났으니 난 이곳에서 한랜드 정권이 뒤집히기만 기다려야겠군요."

"당신의 작품이 완성되는 모습을 구경이나 하시오, 마사무네 씨."

자리에서 일어선 다나카가 손을 내밀면서 말을 이었다.

"사토도 작전이 끝났을 때 추방될 테니까 말이오. 추방이나 석방이나 마찬가지지."

다나카를 현관까지 배웅하고 돌아온 마사무네가 길게 숨을 뱉었다. 이미 창밖은 어둡다. 한랜드의 밤이 다시 깊어지고 있다. 이제 한랜드는 작전대로 뒤집힐 것인가?

마사무네를 찾아낸 것은 경찰도 아니고 그렇다고 한국 국정원 정보원, 김광도의 한강회 회원들도 아니었다. 김광도의 카지노 중 하나인 '서울 카지노'의 직원 유근상이다. 미국인 손님 리차드 핸슨을 모셔다

드리고 오는 중에 눈에 익은 카지노 '도쿄클럽' 리무진이 근처 저택에서 나오는 것을 본 것이다. 유근상은 그 저택이 시카고 호텔 소유주인 제임스 코너의 별장인 것도 안다. 제임스 코너도 '서울 카지노'의 고객이었기 때문이다.

"이런 시발놈이."

눈을 치켜뜬 유근상이 혼잣말로 욕을 했다. 제임스 코너는 유근상이 공을 들인 고객 중 하나로 10명도 넘게 여자 상납을 했기 때문이다. 그런데 요즘 뜸하더니 도쿄클럽에서 놀아? 별장이 보이는 언덕 모퉁이에 멈춰선 유근상이 백미러로 뒤쪽을 주시했다. 이곳은 한적한 곳이어서 오가는 차량도 없고 이미 어둡다. 이윽고 유근상은 휴대전화를 꺼내고 버튼을 눌렀다.

"아, 여보세요?"

발신음 세 번 만에 제임스 코너의 목소리가 울렸다. 유근상과는 수시로 전화를 하는 사이인 것이다.

"아, 사장님, 접니다. 요즘 뜸하시고, 좋은 상품도 들어왔고 해서요."

상품이란 여자를 말한다. 제임스 코너는 아담한 체격의 동양 여자를 좋아한다. 그때 제임스가 소리 내어 웃었다.

"유, 나 지금 베이징에 있어. 곧 들어갈 예정이니까 잘 보관하고 있어."

"아, 그러세요? 그럼 별장이 비었겠네요."

이건 비꼬는 말이다. 그랬더니 제임스가 당연하다는 듯이 대답했다.

"그럼 비었지, 다음에 보세."

통화가 끊겼을 때 유근상은 심호흡을 했다. 이놈은 분명히 집 안에 있다. 그렇다면 배신한 대가를 치르게 해주마. 제임스 코너는 큰손도 아니고 귀찮기만 했던 놈이다. 지금까지의 수지 결산으로 보면 오히려 이쪽이 적자다. 호텔 사장이란 것을 내세워 오히려 서비스만 받아 챙겼다. 좋다. 유근상은 휴대전화를 들고 112를 눌렀다. 한랜드의 경찰 긴급 번호도 112다.

"아, 경찰이죠?"

바로 응답한 경찰 긴급 출동 팀에 유근상이 신고했다.

"미국촌의 시카고 호텔 소유주 제임스 코너 씨 별장에 침입자가 있습니다. 지금 방금 집주인 제임스 코너 씨하고 통화를 했는데 베이징에 있다고 했거든요. 별장이 비었다고 했는데 불이 켜졌고 차가 들락거리고 있어요."

어디 비었다고 공갈친 대가를 받아보아라. 그로부터 30분쯤이 지났을 때 서동수는 안종관의 전화를 받는다.

"장관님, 방금 마사무네를 체포했습니다."

안종관의 목소리가 조금 느려진 것은 감정을 절제하고 있다는 증거일 것이다.

"시카고 호텔 소유주 제임스 코너 씨 별장에 있는 것을 기습해서 체포했습니다."

"잘했어요."

그때 안종관의 목소리가 더 느려졌다.

"내란선동죄로 사형시키겠다고 했더니 빅딜을 제의했습니다, 장관님."

"빅딜이라고 했어요?"

"제가 30분 안에 찾아뵙겠습니다."

"그럼 위원회를 소집해 놓지요."

심각성을 짐작한 서동수의 목소리도 느려졌다. 통화를 끝낸 서동수가 곧 버튼을 눌러 비서실장 유병선을 부른다. 위원회는 비상대책위원회를 말하는 것이다. 한랜드에는 이미 국정원 작전 팀에다 한국군 지휘부, 그리고 북한군 지휘부까지 도착해 있는 상황이다. 전시 체제나 마찬가지다. 내일 한국군 특전사 병력이 도착하면 그야말로 한랜드 분위기는 흉흉해질 것이었다. 서동수가 무의식중에 혼잣말을 했다.

"내 운이 아냐, 한민족의 운이야."

다나카가 체포된 것은 오후 9시 무렵이었는데 펭귄촌 안의 중국인 전용 모텔에서였다. 다나카의 체포로 상황은 급진전이 되었다. 한랜드는 파출소가 취객의 놀이터가 되는 한국과 다르다. 범죄자 인권을 존중한다고 얼굴에 옷을 뒤집어씌우지도 않는다. 제지하는 경찰관에게 덤벼드는 범죄자는 세 차례 경고 후 바로 사살된다. 실제로 술 마시고 한랜드 경찰 지소에서 난동을 부리고 경찰을 폭행한 한국인 조폭 2명은 현장에서 총탄을 맞고 사살되었다. 혐의는 공무집행방해다. 다나카를 어떻게 심문했는지는 밝혀지지 않았다. 그러나 다나카는 40분 만에 범행 일체를 자백했고 관련자를 모조리 적어 내었다. 그날 밤 한랜드 전역에서 검거 폭풍이 일어났다. 다음 날 오전, 한국항공과 통일항공의 전세기 27대에 탑승한 특전사 1개 연대가 한시티에 도착함으로써 상황은 절정에 이르렀다. 특전사 병력은 도착 즉시 한랜드 전역에 배치되었는데 그때는 이미 '내란음모' 사건이 매시간 보도되는 중이었고, 고발 태풍이 일어나 2000여 명의 선동자, 조직책, 마약 중간상, 온갖 의심스러운 부류가 체포된 상황이다. 오전 11시, 마틴의 방으로 제임스 모건이 서둘러 들어섰다. 머리가 헝클어졌고 코가 붉다. 밖에서 돌아다니다

온 것이다. TV를 보고 있던 마틴이 시선만 들었을 때 옆쪽 의자에 앉으면서 모건이 말했다.

"마틴 씨, 아무래도 공관으로 가야 할 것 같습니다."

마틴이 시선만 주었다. 공관이란 미국 대사관 역할을 하는 연락사무소를 말한다. 모건은 한랜드의 사법권이 미치지 않는 미국 공관으로 몸을 피하겠다는 말이었다. 모건이 서두르듯 말을 이었다.

"이미 북한의 주도 층이 무너졌습니다. 이렇게 쉽게 무너질 줄은 예상 밖이군요."

"……."

"마사무네가 잡힌 것이 결정적이었습니다. 그러고 나서 다나카가 잡혀 다 자백을 해버렸다니까요. 고문을 한 것 같습니다."

"……."

"북한 주모자급들은 서로 고발들을 하는 바람에 거의 일망타진 되었고……."

숨을 들이켠 모건이 마틴을 보았다.

"들으셨습니까? 왕춘이 피살되었다는 소문이 났습니다."

"못 들었는데?"

마틴이 눈썹을 좁혔지만 놀란 표정은 아니다. 그때 모건이 어깨를 늘어뜨렸다.

"중국 측도 이젠 두 손 들고 주저앉았다고 봐야 됩니다."

"모건, 네 이름은 이미 블랙리스트에 적혀 있을 거야."

TV의 음소거를 해제시키면서 마틴이 입을 열었다.

"지금 네가 내 방에 와 있는 것도 놈들이 다 알고 있을 거다. 아마 우리 이야기를 듣고 있을지도 모르지."

모건이 입을 다물었을 때 TV 화면에서 앵커 목소리가 울렸다. 영어다.

"광범위하게 계획된 내란 음모였습니다. 이 사건의 배후는 일본이며 현재까지 파악된 주모자는 다나카 신겐. 마약을 대량으로 풀면서 북한과 한국의 불만 세력을 포섭, 중국과 연대하여 한랜드를 무법 지대로 만들 계획이었습니다."

"저것 봐."

리모컨으로 음량을 줄인 마틴이 턱으로 TV를 가리키며 물었다.

"다나카가 우리를 불지 않았을 리가 없어. 그런데 왜 저러겠나?"

숨을 죽인 모건을 향해 마틴이 쓴웃음을 지어보였다.

"왕춘까지 죽인 마당에 말이야. 그건 우리한테 역할을 맡긴 거야. 아니, 역할 지시를 한 것이지. 그래서 놔두고 있는 거야."

"일본 정부는 다나카, 마사무네의 단독 범행으로 발표했습니다. 오히려 무고라면서 한랜드 정부를 제소하겠다는데요."

오후 4시, 안종관이 서동수에게 보고했다. 안종관의 두 눈이 번들거리고 있다.

"중국 정부는 한랜드 상황에 대해 일절 반응하지 않습니다. 일본과 대조적입니다."

장관실 안이다. 수시로 방송을 듣고 있는 터라 서동수도 알고 있는 사실이다. 서동수가 물었다.

"펭귄촌 수색은?"

"거의 끝나가고 있습니다, 장관님."

머리를 든 안종관의 얼굴에 쓴웃음이 번졌다.

"왕춘이 살해당했다는 사실만 중국이 강조하고 있습니다."

서동수가 머리를 끄덕였다. 왕춘은 오늘 아침 저택 거실에서 가슴에 칼이 꽂힌 시체로 발견되었다. 발견자는 우장. 인사를 하려고 왔던 우장은 즉시 신고를 했는데 철통같은 보안 장치를 갖춘 저택 안에서 당한 것이다. 보나 마나 내부 소행이었고 한랜드 경찰이 조사 중이다. 장관실 안에는 다섯 명이 둘러앉았다. 서동수와 유병선, 안종관과 경찰청장 김상영, 그리고 특전사단장 최승곤 소장이다. 그때 김상영이 말했다.

"왕춘의 피살 발표로 술렁이던 중국인 분위기가 급격히 가라앉았습니다. 중국인들은 이제 안정되었고 한국계는 소탕 중입니다."

그러나 북한계는 산발적으로 폭동을 일으켰다. 앉아서 당할 수는 없다는 듯이 10여 명씩 무리를 지어 북촌 안의 사업장이나 한국인 사업장을 공격하고 방화했다. 그러나 꺼져가는 불이 마지막 불씨를 일으키는 것 같은 단말마성 폭동이다. 오전에 배치된 특전사 병력의 사냥감이 될 뿐이다. 서동수가 시선을 유병선에게로 옮겼다.

"일본 정부는 아직도 기다리고 있나?"

"예, 30분쯤 전에도 연락이 왔습니다."

정색한 유병선이 말을 이었다.

"불법 체포한 일본인들을 석방하지 않으면 자위대 파병도 고려하겠다고 했습니다."

그때 최승곤의 얼굴에 쓴웃음이 번졌다. 숨까지 들이켜는 것이 할 말을 참는 것 같다. 최승곤 입장에서 보면 여기서 일본군과 맞붙는다면 당장 죽어도 여한이 없을 것이다. 그때 최승곤 대신 안종관이 말했다.

"설령 자위대가 일본 땅을 떠난다고 해도 러시아 영공에 들어오는 즉시 하늘에서 바로 천국으로 갈 것입니다."

부드럽게 표현한다는 것이 농담처럼 들렸다. 시선을 받은 안종관이 말을 이었다.

"러시아가 가만있지 않을 테니까요. 그건 아베의 뻔한 립 서비스입니다."

"내가 성명을 발표한다고 해요."

정색한 서동수가 말하자 모두 긴장했다. 군인인 최승곤이 상반신을 직각으로 세운 것이 전투 명령을 기다리는 것 같다. 주위를 둘러본 서동수가 말을 이었다.

"두 시간쯤 후인 오후 6시에 발표한다고 통보해요."

"예, 알겠습니다. 장관님, 그럼 내용은……."

유병선의 시선을 받은 서동수가 대답했다.

"일본 정부가 바라는 대로 불법 체포한 일본인을 전원 석방할 것이라고 발표할 겁니다. 일본과 미국은 한랜드에도 우방국이며 동맹국 수준임을 강조할 테니까요."

모두 숨을 죽였을 때 서동수의 말이 이어졌다.

"그런데 한 시간쯤 후인 5시에 안 부장이 먼저 성명을 발표해요. 한랜드 정부는 엄격한 증거에 입각해 범법자를 체포, 한랜드 법에 의해서 처단하겠다고."

오전 9시, 백악관 집무실에서 오바마가 국무장관 헤이스, CIA 국장 존 브레넌을 불러 한랜드의 성명 발표를 재생시켜 보고 있다. 먼저 한랜드 내무부장 안종관의 딱딱하고 위압적인 발표가 끝났을 때 부통령 바이든이 들어왔다. 부르지도 않았는데 들어왔지만 오바마는 놔둔다. 노인 대우를 해주는 셈이다. 이어 한랜드 장관 서동수의 발표다. 한 시간 간격으로 발표했지만 재생시켜서 바로 나온다. 이번 분위기는 부드럽고 온건하다. 그래서 굳어있던 방안 분위기도 풀렸다. 서동수의 발표가 끝났을 때 바이든이 먼저 한마디를 했다.

"역시 서동수가 꼬리를 내리는군. 어쩔 수 없지. 한국 특전사를 끌어들인다고 해도 뒷감당은 못 해."

방안이 조용해졌으므로 바이든의 목소리가 조금 더 높아졌다.

"아베의 기세가 이번에도 이긴 거요. 아베의 가미카제식 전술에는 못 당한다니까."

"아, 그만."

갑자기 헤이스가 제지하는 바람에 바이든이 숨을 들이켰다. 주름진 얼굴이 찌푸려졌고 가늘게 뜬 눈은 번들거렸다.

'이런 버르장머리 없는 놈이?' 하는 표정이다. 그때 헤이스가 똑바로 바이든을 보았다.

"앞뒤를 좀 살펴보고 발언을 하시지요, 부통령 각하."

"무슨 말이야? 장관."

바이든이 목소리를 높이자 오바마가 숨을 들이켜더니 헤이스에게 지시했다.

"한랜드 내무부장의 성명서를 다시 듣지."

헤이스가 리모컨으로 안종관을 화면에 불러들였다. 다시 방안에 안종관의 목소리가 울렸다. 영어로 발표했기 때문에 자막도 필요 없다. 이윽고 화면이 꺼졌을 때 바이든은 입안의 침만 삼켰다. 그때 오바마가 말했다.

"아주 손발이 잘 맞아요. 조직은 저렇게 운영되어야 하는 거요."

모두 입을 다물었고 오바마의 말이 이어졌다.

"아래쪽에서 생색을 다 내면 위에서는 할 수 없이 싸워야 하지. 여유도 없는 싸움을 말이오. 그러다가 망하는 거지."

오바마가 시선을 브레넌에게로 옮겼다.

"자, 일본하고 생색을 낸 놈이 어떤 놈인지 말해요, 브레넌. 내가 병신이 될 각오는 하고 있으니까."

"각하."

브레넌이 정색하고 오바마의 시선을 받는다.

"조사 중입니다. 현지의 감사관 윌리엄 마틴과 주재원 제임스 모건에게 본부 감찰 팀을 파견했습니다."

"마약이 CIA에서 나왔다는 증언이 쏟아지고 있어요, 브레넌 씨."

헤이스의 목소리가 높아졌다.

"우리보다 한랜드에서 먼저 주모자를 밝혀낸다면 이건 치명적이란 말이오."

"글쎄, 그것이……."

그때 오바마가 손을 들어 둘의 논쟁을 막았다. 얼굴에 쓴웃음이 번졌다.

"이건 반역 행위요, 브레넌."

"각하."

"이번 일본의 한랜드 작전이 가미카제 작전이라고 작전명까지 밝혀진 상태요."

모두 숨을 죽였고 오바마의 말이 이어졌다.

"그 가미카제에 미국제 폭탄을 실었다는 말인데, 기가 막힌 노릇 아니요?"

"각하, 그것은……."

그때 당황한 바이든이 또 나섰다.

"각하, 제가 아까 가미카제라고 한 것은 우연히……."

오바마가 바이든에게는 시선도 주지 않고 브레넌과 헤이스를 번갈아 보았다.

"자, 빨리 수습을. 난 지금부터 국토안보부도 동원할 예정이오."

한국 대통령 한대성과 북한 지도자 김동일이 한랜드를 방문한 것은 그로부터 사흘 후다. 오전 10시 반경에 한대성을 태운 전용기가 도착했고, 30분 후인 11시에 김동일의 최신형 전용기 에어스타가 착륙했다. 북한은 경제 사정이 좋아져서 김동일은 최신형 전용기를 구입한 것이다. 바로 어제 북한군 최정예 부대인 특공사 2개 연대가 한랜드에 진주한 데다가 남북한 정상까지 방문한 셈이다. 세계의 이목이 한랜드에 집중되어 있는 것은 당연했다.

세계 각국에서 모인 수백 명의 기자들이 한시티 공항에서부터 취재 경쟁을 벌이고 있다. 서동수는 공항에 나가 양국 정상을 맞았는데 한대성은 30분 늦게 오는 김동일을 함께 기다려 주었다. 본래 김동일이 먼저 도착하기로 계획이 잡혀 있었는데 한대성이 바꾼 것이다. 이것이 한대성의 장점이다. 사소한 일이었지만 이런 것이 쌓이면 상대에게 감동과 함께 신뢰를 얻는다. 한대성은 쾌활한 표정을 지었지만 병색이 완연했다. 그래서 2개월 후가 대통령 선거일로 잡혀 있다. 이제 대통령은 자신의 병세를 모두 밝혔기 때문에 수명이 3개월에서 길어야 4개월로 공공연하게 진단되었다. 셋은 리무진으로 공항에서 한시티로 향했다. 한대성이 헬기보다 차를 타고 시내를 보고 싶다고 했기 때문이다. 김동일과 나란히 앉아 창밖을 보던 한대성이 혼잣소리처럼 말했다.

"나쁜 놈들, 한민족을 끝까지 따라다니며 분열시키려고 하다니."

혼잣소리지만 방음장치가 잘된 리무진 안에서 목소리가 울렸다. 앞쪽에서 마주보고 앉은 서동수는 숨을 들이켰고 김동일의 표정도 굳어졌다. 한대성의 말이 이어졌다.

"하지만 이젠 안 될 겁니다. 우리가 이렇게 뭉쳐있는 한 말입니다."

머리를 돌린 한대성이 김동일과 서동수를 차례로 보고 나서 웃었다. 흰 이가 드러났고 마르고 검게 변색된 얼굴이 환해졌다.

"그렇지 않습니까?"

"그렇지요."

먼저 김동일이 커다란 소리로 대답하더니 머리까지 끄덕였다.

"아무도 막지 못할 것입니다."

"김 위원장님도 역사에 남으실 것입니다."

"아니, 저는 한 일이 없습니다."

김동일이 이제는 손을 저었다.

"저는 두 분을 따른 것뿐입니다."

"그것이 어디 쉬운 일입니까? 위대한 결단을 하신 것이지요."

서동수는 어금니를 물었다. 오늘 방문은 한대성의 제의로 이루어진 것이다. 한대성이 김동일에게 "우리가 한랜드로 갑시다. 가서 힘을 실어줍시다"라고 청했고 김동일이 선뜻 동의했던 것이다. 그때 김동일이 말했다.

"우리가 중국에 정보망이 있습니다. 이번에 삼합회 거물 왕춘은 중국 최고층의 지시로 살해된 것입니다."

둘의 시선을 받은 김동일이 어깨를 폈다.

"이번 사건의 책임을 물어서 저커장이 당분간 외부에 나타나지 않을 것 같습니다. 한랜드에 대한 중국 정부의 방침이 바뀔 것입니다."

"저도 정보가 좀 있지요."

이번에는 한대성이 웃음 띤 얼굴로 둘을 보았다.

"CIA 내부에 대폭적인 숙청 작업이 일어나고 있습니다. 몇 명은 기소되어 중형을 받는다고 합니다."

그러고는 한대성이 길게 숨을 뱉고 나서 둘을 번갈아 보았다. 두 눈이 번들거리고 있다.

"보십시오. 반도 끝의 한민족이 이제 유라시아로 뻗어 나갑니다. 나는 이제 죽어도 여한이 없습니다."

2장 뜨거운 동토

"30만 달러 드리지요."

의자에 등을 붙인 김광도가 앞쪽에 앉은 주영수를 보았다. 주영수 옆에 앉은 50대의 사내는 초조한 표정이다. 자꾸 주위를 둘러보았고, 10분도 안 되는 동안 시계를 세 번째 보았다. 오후 2시 반, 이곳은 실크로드의 사무실 안이다. 김광도는 조창복과 함께 상담 중이다. 그때 주영수가 물었다.

"현금으로 일시불입니까?"

"물론입니다."

그러자 주영수가 50대 사내의 귀에 입술을 붙였다. 입맛을 다신 김광도가 옆에 앉은 조창복에게로 몸을 돌렸다.

"오늘 6시에 수원식당에서 만나는 것이 낫겠는데."

"아아, 예."

금방 알아들은 조창복이 핸드폰을 꺼내더니 문자를 메모했다.

"그렇게 하겠습니다."

앞쪽에서 주영수가 말했으므로 김광도가 의자에서 몸을 떼었다. 주영수는 소개업자다. 김광도는 주영수의 소개로 지금까지 21개 사업장을 인수했다. 이제 크로바모텔까지 합하면 22개가 된다. 주영수 옆에 앉은 사내가 크로바모텔의 바지사장인 것이다. 실제 소유주는 이번 내란 사건에 연루되어 지금 한랜드 감옥에 갇혀 있다. 김광도가 시선을 바지사장에게로 옮겼다.

"서류를 확인하고 내부 시설까지 보는 데 하루면 충분합니다. 내일 오후 이 시간에 다시 만나지요."

"예, 알겠습니다."

사내가 서둘러 일어섰으므로 김광도가 웃었다. 요즘 사업장 인수하는 분위기가 모두 비슷했기 때문이다. 이번 내란에 연루된 한국계 조폭의 사업장은 모두 폭탄을 맞았다. 소유주 대부분이 구속되었을 뿐만 아니라 사업장의 영업권이 취소되었다. 그래서 김광도와 라진이 한랜드 정부로부터 사업장을 배분받아 인수하는 것이다. 말하자면 전리품과 같다. 라진은 카지노와 모텔, 유흥 주점 등 15개를 배정받았고 김광도는 48개를 받았다. 김광도가 압도적으로 많았지만 라진은 불평하지 않았다. 그것은 이번 내란 때 라진의 역할이 거의 없는 반면에 김광도의 한강회 회원 4000여 명은 한랜드 경찰과 함께 내란 초기에 결정적인 역할을 했기 때문이다. 업적으로 보면 라진 측은 한두 개를 받아도 감지덕지해야 할 판이다. 주영수가 크로바모텔 바지사장과 함께 사무실을 나가더니 곧 혼자 돌아왔다. 주영수는 40대 중반쯤의 부동산업자지만, 김광도의 직원이나 마찬가지다. 크로바모텔이 30만 달러에 넘겨진 것도 주영수의 정보가 있었기 때문이다. 주영수가 서두르듯 말했다.

"회장님, 신라카페도 30만 달러면 됩니다. 그건 압구정파하고 부산파가 합작한 사업장이라 누가 주인인지 애매한 곳이더군요. 서로 싸우다가 몇 십만 달러라도 받고 떠나자고 하더라니까요."

그 말을 들은 조창복이 피식 웃었다. 신라카페는 연건평이 500평이나 되는 통나무 2층 건물이다. 시설도 잘해 놓아서 공사비만 200만 달러가 들었다고 했다. 제대로 처분하면 300만 달러가 넘을 것이다. 김광도가 쓴웃음을 짓자 주영수가 따라 웃었다.

"쥣값을 받는 것 아닙니까? 보상을 받는 사람도 있고 말입니다."

다시 주영수가 서둘러 방을 나갔을 때 김광도가 조창복에게 말했다.

"우리도 회원들한테 보상을 해줍시다."

"일자리가 가장 큰 보상입니다."

바로 대답한 조창복이 손가락을 꼽는 시늉을 했다.

"이번 사업장 인수로 일자리가 1500개는 늘어났습니다."

손목시계를 내려다본 김광도가 차에서 내렸다. 오후 6시 정각, 한시티에는 어둠이 덮이고 있다.

"어서 오십시오."

식당 앞에서 기다리던 정상근이 허리를 꺾어 절을 했다.

"기다리고 계십니다."

머리를 끄덕인 김광도가 걸음을 멈추고는 식당 건물을 둘러보았다. 아리랑식당 네온 간판이 반짝이고 있다. 통나무 2층 건물로 연건평 400평짜리, 김광도는 누가 말해 주지 않아도 금방 견적이 나온다. 시내 중심가에 위치한 데다 주차장 부지까지 200평을 갖추고 있는 터라 건설비는 150만 달러쯤 들었겠지만 시가로 250만 달러는 될 것이다. 하루 매상이 5만 달러는 나온다. 한정식과 술도 팔았기 때문에 종업원은 30

명 정도, 한 달 순이익이 30만 달러는 된다. 1년만 장사하면 투자금 회수, 다음부터는 부(富)를 쌓는다. 그때 옆으로 주영수가 다가왔으므로 김광도는 발을 뗐다. 식당 안으로 들어서자 앞장선 정상근이 창 쪽의 좌석을 가리켰다.

"저기 계십니다."

김광도는 이쪽을 바라보며 일어서는 네 남녀를 보았다. 둘은 60대쯤의 남녀, 둘은 20대나 30대쯤의 남녀다. 원탁을 중심으로 앉아 있었기 때문에 김광도와 주영수는 빈자리에 앉았다. 아직 저녁 먹기에 이른 시간이었지만 식당에는 손님이 절반쯤 찼다. 정상근이 일어선 남녀들에게 김광도를 소개했다.

"유라시아그룹 김 회장이십니다."

김광도가 머리를 숙였을 때 그중 젊은 여자가 씩씩하게 인사를 했다.

"전 이옥영이라고 합니다. 여기 두 분은 제 부모님이시고 얘는 제 남동생입니다."

이번 내란 사건의 해결사가 된 이옥영이다. 그러나 김광도는 모른다. 이옥영을 향해 김광도가 다시 머리를 숙였다. 이 여자의 배후에는 한랜드 장관이 있다. 장관이 직접 전화를 했고 2시간 전에는 내무부장이 확인까지 한 것이다. 원탁에는 주영수까지 일곱이 둘러앉았다. 정상근은 유라시아그룹 소속의 직원이었다가 이번에 아리랑식당 지배인으로 파견되었다. 김광도가 네 명의 긴장된 시선을 받고는 심호흡을 했다. 이쪽은 VIP 좌석이다. 소음이 적다.

"장관님 지시로 이 식당을 이옥영 씨께 양도해 드리도록 하겠습니다."

정색한 김광도가 말을 이었다.

“여기 서류 일체를 가져왔으니 서명만 해주시면 다 끝납니다. 이 식당은 이옥영 씨 소유가 되는 것입니다.”

그때 주영수가 가방에서 서류를 꺼내더니 이옥영 앞에 놓았다. 아리랑식당은 이번 내란 동조세력인 압구정파 최영식 회장의 소유였는데 김광도에게 50만 달러를 주고 넘긴 것이다. 그것을 이제 김광도가 이옥영에게 인계하고 있다. 이옥영이 잠자코 서류를 받더니 제 부모와 동생에게 넘겨주었다. 함께 읽어 보라는 시늉이다. 모두 얼굴이 상기되었고 눈이 번들거리는 것이 애써 흥분을 참고 있는 모습이다. 김광도가 말을 이었다.

“여기 앉은 정 지배인이 식당 운영을 도와드릴 것이지만 어려운 일이 있으면 언제든지 저한테 연락해 주시지요.”

김광도가 명함을 꺼내 이옥영은 물론 부모와 동생한테도 주었다. 서동수가 부탁한 것이다. 누구 명인데 토를 달겠는가? 그때 이옥영이 말했다.

“너무 커요. 저는 이렇게 크고 멋있는 식당인지 몰랐어요.”

이옥영의 목소리가 떨렸다.

“너무 과분해요.”

그러더니 심호흡을 하고 나서 서류 밑 부분에 힘차게 사인을 하기 시작했다. 사인할 서류가 여러 장이다.

소파에 등을 붙인 오바마가 얼굴을 펴고 웃었다. 오전 10시, 벽에 걸린 한랜드 시계는 오후 12시가 되어가는 중이다. 백악관 집무실 안 벽에 시계가 3개 걸렸고, 밑에 지명이 붙여져 있다. 그 셋은 베이징과 프랑스, 그리고 한랜드다. 베이징은 오후 11시, 프랑스는 오후 4시다. 오바마의 지시로 최근에 시계 3개를 부착한 것인데 그것이 요즘 오바마의 관심도를 나타내는 것이나 같다. 오바마의 앞에는 국무장관 헤이스와 이번에 임명된 안보보좌관 로버트 스코필드가 앉아 있었는데 둘 다 긴장한 상태, 정색하고 있다. 오바마가 말을 이었다.

"이제 동북아 상황은 새로운 세력 균형이 형성되었다고 봐도 되겠어요."

헤이스와 스코필드는 시선만 마주쳤다. 요즘 미국 정계의 반응도 마찬가지다. 동북아에 형성된 새로운 세력 균형에 당황하면서 열심히 이해득실을 계산하고 있다. 그러나 이것이 대세(大勢)다. 초강대국 미국과 일본이 연합했지만 어처구니없을 정도로 나가떨어진 경우가 되겠다. 엄밀히 따지고 보면 손실은 적다. 오히려 이중의 벽이 만들어진 것 같다. 그것은 바로 한민족, 남북한연방과 한랜드로 연결된 새 세력과 러시아연방의 연결이다. 그 연결 고리가 미·일 동맹의 아시아 접근을 차단시킨 효과를 냄과 동시에 중국의 태평양 진출을 막는 역할이 되었다. 기묘하고 기가 막힌 '유라시아 로드'다. 바로 한민족의 대륙 진출이 이뤄지면서 강대국의 심장을 꿰었다. 이것은 남북한연방으로 시작되어 아시아 전역에 흩어졌던 한민족이 한랜드로 이동하면서 이루어진 '세계지도'다. 카레이스키, 조선족, 조센징, 그리고 세계 각국으로 흩어졌던 수백만 한민족들의 힘이 이제 백악관 집무실의 한랜드 시계로 표출되고 있다. 그때 헤이스가 입을 열었다.

"가장 당황하고 위협을 느끼는 국가는 당연히 일본입니다."

그것은 세계의 모든 국제 문제 전문가들이 지적한 상황이다. 헤이스가 말을 이었다.

"한국 정부의 이번 처신은 훌륭했습니다. 한국은 러시아는 물론 중국 정부로부터 지지를 받고 있습니다."

그것은 미국도 마찬가지다. 미국 여론도 전폭적으로 남북한연방과 한랜드로 이어지는 '한민족의 유라시아 로드'를 지지하고 있는 것이다. 그것이 중국의 태평양 진출을 막는 '동쪽의 만리장성'이라고까지 표현하는 언론도 있다. 그때 스코필드가 말했다.

"각하, 이제는 미국도 한반도에 대한 인식을 바꿔야 할 때가 되었습니다."

프린스턴대 아시아 연구소장 출신의 스코필드가 똑바로 오바마를 보았다.

"일본은 수백 년 동안 침략만 일삼아온 국가입니다. 한반도와 중국을 수백 년간 침탈하였고, 세계대전까지 일으켰지만 한 번도 제대로 된 벌을 받지 않았습니다."

오바마가 소리 죽여 숨을 뱉었다. 대학교수 출신들은 대통령이건 교황이건 가르치려고 드는 것이 걸리지만 맞는 말이다. 요즘 오바마도 역사 공부를 하는 중이다. 스코필드가 말을 이었다.

"이번에는 일본을 놔두시지요. 미·일 동맹의 배경을 믿고 미국의 얼굴에 오물을 뿌리지 못하도록 해야 합니다."

그때 오바마가 생각난 듯이 말했다.

"시카고 헤럴드에서 차라리 미국의 52번째 주로 일본을 편입시키자는 사설이 났던데, 일본 반응은 어때요?"

헤이스와 스코필드가 쓴웃음을 지었다. 그렇게 되려고 기를 쓰는 것 같기도 했다.

푸틴의 시선이 카타리나를 스치고 지나갔다. 눈빛이 강했지만 웃음 띤 얼굴이다. 보드카 잔을 든 푸틴이 카타리나에게 말했다.

"카타리나, 자리 좀 비켜주겠나?"

"네, 각하."

술병을 내려놓은 카타리나가 자리에서 일어서더니 방을 나갔다. 한 시티의 푸틴 별장 안이다. 페치카에서 통나무가 기세 좋게 타는 중이어서 방안은 훈훈하다. 오후 8시 반, 별장을 찾아온 서동수가 푸틴과 둘이 술을 마시고 있다가 시중을 들던 카타리나까지 내보낸 것이다. 한 모금 술을 삼킨 푸틴이 서동수를 보았다.

"장관, 이제 미국도 일본 카드를 버릴 것 같습니다."

푸틴의 얼굴에 웃음이 떠올랐다.

"19세기부터 일본은 교묘하게 미·중·러 3국의 갈등을 이용해서 어부지리를 얻다가 뒤통수를 치는 일을 반복했지 않습니까?"

지도자가 되면 자의건 타의건 역사 공부를 해야만 한다. 푸틴도 유창하게 말을 이었다.

"2차 세계대전 전범국으로 태평양전쟁에서 3000만 명의 사망자를 낸 경악할 범죄를 저질렀는데도 전범으로 사형당한 A급 전범은 고작 일곱이었어요."

푸틴이 손가락 7개를 펴보였다.

"그러고는 전후에 재빠르게 미국에 붙어 아시아의 공산화 저지 역할을 맡더니 1950년 북한이 남침한 한국전쟁을 이용해서 전후(戰後) 경제 부흥을 이뤘지요. 그렇게 만든 미국 책임이 컸습니다."

서동수가 머리만 끄덕였다. 더구나 일본은 전범 재판을 했던 도쿄재판을 검증한다고 했다. 7명이 사형당한 것도 억울하다는 것이다. 그러다가 다시 한랜드를 무력화시키려다가 이 꼴이 된 것이다. 술잔을 든 푸틴이 웃음 띤 얼굴로 말을 이었다.

"재미있는 이야기를 해드리지. 일본이 중국에 밀사를 보내 중·일 동맹을 제의했다가 일언지하에 거부당했습니다. 이것은 러·한 동맹을 미리 견제하려는 수작인데 그것을 안 미국 정부가 배신감으로 펄펄 뛰었다는 겁니다."

"악수(惡手)를 두기 시작하면 계속하게 되는 법이지요."

서동수가 말을 받았다. 남북한연방이 한·미 동맹을 그대로 유지한다는 방침은 이미 미국에 천명한 지 오래다. 한랜드로 뻗어나가게 되더라도 마찬가지다. 한국은 곧 러시아와 동맹을 맺을 계획이었고 중국 정부도 마찬가지다. 서로 한국과의 동맹을 원하고 있는 것이다. 한국은 그야말로 동북아의 중심이 되었다. 동북아의 중심국은 말로만, 이상으로만 되는 것이 아니다. 먼저 힘을 길러야 한다. 바탕이 있어야만 하는 것이다. 남북한연방에 이어서 한랜드로 뻗어 올라 유라시아에 닿는 기반이 건설되면서 주변 환경이 변했다. 남북한연방이 되면 세계 3위의 군사강국이 된다. 핵을 보유한 무시무시한 연방군이 창설된다. 지은 죄가 있는지라 일본의 오금이 저릴 만하지 않겠는가? 서동수가 푸틴의 잔에 술을 채우며 말했다.

"저도 연락을 받았습니다. 중국 정부가 2차 세계대전 후의 배상금을 일본에 청구한다고 하더군요."

일본의 만주침략에서부터 난징대학살 등 그것을 배상금으로 계산한다면 일본 열도를 다 팔아도 부족할지 모른다. 대동아공영이란 간판을 내걸고 아시아 전역을 유린했던 일본은 패전 후에 배상은커녕 제대로 사죄를 한 적도 없는 것이다. 푸틴이 술잔을 들고 웃었다.

"한랜드가 그 기폭제가 되었습니다."

"이번에 대청소가 되었어요."

김광도의 가슴에 볼을 붙인 장현주가 말했다. 더운 입김이 가슴을 타고 흘러갔다. 밤 11시 반, 한시티 서북쪽 주택가는 정적에 덮여 있다. 2층 통나무 저택 안도 조용하다. 밖은 대기가 얼어붙으면서 미세한 얼음 결정이 부딪쳐 내려올 것이다. 장현주가 말을 이었다.

"불평분자들은 북조선으로 송환되면 처형될 겁니다."

김광도는 잠자코 장현주의 어깨를 당겨 안았다. 조금 전 한바탕 열풍이 휘몰고 간 후여서 장현주의 몸은 땀으로 끈적이고 있다. 몸에서는 강한 체취가 맡아졌고 아직도 숨이 가쁘다.

"이번 사건에서 현주 씨 역할도 컸어."

"어휴, 무슨 역할."

김광도의 허리를 감아 안으면서 장현주가 웃었다.

"난 돈 버는 일 외에는 관심 없어요. 그러니까 다른 이야기 말아요."

김광도가 머리를 숙여 장현주의 젖가슴을 입에 물었다. 풍만한 젖가슴이다. 탄력이 강해서 출렁거리다가 단단하게 자리 잡는다. 입안에 든 젖꼭지를 혀로 굴리자 장현주가 김광도의 머리를 두 팔로 감싸 안았다. 장현주의 숨결이 다시 가빠졌다. 김광도의 손이 장현주의 아랫배를 쓸고 지나 숲에 닿았다.

"아유우, 또."

장현주가 몸부림을 치듯이 두 다리를 비틀면서 말했다. 김광도가 머리를 들어 장현주의 입술에 입을 붙였다. 그 사이에 손가락이 장현주의 골짜기를 헤집고 들어가 동굴을 훑었다. 장현주의 혀가 뱀처럼 꿈틀거리며 김광도의 입안을 휘저었다. 두 쌍의 팔다리가 어지럽게 엉켰다가 풀렸고 방안은 가쁜 숨소리와 신음으로 가득 찼다. 장현주의 어머니와 오빠 부부, 그리고 조카까지 네 식구는 저택 아래층에서 산다. 그리고 오빠는 유라시아그룹 소속의 여행사 관리과장으로 취업이 되었다. 여행사 일을 익히고 나면 김광도가 회사를 떼어줄 계획이다. 장현주가 김광도의 어깨를 움켜쥐고 밀어 올리는 시늉을 했다. 몸 위에 오르라는 표시다. 가쁜 숨결에 쇳소리가 섞였고 이미 눈동자의 초점이 흐려졌다. 김광도는 장현주의 몸 위에 올랐다. 한때 지도자 김동일까지 거부했던 순수한 공산당원 장현주가 지금은 룸살롱 실크로드를 경영하는 사업가가 되어 있다. 그것은 김광도에게 설득을 당했거나 강제에 의한 것이 아니다. 김광도는 장현주의 이상에 대해 단 한마디도 하지 않았다. 갈 테면 가라면서 배려해 주었을 뿐이다.

"아아아."

두 몸이 합쳐진 순간 장현주가 탄성을 뱉었다. 뜨거운 몸이다. 김광도는 자신의 몸이 뜨거운 구덩이로 빨려 드는 느낌을 받는다. 이제 김광도의 몸에 익숙해진 장현주는 리듬을 맞춘다. 김광도의 엉덩이를 움켜쥐고 속도와 강약을 조절하기도 한다. 방안은 열기로 덮였다. 습하고 뜨거운 열기 속에서 가쁜 숨소리와 비명 같은 탄성이 터지는 중이다. 그때 김광도가 장현주의 이마에 입술을 붙였다가 떼며 말했다.

"이제 현주 씨도 색골이 다 되었어."

"그래."

장현주가 허리를 추켜올려 김광도의 몸을 받으면서 소리쳤다.

"그래. 나, 죽여줘."

바로 그 순간 동굴이 와락 좁혀졌으므로 김광도는 신음했다. 매일

밤 장현주의 기교가 달라지고 있다. 엄청난 학습 효과를 내고 있는 것이다. 김광도가 거칠게 진입하자 장현주의 입이 딱 벌어졌다. 이때가 가장 아름답다. 다 잊어버리고 다 놓는 이 순간이, 김광도는 다시 거칠게 움직였다.

여자가 다가오고 있다. 뒤를 따르는 유병선과 안종관의 모습이 흐려져 있다. 마치 여자가 빛을 발산하기 때문인 것 같다. 한랜드 장관 접견실, 오전 11시 정각. 문에서 서동수까지의 거리가 10미터 정도였는데 멀게 느껴진다. 10여 보의 걸음일 텐데 수십 보를 떼는 것 같다. 이윽고 여자가 다가와 섰을 때 서동수의 어깨가 늘어졌다. 그때 유병선의 목소리가 꼭 스피커에서 나오는 것처럼 울렸다.

“장관님, 후원 차관이십니다.”

“안녕하십니까, 장관 각하.”

여자가 바로 인사를 하더니 웃음 띤 얼굴로 머리만 조금 숙였다. 중국어를 쓴다.

“잘 오셨습니다, 후 차관.”

서동수가 손을 내밀자 여자가 손을 잡는다. 윗사람이 먼저 손을 내밀어야 하는 것이다. 여자의 손은 따뜻했고 부드러웠으며 가늘고 작았다. 눈웃음을 치는 눈동자가 맑았으며 입술은 단정했다. 여자는 중국 국무부 차관 후원, 중국의 특사 자격으로 한랜드를 방문한 것인데 밀사다. 비밀 입국을 한 것이다. 가명을 썼고 관광객에 끼어서 육로로 입국했다. 한랜드의 내란이 수습된 지 오늘로 열흘째. 소요는 진즉 진압되었지만 아직 한랜드 요소요소에는 남북한 군대가 경비를 서고 있는 상황이다. 접견실에서 마주보고 앉았을 때 서동수가 웃음 띤 얼굴로 후원을 보았다.

"주석께서는 안녕하시지요?"

서동수의 중국어는 유창하다. 시선을 받은 후원이 따라 웃었다.

"예. 안부 말씀 전해드리라고 하셨습니다, 장관 각하."

"이번 한랜드 사태로 걱정을 끼쳐드렸습니다."

"죄송하다는 말씀을 하셨습니다."

"중국인 피해는 거의 없으니 다행입니다."

"모두 장관 각하께서 배려해 주신 덕분이라고 말씀하셨습니다."

유병선과 안종관도 중국어를 알지만 서동수만큼은 못하다. 그래도 둘의 말을 다 알아듣는다. 그때 비서가 각자의 앞에 인삼차 잔을 놓았다. 서동수와 후원은 마주보는 위치였고 유병선, 안종관은 좌우에 갈라 앉았다. 그때 후원이 입을 열었다.

"장관 각하, 한민족과 중국은 5000년 형제국입니다. 우리는 같은 핏줄이지요."

"그렇지요."

서동수가 거침없이 동의했을 때 후원이 말을 이었다.

"이번에 삼합회의 왕춘은 중국 정부에서 제거한 것입니다. 장관 각하께서도 짐작하고 계시리라고 믿습니다."

이제 서동수는 시선만 주었고 후원의 목소리가 낮아졌다.

"왕춘은 국가에 해를 끼치는 행위를 저질렀기 때문에 처벌을 받았습니다. 그러나 이에 대한 사과는 드리라고 지시를 받았습니다."

"알겠습니다."

서동수가 지그시 후원을 보았다. 이미 후원에 대한 조사는 했다. 국무부 차관으로 공산당 서열 52위, 고위층에 해당된다. 베이징대, 미국

예일대 졸, 47세. 28세에 당간부 자식과 결혼했다가 2년 만에 이혼, 후원의 부친은 상하이 부시장을 지낸 명문가다. 서동수가 입을 열었다.

"오늘 저녁에 같이 식사를 하시지요."

"예, 장관 각하."

예약이 되어 있었지만 후원이 앉은 채로 머리를 숙였다.

"초대, 감사합니다."

갸름한 얼굴, 가는 눈썹, 초승달 같은 눈이 반짝이고 있다. 포사가 이런 모습이었는가? 아니다, 포사는 잘 웃지 않았다고 했다. 비단 찢는 소리에 웃었다던가? 서동수는 후원의 얼굴에서 눈을 떼지 못했다. 술잔을 든 서동수가 지그시 후원을 보았다. 오후 9시 반, 한시티의 한식당 '전주'의 밀실 안에서 둘이 마주앉아 있다. 이곳은 한국 광일 그룹이 투자한 식당 체인점으로 한랜드 안에만 '전주' 브랜드의 한정식 식당이 50개나 있다. 식사를 마치고 소주를 마시면서 서동수는 후원이 아직 본론을 꺼내지 않았다는 생각이 들었다. 중국 정부가 일본과 밀약을 맺고 한랜드 내란에 동조한 왕춘을 제거했다는 말을 전하려고 왔단 말인가? 사과 사절이라면 분위기에 맞지 않는다. 서동수의 눈앞에 문득 장치의 얼굴이 떠올랐다. 이제는 연락도 끊긴 지 오래되었지만 장치는 중국 정부와 이어주는 끈 역할을 했다. 중국인의 사고는 넓고 깊다. 열국지를 보면 온갖 간계가 다 나온다. 서동수는 숨을 골랐다. 그때 소주를 한 모금 삼킨 후원이 서동수를 보았다. 눈이 더 반짝였고 얼굴은 조금 상기되었다.

"각하, 각하의 한랜드 구상이 중국 지도자들한테도 막대한 영향을 끼치고 있다는 걸 아세요?"

거창한 시작이었으므로 서동수가 지그시 웃기만 했다. 물기에 젖은 후원의 입술이 육감적이다. 더구나 맑은 중국어는 술기운에 들으면 얼마나 고혹적인가? 미인의 소리면 더욱 그렇다. 그때 후원이 말을 이었다.

"중국은 다민족 국가이기도 합니다, 각하. 또한 21세기 이후에는 국경의 존재가 흐려지고 있습니다."

후원의 섬세한 손가락이 술잔을 쥐었다. 손톱 밑이 분홍색이다.

"아세요? 압록강 이북에서 일어난 여진이 중국 대륙을 두 번이나 장악하고 제국을 세웠지요. 바로 금(金)과 청(淸) 아닙니까? 그 여진은 고구려인이었지요."

"……."

"몽골제국은 제쳐 두고 말씀드리는 것입니다, 각하."

"차관."

소주를 한 모금 삼킨 서동수가 후원을 보았다. 웃음 띤 얼굴이다.

"그 말씀, 지시를 받고 온 겁니까?"

"각하의 판단에 맡기지요."

"한민족과 중국의 통합에다 한민족의 대륙 지배까지 포함되는 이야기지요?"

서동수의 시선을 받은 후원이 눈웃음을 지었다.

"그렇게 생각하셔도 되겠네요."

"과연 중국 지도자들은 통이 크군요."

"가능성이 있는 말씀처럼 들렸습니다."

이제는 정색한 후원이 서동수를 보았다.

"각하께서 남북한연방 대통령이 되시면 그 기회가 올 것 같았습니다."

"한반도에서 뻗어 나간 기운이 한랜드와 중국 대륙까지 덮을 수도 있다는 말씀이시군요."

"유라시아 로드가 중국 대륙을 통하는 것이 더 빠르지요. 실제로 실크로드가 그렇습니다."

서동수가 마침내 어깨를 늘어뜨리면서 긴 숨을 뱉는다. 칭기즈 칸은 부족원 200만 명으로 세계 최대의 제국을 건설했다. 정복한 지역의 주민은 흡수하고 종교를 따르며 배우면서 세계를 정복했다. 한민족이라고 안 될 것이 있느냐? 머리를 든 서동수가 후원을 보았다.

"그것도 개인 의견이오?"

"그렇게 생각하셔도 됩니다, 각하."

차분한 표정으로 대답한 후원이 소주잔을 들었을 때 서동수가 다시 물었다.

"오늘 밤 우리 둘이서 먼저 한·중 동맹을 맺는 것이 어때요? 물론 개인적으로."

후원이 시선만 주었으므로 서동수의 말이 더 분명해졌다.

"지난번의 장치는 인질 격이지만 차관, 당신은 내 참모 역할로 적합하겠어."

"감사합니다."

후원이 눈웃음을 쳤다. 가슴이 섬뜩할 만큼 자극적인 웃음이다. 중국 황제가 저런 웃음을 보려고 봉화를 올려 수십만 대군이 변이 난 줄 알고 달려오도록 했다는 고사가 또 떠올랐다. 포사가 대군의 헛고생한 장면을 보고 웃었기 때문이다. 그러다가 정작 난이 일어나 봉화를 올렸더니 또 거짓 봉화인 줄 알고 지원군이 안 와 나라가 망했다던가? 후원이 말을 이었다.

"과연 명불허전이군요."

"나는 속물이오, 차관."

"솔직하고 자신감이 넘치는 분이지요."

"그걸 핑계로 성욕을 절제하지 못한 경우가 많지."

"여론은 그것을 호의적으로 받아들이는 것 같더군요."

"여론을 의식한 적은 없어, 시대가 조금 변한 모양이오."

"하지만 오늘은 힘들겠어요. 오늘은 제 말씀을 전달해드린 것으로 마쳤으면 합니다."

"그래야겠지요."

머리를 끄덕인 서동수의 얼굴에 웃음이 떠올랐다.

"중국 정부의 적극적인 지원을 기대한다고 전해주시오."

"예, 장관 각하."

"금(金)과 청(淸)이 고구려의 주민이었던 여진이 세운 나라였다는 말씀도."

서동수가 자리에서 일어서자 따라 일어선 후원이 정색했다.

"그것은 사실입니다, 장관 각하."

"고맙습니다. 다음에 뵙지요."

서동수가 손을 내밀자 후원이 손을 뻗었다. 후원의 손가락은 섬세하고 부드러웠으며 따뜻했다. 서동수가 잡은 손에 힘을 줬더니 후원도 손가락을 꿈틀거리며 마주 쥐었다. 서동수의 심장 박동이 빨라졌고 열기가 순식간에 말초 신경까지 퍼져나갔다. 후원을 먼저 배웅한 서동수가 다가온 승용차에 올랐다. 오후 10시 반이다. 서동수가 등을 붙이고 앉았을 때 앞좌석에 앉은 최성갑이 몸을 돌리며 낮게 말했다.

"장관님, 연락했습니다."

서동수가 머리만 끄덕였다. 밤길을 달린 승용차가 10분쯤 후에 멈춘 곳은 아리랑식당 앞이다. 서동수와 최성갑 둘이서만 안으로 들어서자 이옥영이 서둘러 다가왔다. 얼굴이 붉어졌고 두 눈이 반짝였다. 이옥영 뒤로 부모가 따라 나왔는데 반갑고 당황한 표정이다.

"장사 잘되는가 보려고."

인사를 한 서동수가 안쪽으로 안내되어 가면서 식당을 둘러보았다. 늦은 시간인데도 손님이 절반 이상은 찼다. 장사가 잘되는 것이다. 안쪽 밀실로 안내된 서동수가 자리에 앉았을 때 따라 들어온 이옥영의 부모와 남동생 부부까지 인사를 마치고 돌아갔다. 이옥영 가족이 아리랑식당을 인계받은 지 한 달이 되어가는 중이다. 최성갑의 연락을 받은 터라 곧 종업원들이 술과 안주를 가져왔고 이옥영이 따라 들어왔다. 이옥영은 34세, 우즈베키스탄 태생이지만 고려인 4세로 한국말이 유창하다. 대를 이어서 부모로부터 철저하게 한국말 교육을 받았다고 했다. 그런 카레이스키가 많은 것이다.

"내가 인사받자고 온 건 아냐. 이옥영 씨는 이 식당을 받고도 남을 만한 일을 했어."

앞에 앉은 이옥영에게 서동수가 정색하고 말했다.

"그러니까 이제 잘 살아. 좋은 남자도 만나고 아이도 낳고……."

그때 이옥영이 똑바로 서동수를 보았다.

"저, 오늘밤 데려가실 수 있죠?"

이옥영의 두 눈이 똑바로 서동수를 응시하고 있다.

밤 12시 반, 방의 불을 꺼 놓았지만 침대로 다가오는 이옥영의 모습은 선명하게 드러났다. 흰 가운을 걸치고 성큼성큼 다가온다. 이곳은 한시티 북쪽의 장관 별장. 숲에 둘러싸여 있어서 2층 베란다에 서면 숲만 보인다. 침대로 다가온 이옥영이 거침없이 이불을 들추고 들어왔으므로 서동수의 얼굴에 웃음이 떠올랐다.

"이리 와."

팔을 뻗으며 말했더니 이옥영이 안겨왔다. 풍만한 몸이다. 상큼한 비누 냄새가 풍겨왔고 가슴에 닿는 숨결이 뜨겁다. 서동수가 이옥영의 가운을 젖히자 금방 알몸이 드러났다. 알몸에 가운만 걸쳤기 때문이다. 서동수가 먼저 이옥영의 입을 맞췄다. 이옥영이 두 팔로 서동수의 어깨를 쥐더니 입을 열어 혀를 내밀어 주었다. 거침없는 반응이다. 서동수는 이옥영의 뜨거운 젤리 같은 혀를 빨았다. 가쁜 숨소리에 이옥영의 콧소리가 섞였다. 혀를 빨면서 이옥영의 젖가슴을 움켜쥐었더니 옅은 신음이 울렸다. 풍만한 젖가슴이다. 한 손에 다 잡히지가 않았지만 탄력이 강해서 출렁거렸다가 금방 중심을 잡는다.

"멋진 몸이야."

마침내 서동수가 탄성을 뱉었다.

"내가 또 선물을 받는구나."

무슨 말을 하겠는가? 이옥영은 뭔가 보답을 해주겠다는 마음이 절실했고 서동수 또한 사양할 성품이 아닌 것이다. 이옥영이 어느새 서동수의 남성을 두 손으로 움켜쥐더니 문지르기 시작했다. 잠깐 입을 뗄 때마다 거친 숨소리에 섞여 탄성이 터진다. 서동수는 몸을 돌려 이옥영의 골짜기에 입을 붙였다. 이옥영이 신음을 뱉더니 서동수의 남성을 입에 넣었다. 방안에 열풍이 덮이고 있다. 습하고 더운 열기다. 이윽고 서동수가 몸을 세우고는 정상위 자세로 이옥영을 내려다보았다. 이옥영이 두 손으로 서동수의 어깨를 움켜쥐고는 거친 숨을 몰아쉬는 중이다.

"어서요."

마침내 이옥영이 하반신을 비틀면서 소리쳤다. 서동수의 남성이 이옥영의 젖은 골짜기를 문지르며 지나갔다. 그러나 이옥영은 제 손으로 서동수의 남성을 잡아 이끌지는 않는다. 기다리는 것이다.

"빨리."

이옥영이 다시 허덕이며 소리쳤을 때 감동한 서동수가 천천히 진입했다. 입을 벌린 이옥영이 서동수의 어깨를 움켜쥐었다. 두 다리를 추켜올려 서동수의 몸을 다 받는 것 같은 자세를 취했다가 커다란 신음과 함께 늘어졌다. 서동수는 뜨겁고 탄력이 강한 동굴 속으로 온몸이 빠져드는 느낌을 받는다. 이제 이옥영은 서동수의 동작에 맞춰 빈틈없이 반응하고 있다. 어둠에 익숙해진 서동수의 눈에 이옥영의 일그러진 얼굴이 다 보인다. 이를 악물었다가 턱을 치켜들면서 뱉는 신음은 절규에 가깝다. 두 손으로 서동수의 몸을 감더니 곧 팔을 움켜쥐었고 이어서 허리를 감싸 안는 동작을 되풀이하고 있다. 격렬한 반응이지만 리듬을 깨뜨리지 않는 것이다. 서동수는 이옥영이 급격하게 솟아오르는 것을 느끼기 시작했다. 두 다리가 올라갔다가 내려오는 속도가 늦춰지더니 얼굴을 자꾸 서동수의 가슴에 붙였다가 떼는 것이다. 절정으로 치솟고 있다는 신호다. 두 몸이 하나로 붙여지고 싶다는 표시 같기도 했다. 뜨거운 동굴의 수축력은 더 강해졌고 벽의 박동은 거칠어져서 무너질 것 같다. 이윽고 이옥영이 폭발했다. 마치 숨이 끊어질 것 같은 폭발이어서 단말마의 외침도 없이 굳어지고 있다. 그러나 서동수는 참았다. 지금 하기에는 너무 아깝다.

"어서 오십시오."

다음 날 오전 서동수가 장관실에서 세 사내를 맞는다. 한국에서 날아온 한국당 의원들이었다.

"아유, 장관님. 바쁘신데 뵙게 되었습니다."

먼저 정중하게 인사를 한 사내는 한국당 원내총무 진기섭, 3선 의원으로 대통령 한대성의 최측근으로 알려져 있다.

"잘 오셨습니다. 뵙고 싶었어요."

진기섭과 악수를 나눈 서동수가 이어서 정책위의장 오성호와 부총무 강동인과도 인사를 나누었다. 서동수 측의 배석자는 비서실장 유병선과 내무부장 안종관이다. 여섯이 둘러앉았을 때 먼저 진기섭이 이번 내란 진압에 대한 축하 인사를 했다. 이번에 셋은 서동수의 초청을 받아 한랜드를 방문하게 된 것이다. 요즘 한국은 선거 운동 기간이다. 다음 달에 한국 대통령 보궐 선거가 있는 것이다. 보궐 선거에는 국무총리였던 조수만이 입후보한 상태였는데 무난히 당선될 것이었다. 그리고 조수만은 1년 반 후로 다가온 남북연방 대통령 선거까지 한국 대통령을 맡게 된다. 그때 서동수가 셋을 둘러보며 말했다.

"대통령께서 저한테 세 분을 만나보라고 하셨습니다. 세 분을 믿고 계시더군요."

셋의 얼굴이 동시에 숙연해졌다. 그렇다. 대통령 한대성이 서동수의 새로운 정치적 후원자로 셋을 추천한 것이다. 서동수가 말을 이었다.

"난 본래 정치에 뜻이 없었지만 신의주에 이어서 한랜드까지 맡게 되다 보니 어쩔 수 없이 정치적으로 마무리를 해야 될 것 같았습니다."

듣고 있던 유병선과 안종관이 거의 동시에 어깨를 늘어뜨렸다. 서동수가 처음으로 정치참여 의사를 공식적으로 표현한 셈이 되었다. 지금까지 연방 대통령 후보 이야기가 나왔어도 수동적이었던 서동수였다.

그때 진기섭이 커다랗게 머리를 끄덕였다.

"대세가 그렇습니다. 국민의 여망이 그것을 말해줍니다, 장관님."

진기섭은 3선이지만 3년 전만 해도 거의 언론에 나타나지 않았던 정치인이다. 오성호와 강동인도 마찬가지다. 사업가 출신인 진기섭이 말을 이었다.

"이제 장관님께선 한국에 정치적 영향력을 넓히실 때가 되었습니다. 저희들이 최선을 다하겠습니다."

서동수가 잠자코 커피 잔을 들어 한 모금 삼키고 나서 말했다.

"정치도 변해야겠지요."

셋은 입을 다물었고 서동수의 말이 이어졌다.

"그래서 대통령께서 여러분을 추천하셨는지 모릅니다. 앞으로 잘 부탁합니다."

"저희들한테 하실 말씀이 있는지 알고 싶습니다."

오성호가 말했으므로 서동수의 얼굴에 웃음이 떠올랐다.

"먼저 대통령 선거를 치르고 나서 말씀드리지요. 1년 동안 집중해야 할 일이 있습니다."

서동수는 이제 1년만 더 한랜드 장관직을 수행한 후에 한국으로 돌아갈 예정인 것이다. 한랜드 장관을 또 다른 사람에게 넘겨줘야만 한다. 신의주 장관을 조수만에게 인계했다가 조수만이 대통령 보궐선거에 나오는 바람에 신의주 장관이 또 바뀌었다. 셋의 시선을 받은 서동수가 말을 이었다.

"선거가 끝나고 나서 말씀드리지요."

그리고 대통령 한대성의 병세도 위중한 상황이다. 한대성이 선거가 끝난 후에 얼마나 더 견딜지 국민들은 처연한 심정으로 지켜보고 있다. 그때 서동수가 말했다.

"남북 연방을 건국한 위인은 한대성 대통령으로 기록되어야 할 겁니다."

한국 대통령 한대성이 한·중 동맹 협정서에 조인을 한 것은 대통령 보궐 선거가 열흘이 남았을 때다. 췌장암 말기로 얼굴이 흙빛이 된 한대성은 휠체어에서 내려 부축도 받지 않고 경복궁 뜰에 마련된 테이블로 다가가 중국 총서기 시진핑과 악수를 나누었다. 전 세계에서 몰려든 수백 명의 언론 매체가 일제히 방영을 시작했다. 오전 11시 정각, 정상이 나란히 앉은 테이블 좌우에는 양국의 각료가 수십 명씩 늘어섰지만 분위기는 엄숙했다. 역사적인 한·중 동맹이다. 이윽고 두 지도자가 자리에 앉아 협정서에 조인을 함으로써 식은 끝났다. 자리에서 일어선 한대성의 얼굴에는 환한 웃음이 떠올랐고 다가선 시진핑이 어깨를 껴안더니 귓속말을 했다. 그러자 한대성이 이를 드러내며 웃었다. 그것을 화면으로 본 양국 국민들은 모두 눈물을 흘렸다. 소리 내어 우는 사람이 많았다.

"미친놈들."

TV 화면으로 그 장면을 보면서 아베가 쓴웃음을 지었다.

"저것들 얼마나 가는지 보자. 내 장담컨대 내부 분열로 10년도 못 가 동맹이고 나발이고 깨진다."

총리관저 안이다. 주위에는 아소 다로 부총리 겸 경제상과 관방장관 오다, 중의원 의장 요시무라까지 넷이 둘러앉았는데 최측근들이다. 다시 아베의 목소리가 방을 울렸다.

"내가 중국 놈들, 한국 놈들 기질을 알지. 특히 한국 놈들 말이야. 저것들은 전쟁이 일어나도 당파 싸움을 하는 놈들이라고."

"……."

"420년 전 조선 정벌 때도 그랬지. 그 전해에 조선 사신 두 놈이 와서 히데요시 관백을 만나고 나서 어떻게 보고를 했는지 아시오?"

아베의 얼굴에 쓴웃음이 번졌다.

"한 놈이 '히데요시 관백이 전쟁 준비를 하고 있는 것 같습니다. 기강이 굳고 군신 체제가 잘 정비되어 있으니 대비를 해야 됩니다' 하니깐 다른 한 놈이 뭐라고 했겠습니까?"

주위를 둘러본 아베가 말을 이었다.

"한 놈이 전혀 다른 보고를 한 거요. 히데요시 관백이 체격이 작고 위엄이 없다면서 전혀 그럴 가능성이 없다고 말이오. 오직 상대방이 반대 파벌이었기 때문에 그런 거지."

아베의 얼굴에 다시 일그러진 웃음이 떠올랐다.

"그래서 전혀 전쟁 대비를 안 했다가 7년 동안 전국을 유린당했지. 그런데 조선 역사를 보니까 더 기가 막힌 사실이 있더군."

"……."

"전쟁이 일어나자 왕이 그 반대 보고를 한 놈을 잡아오라고 했는데 잡아오다 풀어줬어요. 그 당시 그놈들 당파가 정권을 잡고 있었거든."

"……."

"나중에 그놈들 싸우다가 장렬히 전사했다고 기록되었는데 그것도 꾸며주었겠지. 그런 민족이오."

"총리."

그때 아소가 불렀으므로 아베는 머리를 들었다. 아소가 조금 핏발이

선 아베의 눈을 지그시 보았다.

"총리, 사임하시지요."

눈만 치켜뜬 아베를 향해 아소가 한마디씩 분명하게 말했다.

"의회 해산하고 어쩌고 할 것 없이 총리 직부터 사임하시는 것이 낫겠습니다."

"아니, 아소 씨."

"지금 옛날 조선시대 이야기하고 있을 때가 아닌 것 같소."

아소가 작은 체구를 부풀리며 말했을 때 아베의 시선이 마침내 비껴갔다. 그렇다. 지금 아베의 지지율은 5%대다. 최악이다.

"고용 인원이 5000명을 넘었어요."

불쑥 김광도가 말했으므로 조창복이 술잔을 내려놓았다. 밤 10시 반, 실크로드의 사무실 안에서 김광도가 조창복, 안기춘과 고영일까지 넷을 둘러보며 말했다.

"1년쯤 후에는 1만 명쯤 될 것 같습니다. 난 매출액보다 그것에 보람을 느낍니다."

조창복이 웃음 띤 얼굴로 머리를 끄덕였다.

"북조선 인민들한테 유라시아그룹이 잘 알려져 있지요. 저는 그것이 보람입니다."

김광도의 시선이 안기춘에게로 옮겨졌다.

"그것이 저절로 되지는 않았지요."

안기춘은 죽은 백진철의 심복이었다. 백진철 등의 희생이 없었다면 김광도의 사업은 기반을 굳히기 어려웠을 것이다. 방안에 잠깐 정적이 덮였다. 백진철의 살해범이 보위부에서 파견된 전광수라는 것까지 밝혀졌지만 아직 잡지 못했다. 그때 그룹 기획실장 고영일이 말했다.

"이번 내란이 끝나고 시장이 재편되면서 중국과 미국, 러시아 자본이 밀려들어오는 반면에 일본의 투자가 거의 멈춘 상황입니다."

모두 알고 있는 일이었으므로 시선만 준다. 고영일은 김광도가 유병선의 추천을 받아 영입한 전문 관리인이다. 회사 규모가 커지면서 김광도가 유병선에게 부탁을 한 것이다. 고영일이 말을 이었다.

"이제 우리 유라시아그룹은 유흥, 관광 사업에서 수송, 제조 산업으로 발전시켜 나가야 될 것입니다."

유라시아그룹의 미래는 서동수가 일으켰던 동성 그룹과 닮아가고 있다. 당연한 일이다. 김광도가 서동수를 존경하고 있을 뿐만 아니라 지금 유라시아그룹의 설계자인 고영일이 바로 동성 그룹 기획실 출신이기 때문이다. 그때 술잔을 든 김광도가 말했다.

"자, 한랜드의 미래를 위해 건배합시다."

따라서 술잔을 든 조창복은 이제는 회원이 1만여 명이 된 한강회 부회장 겸 그룹 직업연수원장, 여행사 사장을 맡고 있다. 안기춘은 몸으로 뛰는 관리부장이다. 한 모금에 술을 삼킨 김광도가 말을 이었다.

"이제 한국 대통령 선거가 끝나고 나면 남북한연방 체제 준비 기간이 돼요. 1년 안에 준비가 끝나고 1년 반 후에는 연방 대통령 선거인데……."

"그야 우리 장관께서 당선이 되시겠죠."

셋 중 말이 빠른 안기춘이 넓은 얼굴을 들고 말했다. 그러자 조창복이 거들었다.

"그 1년 반 동안 우리는 기반을 굳혀야만 합니다."

유라시아그룹이 한랜드 정부, 즉 장관 서동수의 적극적인 지원을 받고 있다는 것은 세상이 다 아는 사실이다. 정부의 특전을 받아 요지(要地)의 대지를 넘겨받았으며 자금 지원까지 받았다. 더구나 내란이 끝나고 나서 주동자들이 보유했던 기업체들을 헐값으로 넘겨받은 것이다. 또한 유라시아그룹의 조직인 한강회가 한랜드 정부의 사설 용병 단체라는 것도 모두가 안다. 그때 김광도가 웃음 띤 얼굴로 말했다.

"우리가 한랜드 내부 민심을 안정시키고 정부의 시책에 호응하면서 내란을 진압한 공이 있는 건 사실이죠."

머리를 든 김광도가 셋을 둘러보았다. 두 눈이 번들거리고 있다.

"내가 장관님의 특혜를 입은 건 사실입니다. 그런데 왜 나나 장관님이 온전한지 여러분은 아시지요?"

그때 동성 출신의 고영일이 이를 드러내고 웃었다.

"압니다. 전혀 뒷거래가 없었기 때문이죠. 그것이 우리 장관님의 스타일이죠."

고영일은 아직도 서동수를 우리 장관이라고 한다.

대통령 보궐선거에서 전 국무총리이자 전 신의주 장관인 조수만이 당선되었다. 야당에서 후보를 내세웠지만 압도적인 지지를 받아 당선된 것이다. 그것은 1년 반 후의 순조로운 남북한연방제를 기원하는 국민의 열망이었다. 연방 대통령이 될 서동수에 대한 한국인의 예비 투표라고 표현한 언론도 있다. 조수만이 당선된 다음 날 일본 총리 아베 신조가 총리 직을 사퇴했다. 예상하고 있던 일이었으므로 세계 각국의 언론은 차분하게 보도했다. 워싱턴 포스트는 '뜨는 해와 지는 해'라는 사설로 한국과 일본의 현실을 객관적으로 표현했는데 밑에 커다랗게 그린 그림이 의미심장했다. 욱일승천기를 그려놓고 중앙의 둥근 원을 태극 문양으로 바꾼 것이다. 서동수는 베이징으로 날아가는 전용기 안에서 워싱턴 포스트지의 그림을 보고 있다.

"감개무량합니다."

앞쪽에 앉은 유병선이 말했으므로 서동수가 시선을 들었다. 유병선이 웃음 띤 얼굴로 서동수를 보았다.

"태극승천기라고 부를까요?"

유병선도 서동수가 무엇을 보고 있었는지를 아는 것이다.

"그래도 되겠지."

의자에 등을 붙인 서동수의 얼굴에 웃음이 떠올랐다.

"내가 지금 어떤 마음으로 베이징을 향해 날아가고 있는지를 알면 미국이 이런 그림을 그려줄까 하고 생각했어."

"어떤 마음이십니까?"

유병선이 정색하고 물었으므로 서동수가 잠깐 창밖을 보았다. 구름 몇 점이 아래쪽에 떠 있을 뿐 하늘은 맑다. 비행기는 창공에 그냥 떠 있는 것 같다. 이윽고 머리를 돌린 서동수가 분신이나 다름없는 유병선을 보았다. 유병선은 비서실장이었지만 때로는 스승이며, 때로는 가정사의 조언자다. 서동수는 모르는 것은 모른다면서 맡기는 성격이다. 맡긴 후에는 전권을 이양하고 도와줄 뿐이다. 그래서 실패한 적도 있지만 부하들의 절대적인 신임을 받는다. 그런데 유병선 같은 심복도 모르는 것이 있다. 바로 지금 같은 경우다. 이것이 바로 창업자, 개척자 또는 위대한 발명가의 공통점일 것이다. 무엇인가를 만들어 내는 것. 그것이 조그만 기계 부속일 수도 있고 새로운 회사, 미지의 땅, 또 다른 무엇일 수도 있다. 서동수가 입을 열었다.

"지난번 국무차관 후원이 와서 여진이 대륙을 지배한 금(金), 청(淸)

이야기를 해주고 갔지?"

말해주었기 때문에 유병선은 시선만 준다. 서동수의 목소리가 낮아졌다.

"중국 고위층의 전언이야."

"그렇겠지요."

"여진이 고구려의 속민이라는 말도 해주었어. 결국 한반도의 뿌리인 고구려가 대륙을 지배했다는 말과 같지."

"동북공정을 추진해오고 있는 것과는 다른 행태지요."

"그야 그런 의식도 있으니까."

유병선이 어깨를 부풀렸다가 내렸다. 심호흡을 한 것이다.

"장관님, 중국인들은 술수가 뛰어난 사람들입니다."

"그럼, 손자병법이 지금도 유용할 정도로 계략이 무궁무진하지."

"시진핑 주석을 만나 무슨 이야기를 하실 겁니까?"

불쑥 유병선이 묻자 서동수가 다시 창밖을 보았다. 이제는 구름도 없는 푸른 하늘이다. 이번 방중은 후원과 약속을 했지만 시 주석을 만나기로 한 것이다. 그때 서동수가 머리를 들었다.

"중화민국을 대한민국으로 바꿀 수도 있는지 물어봐야겠어."

"카짜, 한랜드 관광이 요즘 인기더군."

푸틴이 보드카 잔을 들고 말했다. 모스크바 북서쪽의 푸틴 별장 안이다. 헐렁한 셔츠 차림의 푸틴은 얼굴이 조금 상기되었다. 보드카를 대여섯 잔 마신 것이다.

"네, 관광 상품이 다양한 데다 자금 입출이 자유롭거든요. 검은돈은 다 한랜드로 들어온다는 소문이 났습니다."

카타리나의 얼굴에 웃음이 떠올랐다. 밤 10시 반, 이층 발코니에서 앞쪽 숲이 보였지만 가까워서 답답한 느낌이 든다. 숲의 나무도 잡목이다. 카타리나가 다가와 푸틴의 빈 잔에 술을 채웠다. 푸틴의 손이 카타리나의 원피스 밑으로 들어가 엉덩이를 주무르고 나왔다. 카타리나가 앞쪽에 앉더니 다리를 꼬아 앉았다. 비스듬한 위치여서 한쪽 다리가 허벅지까지 드러났다.

"지금 서동수가 베이징 이화원의 안가에 들어가 있어."

다시 술잔을 든 푸틴이 카타리나를 보았다. 카타리나는 서동수가 베이징으로 떠나기 전에 모스크바로 날아온 것이다.

"지난번에 국무차관이 서동수를 만나고 갔지? 그 여자가 시진핑의 밀사야, 카짜."

"전 못 보았는데요."

"너보다는 못하지만 미인이다. 섹시하지."

"감사합니다."

"난 필름으로 보았는데 배우 같았어."

한 모금 술을 삼킨 푸틴이 지그시 카타리나를 보았다.

"서동수 그놈은 여자를 밝혀. 닥치는 대로 주워 먹는 개 같은 놈이지."

"……."

"그래서 미인계가 제대로 안 먹혀."

"……."

"북한에 가서도 주는 대로 먹어버리니 약점을 잡을 수가 있어야지. 다 그러려니 하고 믿는 터라 말이야."

"……."

"오히려 약점 잡았다고 떠드는 놈이 제대로 병신이 되는 거지."

그때 카타리나가 정색했다.

“각하, 저 서동수하고 깊은 관계를 가진 적 없습니다.”

“알아. 라진 그놈하고도 깊은 관계를 갖지 않았다는 것도.”

“…….”

“카짜, 넌 대단한 공적을 쌓고 있어. 넌 영웅 훈장감이야.”

“각하, 저는…….”

“네가 존재하는 것만으로도 가치가 있는 거야. 스스로를 과소평가하지 마.”

“감사합니다, 각하.”

“서동수는 이번에 시진핑을 만날 거야.”

빈 술잔을 든 푸틴이 말하자 카타리나는 숨을 들이켰다. 푸틴이 말을 이었다.

“동북아가 요동치고 있어. 난 그것을 보면 흥분이 돼.”

푸틴의 두 눈이 번들거렸다.

“뜨거운 욕탕 안에 난 가만 누워 있는데 누가 내 연장을 쥐고 해주는 것 같단 말이야, 카짜.”

“…….”

“우리한테 손해될 일은 없어. 최고회의, 전략회의에서도 나온 결론이야.”

빈 술잔을 내려놓은 푸틴이 카타리나를 보았다.

“이번에 서동수가 베이징에서 돌아오면 아마 너를 통해서 무슨 이야기를 해올 거야.”

“예, 각하.”

“어차피 모든 길은 모스크바로 통하게 되어 있어.”

심호흡을 한 푸틴이 어깨를 펴더니 카타리나의 허벅지를 보았다.

"카짜, 벗어."

카타리나는 홀린 듯이 자리에서 일어섰다. 분위기에 압도당했다는 표현이 맞다.

"1949년 10월 1일에 중화인민공화국이 수립되었지요."

시진핑이 부드러운 얼굴로 서동수를 보았다. 이화원의 안가 안, 정원이 보이는 1층 마루방에 셋이 둘러앉았다. 시진핑과 당 서열 2위인 총리 저커장, 그리고 서동수다. 이번 한랜드 내란 사건에 책임을 지고 근신 중이라면서 얼굴을 비치지 않던 저커장이다. 오전 10시 반, 시진핑과 저커장이 이곳 안가로 서동수를 찾아온 것이다. 시진핑이 말을 이었다.

"그 건국이념은 변함이 없습니다. 장관, 다만 새 시대에 맞도록 국가가 운영되어야 할 것입니다."

서동수는 머리만 끄덕였다. 베란다 쪽 유리문을 통해 정원의 연못가에 놓인 기기묘묘한 바위들이 보였다. 그때 시진핑이 말을 이었다.

"1년 반 후에 장관께선 남북한연방 대통령이 되시겠지요. 아마 틀림없을 것입니다."

"……."

"오히려 시간이 지날수록 한국민의 열망이 더 높아지겠지요."

시진핑의 얼굴에 웃음이 떠올랐다.

"장관, 지린성은 말할 것도 없고 헤이룽장성, 랴오닝성, 그리고 산둥성의 인민도 장관을 지지하고 있습니다. 알고 계시지요?"

"아니, 그것은."

따라 웃은 서동수가 말을 이었다.

"제 사업 기반이 중국에 있다 보니까."

"옛날 산동성 동해안이 백제의 영토였다는 기록이 있지요."

서동수가 숨을 들이켰다. 지도자가 되면 역사 공부는 필수라는 사실이 또 확인되었다. 국가의 제대로 된 역사를 알아야 제대로 통치할 수 있는 것이다. 그때 시진핑이 말을 이었다.

"한반도의 서쪽에 위치한 백제라는 나라가 중국 대륙에 22곳의 영토를 확보하고 있었다는 기록도 있습니다. 물론 이것은 정통 역사서에는 기록되지 않았지요. 하지만"

시진핑이 눈을 가늘게 뜨고 서동수를 보았다.

"한국에서는 그걸 가르치고 있지요?"

"물론입니다, 각하."

어깨를 편 서동수가 대답했지만 자신이 없다. 일제가 36년간 지배하면서 불리한 기록은 다 제거했기 때문이다. 잠깐 정신이 혼란스러웠을 때 다시 시진핑의 말이 이어졌다.

"장관, 남북한연방과 한랜드 사이에 동북 3성이 있습니다. 그렇지 않습니까?"

"그렇지요."

"한랜드에 이어서 유라시아로 뚫고 나가는 한민족의 기세가 무섭습니다."

서동수의 시선을 받은 시진핑이 빙그레 웃으며 물었다.

"장관, 어떻게 생각하십니까?"

"국호를 중화민국 대신 대한민국으로 바꿀 수 있을까요?"

서동수가 정색하고 물었다. 식당 간판을 바꿔 달지 않겠느냐는 말

같았다. 그때 저커장과 마주보던 시진핑이 머리를 끄덕였다.

"가능합니다."

"한국인 지도자가 통치해도 말입니까?"

"대륙이 통일되는데 모두 받아들일 것입니다."

"한반도는 대한민국의 조선성이 됩니까?"

"성 이름은 상관없습니다."

"중국 인민이 납득할까요?"

그때 저커장이 힐끗 시진핑을 보았다. 시진핑이 머리를 끄덕이자 저커장이 대신 말했다.

"중국 인민은 금(金), 청(淸), 심지어 몽골의 지배도 모두 받아들였습니다. 중국은 다민족 국가이며 인민들은 어떤 지도자이건 잘살게 해주기만 하면 따릅니다."

오후 5시 반, 서동수의 전용기가 김포공항에 착륙했다. 베이징에서 곧장 서울로 날아온 것이다. 전 대통령 한대성이 위중한 상태라는 연락을 받았기 때문이다. 서동수가 한국대병원 병실로 들어섰을 때는 오후 6시 반, 방안에는 신임 대통령 조수만과 여야 대표, 국무총리까지 병상 주위에 둘러앉아 있었다. 한대성은 팔에 링거를 꽂은 채 병상에 앉아 있었는데 얼굴은 가죽만 남았으나 눈이 맑았다. 들어서는 서동수를 보자 얼굴을 펴고 웃는다.

"이제 다 오셨군."

서동수의 인사를 받으면서 한 말이다. 주위의 인사들에게도 눈인사를 하고 난 서동수가 비어 있는 자리에 앉았다. 모임의 이유를 말하지 않았어도 모두 다 안다. 한대성의 유언을 듣는 자리다. 병상 위쪽 구석에 녹음기가 놓였고, 비서 두 명이 기록하고 있다. 역사에 남기려는 것이다. 이윽고 한대성이 입을 열었다.

"남북한연방이 계획대로 잘 추진되기를 바랍니다."

방안엔 숨소리도 들리지 않았고 한대성의 조금 가라앉은 목소리가 이어졌다.

"남북한연방은 한민족 5000년 역사를 빛내줄 민족적 사명인 것입니다. 우리는 이 역사적 과업을 위해 목숨을 버릴 각오를 해야 합니다."

낮았지만 한대성의 목소리에 열기가 느껴졌다.

"남북한연방과 한랜드, 유라시아를 잇는 이 띠는 한민족의 세계 진출을 의미합니다. 여러분이 이 과업을 이끌어 나가는 것입니다."

그때 병상 끝 쪽에 서 있던 간호사가 수건으로 한대성의 이마에 배어난 땀을 눌러 닦는다. 한대성이 말을 이었다.

"차질 없이 진행해야 합니다. 이제 1년 반 남았습니다. 여러분, 이 자리에서 약속을 해주십시오. 그래서 내가 행복하게 눈을 감도록 해주십시오."

"대통령님."

조수만이 전 대통령을 불렀다. 얼굴이 상기되어 있다.

"약속드립니다. 여기 모인 모두의 이름을 걸고 선서하겠습니다."

"드릴 말씀이 있습니다."

서동수가 말했으므로 모두의 시선이 모였다. 한대성도 번들거리는 눈으로 서동수를 본다. 서동수가 말을 이었다.

"저는 베이징에서 시진핑 주석을 만나고 오는 길입니다. 시 주석이 저한테 이런 제의를 했습니다."

방안에서는 숨소리도 들리지 않는다.

"고려연방이 되면 동북 3성과 한랜드까지 이어질 수도 있지 않겠느냐고 했습니다. 옛날, 고구려의 속민이었던 여진이 금(金)과 청(淸)을 세워 중국을 지배했다는 이야기를 했습니다. 중국인은 어느 민족이든 지도자를 받아들인다고도 했습니다."

호흡을 고른 서동수가 상기된 얼굴로 한대성을 보았다.

"국호를 중화민국에서 대한민국으로 바꿀 수 있다고도 했습니다."

그때 둘러앉은 사내들이 술렁거렸다. 숨소리가 커졌고 서로 돌아보았으며 조수만은 작게 기침도 했다. 그때 한대성이 손을 들었다. 가는 손목이 드러났지만 그 손바닥은 더 크게 보였다. 한대성이 충혈된 눈으로 서동수를 보았다.

"내가 죽기 전에 이런 선물을 받을 줄이야. 과연 나는 행복한 사람이오."

한대성의 눈에서 주르르 눈물이 쏟아져 내렸다.

"그것이 바로 남북한연방의 힘이요, 그것이 바로 한민족의 저력인 것이지요."

한대성이 주먹을 쥐고 흔들었다. 눈물이 아직도 흘러내리고 있다.

"나는 이제 큰 꿈을 꾸면서 가겠소."

사흘 후에 한대성은 눈을 감았고 장례식은 국장으로 거행되었다. 장례식에는 전 세계 지도자들이 참석했는데 오바마와 시진핑, 푸틴과 지난달에 일본 총리로 취임한 오카다까지 포함되었다. 대통령 한대성은 취임 전까지만 해도 평범한 대통령이었다. 근소한 차이로 야당 후보를 누르고 당선되었지만 강력한 리더십으로 대한민국을 세계 정상에 올려놓는 데 주역을 맡았다. 한대성은 벌써 위대한 대통령으로 평가받고 있다. 그것은 자신을 내세우지 않았던 것으로부터 시작했다. 자신을 인격적으로 모욕한 야당 인사를 정부 요직에 기용한 것을 처음에는 쇼로 알았던 국민들이다.

한대성은 대통령의 권위는 다 버렸지만 행정부 수반으로서의 책무는 철저하게 수행했다. 그것은 법질서 확립이다. 지금은 취객이 파출소에서 난동 부리는 사건은 호랑이 담배 피우던 시절의 이야기다. 만일 그랬다가는 현장에서 사살도 가능하다. 국회의원이 시위대와 함께 폴리스 라인을 넘으면 바로 체포되어 연행되는 세상이다. 사소한 일이지만 한대성 집권 초반기에 국회의원 숫자가 150명으로 줄어들었다. 전문성을 살린다는 비례대표제는 폐지되고 국회 소속 전문위원제로 바뀌었다. 살인범이 옷을 뒤집어쓰고 TV에 나타나는 장면도 없어졌다. 얼굴이 대문짝만 하게 드러난다. 대한민국 국가에 대한 모독을 하는 경우에는 대한국민의 자격이 없는 것으로 판단하여 재산 몰수, 국외 추방이 시행되고 있다. 이에 따라 현재까지 3200명이 추방령을 받았는데 그중 1000여 명이 동해상에 떠 있는 폐유조선 감옥에서 대기 중이다. 다른 나라에서 입국을 거부하고 있기 때문이다.

한대성은 대한민국의 기반을 굳히고 떠난 대통령으로 기록될 것이었다. 전혀 여론에 신경 쓰지 않고 법질서를 확립하며 강력한 리더십으로 남북연방을 구성하고 떠난 것이다. 장례식이 끝난 저녁, 방한한 국가수반들은 대부분 떠났지만 푸틴은 남았다. 그리고 그날 밤 푸틴을 만난 인사는 한랜드 장관 서동수다. 푸틴과 서동수의 관계는 러시아연방권 안의 준(準)자치국 수반과 연방 대통령 관계였으니 회동은 자연스럽다. 숙소인 고려호텔 스위트룸에서 푸틴이 서동수와 마주앉았다. 배석자는 양쪽 비서실장 비실리와 유병선, 9시여서 탁자 위에는 보드카 병과 안주가 놓여 있다. 가벼운 회동 분위기를 연출했지만 서동수는 푸틴이 초청한 이유를 짐작하고 있다. 보드카를 한 모금 삼킨 서동수가 입을 열었다.

"시 주석이 한랜드와 동북 3성, 그리고 고려연방의 연결을 말씀했습니다. 이것이 진정한 한반도의 유라시아 로드라고 하시더군요."

"과연."

푸틴이 눈을 가늘게 뜨고 웃었다. 한 모금에 보드카를 삼킨 푸틴의 눈이 더 반짝였다.

"그래서 남북연방을 동북아의 네 번째 성으로 만들자고 했군요. 그럼 그 조건이 있었겠지요. 뭡니까?"

"국호를 대한민국으로 고쳐도 상관없다고 하는군요."

"그 대한민국 황제, 아니 주석을 서 장관이 맡고 말이지요?"

"제가 그렇게 되겠습니까? 절차가 있으니 제 후임으로 넘어가겠지요."

"그럼 서 장관은 남북연방을 구성하신 제2 건국의 아버지 한대성 대통령에 이어서 세계 대제국인 대한민국을 세우신 인물로 기록되는 겁니까?"

푸틴의 영어는 또박또박 끊어서 정확하게 발음하는 터라 머릿속에 더 새겨진다. 푸틴이 눈을 반짝이며 웃었다.

"과연, 중국인의 계략은 세계 제일입니다."

오바마가 집무실 소파에 앉아 TV를 보고 있다. 한대성의 장례식에 다녀온 지 나흘이 지났다. 오후 7시, 지금 TV에는 푸틴의 얼굴이 막 드러난 참이다. 모스크바 시간은 오전 10시다. 오바마 주위에 앉은 부통령 바이든, 국무장관 헤이스, CIA국장 브레넌과 안보보좌관 스코필드의 얼굴도 긴장으로 굳어 있다. 푸틴이 한랜드 관련 특별 성명을 발표하려는 것이다. 푸틴이 한대성 장례식날 밤에 숙소에서 서동수와 회동했다는 정보는 오바마도 알고 있었다. 브레넌이 보고를 한 것이다. CIA쯤 되면 둘의 회동 내용도 도청했을지 모르지만 오바마는 묻지 않았고 브레넌도 보고하지 않았다. 몇 년 전 각국 총리의 대화, 통신을 도청했다가 CIA가 혼이 난 후에 특별한 사항이 아니면 보고하지 않고 보고를 원하지도 않는다. 그때 푸틴이 똑바로 이쪽을 보았으므로 모두 긴장했다. 누군가 이런 분위기가 못마땅한지 가볍게 혀 차는 소리를 내었을 때 푸틴이 말했다. 밑에 바로 영어 자막이 뜬다.

"러시아 연방국 최고회의에서는 시베리아 지역의 발전을 가속화시키기 위하여 한랜드의 영토를 확장하기로 한랜드 정부와 합의했습니다."

푸틴이 또박또박 말하더니 곧 화면에 시베리아 지도가 펼쳐졌다. 그때 푸틴의 지휘봉이 한랜드의 남쪽 국경에 닿더니 중국 국경까지 내려갔다.

"한랜드는 남쪽 영토를 확장하여 이곳 중국과 국경을 마주하게 됩니다."

그 순간 오바마가 숨을 들이켰다. 한랜드는 중국의 헤이룽장성, 즉 흑룡강성과 국경을 맞대게 되었다. 영토도 절반 이상이 넓어졌을 뿐만 아니라 중국 대륙과 이어진 것이다. 오바마의 시선이 브레넌에게로 옮겨졌다. 시선을 받은 브레넌이 눈만 껌벅였으므로 오바마가 다시 TV를 보았다. 푸틴의 말이 이어졌다.

"이로써 한랜드는 중국과 밀접하게 연결되어 원·부자재 수급이 원

활하게 될 뿐만 아니라 양국 간의 경제교류, 인적교류가 더욱 활발하게 이루어질 것입니다."

오바마는 푸틴이 자신을 노려보는 것 같았으므로 심기가 언짢아졌다. 계속해서 벌레가 등을 무는 기분이 든 것이다. 어깨를 편 푸틴이 오바마에게 뱉듯이 말한다.

"러시아연방은 이것으로 한랜드와 중국, 그리고 남북한과의 밀접한 관계가 유지되기를 바랍니다."

푸틴의 연설이나 회견은 간단하다. 그리고 대부분 질의응답도 없어서 방송이 딱 끊겨버렸다. 보좌관이 TV화면을 껐으므로 오바마가 주위를 둘러보며 불평했다.

"저 사람 회견을 보면 기분이 나빠."

"예, 무례하지요."

바이든이 거들었다.

"자기가 무슨 스탈린이라도 된 것처럼 행동합니다."

그때 헤이스가 말했다.

"저렇게 되면 남북한이 중국의 동북 3성, 그리고 러시아의 한랜드로 이어집니다."

오바마는 시선만 주었고 헤이스의 말이 이어졌다.

"지난번에 서동수와 시진핑이 베이징에서 만나 기밀회담을 했습니다. 그 회담과 연관이 있는 것 같습니다."

오바마의 시선이 다시 브레넌을 스치고 지나갔다. 이번에는 브레넌이 모른 척하고 시선을 받지 않는다. 그때 스코필드가 말했다.

"동북아 3성은 오래전에 한민족의 영토였던 곳이지요. 고구려라고 지금 코리아가 그 나라 이름에서 나왔습니다."

오바마가 또, 하는 표정을 짓고 어깨를 추켜올렸지만 스코필드가 말을 잇는다.

“중국이건 러시아건 남북한을 끌어들이려고 적극적이군요. 그 고구려를 말입니다.”

“불가능한 일이 아니야.”

김광도가 정색하고 앞에 앉은 두 남녀를 보았다. 홍대 앞, 돼지갈비 식당 안에서 김광도는 돼지갈비에 소주를 마시고 있다. 오후 7시 반, 한국에 온 지 사흘째가 되었다. 소주를 한 모금 삼킨 김광도가 말을 이었다.

“두고 보라고. 이제 남북한연방과 동북아 3성, 한랜드로 이어진 ‘대한국’이 탄생할 테니까.”

“대한민국이 아니고요?”

그렇게 묻는 사내는 김광도의 대학 2년 후배 안상도, 대학 때 친했지만 졸업한 후에 헤어져서 7년 만에 만난 셈이다. 김광도가 지그시 안상도를 보았다. 대학 때도 소극적이었고 비판적이었던 성품이다. 치밀하게 계획은 세웠지만 실행은 하지 못했던 스타일, 지금은 출판사 편집부 사원이다. 듣고 보니 4년 동안 출판사를 3곳 옮겼다. 29세, 미혼, 옆에 앉은 여자는 안상도의 여자 친구라고 했다.

“그건 이름 짓기 나름이야. 고구려는 어떠냐? 한랜드에서는 고구려라고도 해.”

“형, 형이 하는 식당은 종업원이 몇 명이나 돼요?”

안상도가 슬그머니 물었다. 연락을 했더니 할 이야기가 있다고 해서 만난 것이다. 지금까지 회사 불평만 해서 김광도를 지치게 만들었다.

"한 20명 되지."

김광도가 건성으로 대답했는데도 안상도는 숨 들이켜는 소리를 냈다.

"꽤 큰 식당이네."

김광도는 한랜드 사업에 대해 동창이나 친지한테도 이야기한 적이 없다. 바쁘기도 했지만 연락도 끊고 지낸 사이에 새삼스럽게 자랑해댈 성격도 아니다. 그러고는 안상도가 입을 다물었으므로 김광도는 쓴웃음을 지었다. 그때 옆에 앉은 여자가 말했다.

"거기, 식당에 경리나 종업원으로 취업하면 얼마나 받죠?"

김광도의 시선을 받은 여자의 눈 주위가 빨개졌다. 이름이 한지서. 가는 체격에 목소리도 가늘다.

"한 달에 3500달러 정도."

김광도가 바로 대답했다.

"매니저급은 5000달러, 보너스 500%."

"매니저가 되려면 몇 년 경력이 있어야 돼요?"

"3년."

"주택이나 기타 복지 조건은요?"

그렇게 묻는 여자의 얼굴 전체가 붉어졌다. 김광도는 한지서에 대해 호감을 느꼈다. 눈도 작고 입도 작았지만 눈빛은 강하다. 콧날은 반듯해서 섬세한 용모라고 해도 될 것이다. 안상도가 여자 친구라고 소개시켜 주었지만 성격이 다르다. 우선 적극적이다. 안상도는 입도 떼지 못하는데 여자는 대뜸 복지 조건까지 묻지 않는가?

"왜? 취업하시게?"

김광도가 묻자 여자가 똑바로 시선을 주었다.

"저, 상도 씨가 선배님 만나러 간다고 해서 취업관계를 물으려고 따라왔어요."

"그렇군."

둘에게는 한랜드가 오직 취업의 대상일 뿐, 미래는 나중 일이다. 여자가 말을 이었다.

"상도 씨하고 같이 다니던 출판사가 지난달 문을 닫았거든요. 그래서 무슨 일이라도 해야 돼요."

"식당일이라도?"

"네. 그 정도 조건이면."

김광도가 심호흡을 했다. 2년 만에 서울에 온 것은 직원을 채용하기 위해서다. 그래서 인력공급센터에 의뢰해 놓았다. 김광도는 이제 38개의 사업장을 가진 유라시아그룹의 회장인 것이다. 김광도가 한지서에게 물었다

"한랜드를 어떻게 생각해요?"

조금 전까지 김광도는 한랜드의 미래에 대해서 말했다. 이제 한랜드 영토가 확장되어 중국의 흑룡강성과 닿은 상황이 된 것이다. 그러나 한랜드는 결국 러시아연방이다. 앞에 앉은 안상도는 그 사실에 대해 전혀 감동하지 않았다. 그때 한지서가 대답했다.

"저도 기회만 있으면 한랜드로 가고 싶었어요."

"왜?"

"새 세상이니까요. 그곳에서 나 자신도 다시 태어나고 싶다는 생각이 들었어요."

김광도는 시선만 주었고 한지서의 말이 이어졌다.

"이곳에서 이루지 못했던 것들, 이곳에서 좌절했던 것들을 시도해보

고 싶었어요."

"그곳이 더 쉬울 것 같나?"

"아뇨."

머리를 저은 한지서가 이제는 똑바로 김광도를 보았다.

"하지만 노력한 만큼은 기회를 얻을 수 있을 것 같았어요."

김광도는 숨을 들이켰다. 자신이 시작했을 때의 각오와 같은 것이다. 머리를 끄덕인 김광도가 옆에 앉은 안상도를 보았다.

"넌 어때?"

"뭐가요?"

"한랜드에 대한 생각."

"너무 춥지 않아요?"

"너, 회사도 그만두었다면서?"

"거기 취업하면 한국에는 자주 올 수 있을까요?"

"자주 못 오겠지. 비행기로 세 시간 거리니까. 유라시아 철로가 뚫리면 쉽게 오가겠지만."

"그때나 갈까요?"

김광도의 시선이 한지서에게로 옮겨졌다.

"안상도하고 떨어져도 돼?"

"저, 우리 그런 사이 아니에요."

한지서가 다부진 표정으로 말했다.

"그냥 같은 출판사에서 근무하는 동료였을 뿐입니다."

김광도가 머리를 돌려 안상도를 보았다.

"난 네 여자 친구인 줄 알았다."

"아뇨, 난……."

"너, 앞으로 어떻게 할 거야? 형한테 부탁하려고 했는데 식당은 좀 그렇네요."

"그렇군."

김광도가 어깨를 부풀렸다가 내렸다. 유라시아그룹의 고용 인원만 5000여 명이었고 지금도 하루에 수십 명씩 인력을 채용하고 있다. 식당, 호텔, 여행사, 운송회사, 카지노, 이제는 기관차 제작 회사까지 세우려고 준비 중인 것이다. 그러나 안상도 같은 성격은 어느 곳에도 맞지 않는다. 채용한다면 전염병균처럼 주위를 감염시킬 가능성이 많다. 김광도가 다시 한지서를 보았다.

"나, 이틀 후에 출발하니까 내일 이력서 써가지고 고려호텔에서 만나."

"아니, 고려호텔에 투숙하고 계세요?"

놀란 안상도가 물었다. 고려호텔은 특급호텔이다. 일반실 하루 숙박비가 500달러가 넘는 곳이다.

"아니, 그 근처에."

호텔 스위트룸에 투숙하고 있었지만 김광도가 건성으로 대답하고는 다시 한지서를 보았다.

"식당 종업원으로라도 근무하겠단 말이지?"

"네, 열심히 할게요. 그런데 숙소는 어떻게 하죠?"

"직원 숙소가 있어. 20평형 통나무집이야. 주방기구도 갖춰졌고 욕실도 있어."

"그만하면 훌륭합니다."

한지서가 눈을 가늘게 뜨고 웃는다.

3장 애인

“그것이 가능한 일일까요?”

진기섭이 정색하고 물었으므로 서동수는 호흡부터 골랐다. 이곳은 이태원의 한정식당 ‘익산옥’, 전라도 한정식이 유명한 터라 한식당 이름은 전라도 지명이 많다.

“가능하다고 봅니다.”

서동수의 대답에 둘러앉은 오성호와 강동인까지 얼굴을 굳혔다. 옆에 앉은 아가씨들도 따라서 긴장하고 있다. 익산옥은 아가씨들도 있는 것이다. 셋의 시선을 받은 서동수가 말을 이었다.

“각각 자신 위주로 생각하면 됩니다. 중국은 중국식 합병이라고 선전할 것이고 한국은 한국의 대륙 지배로 봐도 될 테니까요.”

“엄청난 일이긴 합니다.”

진기섭이 여전히 굳어진 표정으로 말했다. 오후 8시 반, 그들은 지금 한반도, 즉 고려연방이 중화민국과 통일되어 대한민국이 되는 경우를 말하고 있다. 이들 셋은 장차 서동수의 정치적 후원자가 될 사람들이다. 술잔을 든 서동수가 얼굴을 펴고 웃었다.

"잘못하면 나라를 팔아먹은 역적, 이완용보다 더 나쁜 놈이 될 수도 있겠지요."

"그 잘못한다는 내용이 무엇일까요?"

이번에는 강동인이 묻자 대답은 오성호가 했다.

"대한민국이 주도권을 빼앗겼을 때가 되겠지요. 한국이 대륙을 이끌어가야만 국민들은 한국 주도의 합병이라고 생각할 테니까요."

"그걸 중국이 용인하겠습니까?"

쓴웃음을 지은 진기섭이 말했다.

"합병하고 나면 배신당하게 될 가능성이 크지요. 대부분의 의견이 그렇습니다."

"맞아요."

커다랗게 머리를 끄덕인 서동수가 한 모금에 소주를 삼켰다.

"동북 3성을 우리가 장악한다고 해도 세력에서 밀릴 테니까요. 그럼 자연스럽게 티베트처럼 흡수되겠지요."

"아니, 그러면……."

강동인이 말을 그쳤다. 그럼 어떻게 할 작정이냐고 물으려던 것 같다. 서동수가 쓴웃음을 지었다.

"다시 떨어질 때 동북 3성이 우리 영토로 되어 있을지도 모르지요."

"어떻게 그렇게……."

강동인이 다시 말을 그쳤을 때 오성호가 얼굴을 펴고 웃었다.

"학자들도 의견이 분분합니다. 종편을 보면 온갖 시나리오가 다 나옵니다."

"지금 제가 이야기했던 시나리오도 나오더군요."

서동수가 따라 웃으면서 말했다.

"결국 온갖 가능성이 열려 있지요, 하지만……."

심호흡을 한 서동수가 다시 소주잔을 쥐고 정책위의장 오성호를 보았다. 그때 오성호가 말을 잇는다.

"최악의 경우를 대비해야지만 그것이 두려워서 기회를 놓치면 안 됩니다. 그것이 장관님의 생각 아니십니까?"

서동수가 한 모금에 잔을 비우고는 오성호에게 내밀었다.

"그동안 온갖 변수가 다 생길 것입니다. 그것에 대처하면서 나아가야 합니다. 우리가 합심하면 이루지 못할 일이 없다는 자세로 말입니다."

"그렇습니다."

오성호가 머리를 끄덕였고 진기섭과 강동인이 따라서 공감하는 표정을 짓는다. 서동수는 차츰 셋의 성향을 파악해가고 있다. 오성호는 긍정적, 적극적이며 안목이 넓다. 진기섭은 요점을 잘 짚으며, 강동인은 순발력이 우수하다. 모두 죽은 한대성이 추천한 참모들이다. 서동수가 옆에 앉은 아가씨의 허리를 당겨 안았다.

"자, 이젠 연애하는 시간입니다."

서류봉투를 내려놓은 한지서가 앞에 앉은 김광도를 보았다. 오후 4시, 고려호텔 라운지 안이다. 넓고 중후한 분위기의 라운지는 조용했지만 손님이 많았다.

"저기 사장님, 전 바로 식당에 취업이 되는 거죠?"

"왜? 불안해?"

봉투에서 이력서를 뺀 김광도가 읽으면서 물었다.

"연수과정이 없는지 해서요."

"있지. 한두 달 또는 석 달."

"연수 때 보수는요?"

"기본급의 80퍼센트를 주지."

"기본급이 3500달러라고 하셨죠?"

"그래, 식당 종업원은."

"하루 몇 시간 근무인가요?"

"10시간."

계속 물어보는 바람에 읽는 속도가 느려진 김광도가 머리를 들었다. 한지서의 두 눈 주위가 붉어져 있다. 오늘은 옅게 루주를 발라서 입술이 반들거렸다.

"영문과를 나왔군. 출판사 경력은 1년 반. 그전에는 여행사 가이드를 했고."

"네."

"여행사는 3년이나 다녔는데 왜 그만두었지?"

"적성에는 맞았는데 문제를 일으켜서 그만뒀습니다."

"무슨 문제인지 말해줄 수 있어?"

"확인해보셔도 알겠지만 다른 가이드들이 간부들과 짜고 고객들한테 상품 강매, 저질 숙박시설 이용 등 온갖 비리를 저질러서 고위층에 고발했죠."

"그랬더니?"

한지서가 시선과 함께 어깨도 늘어뜨렸다.

"그런데 고위층도 연루되어 있더군요. 조사하는 대신 트집을 잡아 사무직으로 발령을 내서 사표를 냈죠."

머리를 든 한지서가 김광도를 보았다.

"사장님 입장으로는 거북한 직원이죠?"

"그래서 출판사로 간 거야?"

"다른 여행사로 가기가 그렇더군요. 거의 연이 닿아 있어서요. 내부 고발자라는 소문도 났고."

"성격이 그런가?"

"나쁜 짓을 알면서도 가만있는 건 비겁한 것 같아요."

"……."

"식당에선 가만있을게요."

"식당에서 뭐, 불량 고춧가루 쓰고 그런 일도 있을 건데."

"……."

"영어는 잘하겠네."

"러시아어, 중국어까지 합니다. 손님 서비스는 잘할 수 있어요."

그때 김광도가 핸드폰을 집더니 버튼을 눌렀다. 그러더니 귀에 대고 말했다.

"내가 지금 갑니다."

서류를 집어 든 김광도가 자리에서 일어섰으므로 한지서도 엉거주춤 몸을 일으켰다. 그때 김광도가 말했다.

"따라와."

김광도가 몸을 돌리자 잠시 주춤대던 한지서가 발을 뗐다. 카운터에서 계산을 한 김광도가 끝 쪽 엘리베이터 앞에 서더니 한지서에게 말했다.

"방에 들어갔다가 가지."

"왜요?"

바로 물었던 한지서의 눈 주위가 다시 붉어졌지만 시선을 떼지 않았다. 옆에 선 외국인 남녀 둘이 힐끗 그들을 보았다. 한지서의 시선을 받은 김광도가 서류를 흔들어 보이면서 입맛을 다셨다.

"나쁜 일 있으면 신고해."

"그게 아니고요."

한지서의 얼굴이 빨개졌을 때 엘리베이터 문이 열렸다. 엘리베이터에 탄 김광도가 버튼을 누르면서 말했다.

"그래, 한랜드는 기회의 땅이야. 기회는 찾는 사람한테 오는 법이라고."

25층은 최상층이며 스위트룸이다. 엘리베이터에서 내린 김광도가 붉은색 양탄자가 깔린 복도를 걸어 2502호실 앞에 섰다. 한지서는 잠자코 뒤를 따랐지만 숨소리도 내지 않는다. 키를 붙여 문을 연 김광도가 안으로 들어서면서 한지서에게 말했다.

"들어와."

문을 연 채 기다리고 있자 한지서가 따라 들어왔다. 안은 바로 회의실이다. 회의실 테이블에 앉아 있던 조창복과 고영일이 김광도를 보더니 자리에서 일어섰다. 그들이 시선을 김광도 뒤를 바짝 따르는 한지서에게 옮겼다.

"아, 이번에 채용한 여직원 한지서 씨요."

김광도가 이력서를 고영일에게 건네주며 말을 이었다.

"오늘부터 내 비서로 일하도록 근무요령을 알려 주세요."

"알겠습니다."

이력서를 받은 고영일이 한지서에게 눈으로 앞쪽 자리를 가리켰다.

"거기 앉아요."

어리둥절한 표정의 한지서가 주춤대며 자리에 앉았다. 그러고는 불안한 표정으로 시선을 주었으므로 김광도가 빙그레 웃었다.

"내가 일부러 말 안 한 건 아니야. 이분이 그룹기획관리실장이니까 말씀을 잘 듣도록 해."

몸을 돌린 김광도가 안쪽 응접실로 들어서자 조창복이 따라왔다.

"대성그룹하고 합의를 했습니다. 다음 달부터 연수생들을 받아 주겠다고 했습니다. 연수원도 여유가 있다고 합니다."

조창복이 들뜬 목소리로 말을 이었다.

"연수비도 숙식비와 강사료를 대성그룹 사원 기준으로 받겠답니다."

"고맙군요."

김광도의 얼굴에 웃음이 떠올랐다. 한랜드 정부 측에서 대성그룹에 협조 요청을 한 효과도 있을 것이다. 이제 다음 달부터 한랜드의 유라시아그룹 사원은 일정 기간 한국에 와서 교육을 받게 되었다. 유라시아그룹 고용원 가운데 북한 출신 인력이 많아 적응 교육이 필요한 것이다. 소파에 앉은 김광도가 웃음 띤 얼굴로 조창복을 보았다.

"조 부회장은 한국 방문이 처음이지요?"

"예, 그렇습니다."

앞쪽에 앉은 조창복이 정색한 표정으로 말을 이었다.

"한강회 회원은 꼭 연수 과정을 거치도록 해야 합니다. 북한에서 살다가 바로 한랜드에 오면 적응하기 힘듭니다."

김광도가 머리를 끄덕였다. 첫째로 능률이 떨어진다. 한국에서처럼 열심히 일한 만큼 잘산다는 의식이 배어 있지 않다. 연수 과정은 곧 한국화 과정이다. 한국의 체제와 문화를 흡수시키는 과정인 것이다. 조창복의 얼굴에 쓴웃음이 떠올랐다.

"저도 적응 교육을 받을 예정입니다. 북한에서 50년 가깝게 산 터라 습관이 배어 있습니다."

남북한이 통일되면 경제력 차이부터 걱정하지만 중요한 것은 몸에 밴 체제에 대한 의식 구조다. 지난번 한랜드의 내란도 새 체제에 적응하지 못한 북한 출신 이주민을 조종했기 때문이다. 유라시아그룹은 한랜드의 중심 기업으로 가장 먼저 한랜드의 한국화 교육을 추진하고 있다. 그때 응접실로 고영일과 한지서가 들어섰다. 김광도와 시선이 마주치자 한지서의 얼굴이 빨개졌다. 고영일이 말했다.

"회장님, 미스 한은 따로 교육할 필요가 없을 것 같습니다. 회사에 대해 대충 설명해 줬으니 바로 수행비서 업무를 해도 되겠습니다."

전용기는 남빛 바다 위에 떠 있는 것처럼 느껴졌다. 바다 위에는 배 한 척 보이지 않았고 섬도 없다. 서동수가 창에서 머리를 떼었다. 오후 1시 반, 1시간쯤 후면 전용기는 괌에 도착한다.

"힐러리 지사께서는 도착하셨을 것입니다."

유병선이 말하자 서동수는 머리만 끄덕였다. 힐러리 클린턴다. 민주당 대선 후보로 내년에 미국 대통령으로 당선이 유력시되는 인물, 현재는 뉴욕주지사이다.

"헤이스 국무장관, 브레넌 CIA 국장까지 셋입니다. 브레넌이 갑자기 끼었습니다."

"잘되었지. 우리도 안 부장까지 셋이니까."

전용기 안에는 한랜드 내무부장 안종관도 타고 있다. 미국의 대선 후보 힐러리 클린턴가 만나자는 연락을 해온 것은 열흘쯤 전이다. 오바마의 뒤를 이어 대통령이 될 가능성이 많은 힐러리는 63세, 연방의회

하원 외교위원장을 연임한 외교통이기도 하다. 극비 만남이었으므로 장소는 미국령 괌, 힐러리는 하와이에서 날아왔고 서동수는 서울에서 날아가는 중이다. 서동수가 말을 이었다.

"아마 중·러·일 3국은 우리가 만나는 걸 알고 있을 거야."

"알고 있겠지요."

유병선이 쓴웃음을 지었다.

"가능하면 대화 내용까지 다 듣고 싶을 것입니다."

"특히 일본 측이 그러겠군."

따라 웃은 서동수가 창밖을 바라보며 말했다.

"이제 한국이 자연스럽게 외교의 중심에 서게 되었군."

유병선도 창밖의 바다를 내려다본 채 대답했다.

"구호만 가지고 중심국이 되는 건 아니지요. 국력이 바탕에 깔려 있어야 합니다."

남북한연방제가 합의된 후부터 한국의 위상은 높아졌다. 신의주특구의 경제 발전이 기폭제가 되어 북한 경제가 도약했다. 이어 한랜드로 뻗어 나간 기운이 한민족을 빨아들여 비약적인 발전을 함으로써 국가의 영향력이 확대된 것이다. 사방이 강대국으로 둘러싸인 반도국이었던 상황이 역전되었다. 강대국들의 조정자 역할을 하고 있는 것이다. 이제는 한국에서 원하지 않아도 강대국들이 먼저 손을 내밀고 있다. 지금과 같은 경우다.

그로부터 1시간 반 후인 오후 3시에 서동수와 유병선, 안종관은 미국 측 대표 셋과 마주앉아 있다. 이곳은 괌의 미 공군기지 안, 기지 사령관은 그들에게 회의실과 휴게실을 빌려주었다. 힐러리 클린턴는 금발의 백인으로 장신이다. 아일랜드계 이민 후손, 민주당이지만 힘의 외교를 추구하는 인물, 현실적이며 지금까지 동북아 지역의 미국 외교는 미·일 동맹을 주간으로 처리해야 된다고 주장해 왔다. 인사를 마친 서동수가 지그시 힐러리를 보았다. 힐러리는 남빛 눈동자다. 전용기에서 내려다본 바다 색깔이다. 문득 힐러리가 이산가족의 고통을 옆에서 느끼는 한국인의 심정을 알까, 하는 생각이 떠올라 서동수는 쓴웃음을 지었다. 5년쯤 전만 해도 남북한이 상대편 구축함을 격침하고 폭격으로 주민을 폭사시켰다. 그때 힐러리가 눈을 가늘게 뜨고 서동수에게 물었다.

"장관, 남북한연방 대통령이 되시면 제일 먼저 뭘 하시렵니까?"

"대마도 회수입니다."

불쑥 말했지만 힐러리는 대마도를 모르는 모양이다. 시선이 헤이스에게 갔으나 헤이스도 모르는지 머리를 기울였다. 서동수가 한국어로 '대마도'라고 발음했기 때문인 것 같다. 기겁을 한 유병선이 숨을 죽였지만 안종관은 쓴웃음을 짓는다. 그때 CIA 국장 브레넌이 말했다.

"쓰시마 말씀입니까?"

"그렇습니다."

서동수가 의자에 등을 붙였을 때 힐러리의 시선을 받은 브레넌이 자리에서 일어섰다. 괌의 공군기지 회의실이어서 벽에 태평양과 동북아시아의 대형 지도가 붙어 있다. 지도로 다가간 브레넌이 지휘봉으로 대마도를 짚었다.

"이곳입니다, 지사님."

"아니, 저곳을 회수한단 말입니까?"

눈을 크게 뜬 힐러리가 묻자 서동수가 브레넌에게 말했다.

"국장, 독도를 짚어보세요."

브레넌이 독도를 모를 리 없다. 입맛을 다신 브레넌이 사령관 앞의 브리핑 장교처럼 지휘봉으로 독도를 짚었다. 그때 서동수가 말했다.

"저 섬이 명백한 한국령인데도 일본은 다케시마란 일본 섬이라고 주장하고 있습니다. 나는 이런 분쟁을 종식시킬 겁니다."

"아니, 어떻게 말입니까?"

힐러리가 정색하고 묻자 지휘봉을 내려놓은 브레넌이 자리로 돌아와 앉았다. 모두의 시선을 받은 서동수가 대답했다.

"일본이 미국령이 되기 전에 회수해야지요. 앞으로 일본은 대마도에 신경을 쓸 여유가 없을 것 같은데요."

"일본이 미국령이 되기 전에요?"

되물었던 힐러리가 어깨를 늘어뜨렸다. 시선은 여전히 서동수에게 향해 있다.

"장관, 내가 지금 웃기를 원하십니까?"

"지사, 미국은 일본을 위해 전쟁을 하실 겁니까?"

되물은 서동수가 힐러리를 똑바로 보았다.

"일본을 위해서 수백만 미국인의 목숨을 버리실 생각이십니까?"

"우리는 미·일 동맹을 지킬 겁니다."

"한·미 동맹은 파기하시고 말이지요?"

"한국은 미국의 신의를 배신하고 전쟁을 일으키려 한 것 아닙니까?"

그때 서동수가 쓴웃음을 짓더니 의자에 등을 붙이고 입을 다물었다. 그때 헤이스가 웃음 띤 얼굴로 말했다.

"농담 그만 하십시다. 장관, 내가 먼저 웃지요."

서동수가 헤이스를 향해 따라 웃으면서 대답했다.

"대마도쯤은 남북한연방에 넘겨주도록 미국이 배려를 해야 합니다."

"그건 그때 가봐야지요."

브레넌이 거들었을 때 서동수의 시선이 힐러리에게로 옮겨졌다.

"힐러리 지사, 당신은 그런 사고로 미국 대통령을 하기는 힘들 것 같습니다."

서동수가 웃음 띤 얼굴로 말했지만 힐러리는 숨을 들이켰다. 어금니를 문 듯 볼의 근육이 솟았고 입술 끝이 희미하게 경련을 일으켰다. 그러나 아직 입을 열지는 않는다. 다시 서동수가 말을 이었다.

"아직 남북한연방과 한랜드로 이어지는 대한민국의 상황을 이해하고 싶지 않으신 것 같군요. 만일……."

어깨를 부풀렸다가 내린 서동수가 정색하고 힐러리를 보았다.

"1950년 애치슨이 그린 애치슨라인이 지금도 존속할 수 있으리라고 보십니까? 그럼 그대로 하시지요."

"장관, 잠깐만."

헤이스가 부드럽게 가로막더니 말을 이었다.

"우리가 일본만 끼고 돈다는 말이 아닙니다. 힐러리 지사는 아직 이쪽 물정을 자세히 모르셔서……."

그때 서동수가 힐러리를 보았다.

"시진핑 주석이 남북한연방과 동북 3성을 연결시키자는 제의를 했고 푸틴 대통령은 동북 3성과 한랜드를 이어준다고 했소. 힐러리, 당신은 미국 대통령감이 아닌 것 같소. 대마도를 갖고 일본 편을 들다니 말이오."

"장관님은 어디 계세요?"

유병선이 묻자 안종관이 손으로 바다를 가리켰다.

"저기, 튜브를 타고 계시는데. 노란색 튜브요."

"아, 아."

바다를 바라본 유병선이 선글라스를 벗었다. 오후 4시 반, 둘은 패리스호텔 전용 비치의 빌라에서 바다를 바라보고 있다. 100m쯤 앞쪽 바다에 서동수가 튜브를 안고 떠 있었는데 수심이 얕아서 물은 배꼽 근처밖에 닿지 않는다. 넓은 바다에는 드문드문 남녀가 서 있을 뿐 한적하고 평화롭다. 이곳 바다는 맑고 얕아서 500m쯤 바다로 나아가도 깊이는 가슴 부근까지다. 그 앞쪽 산호초를 넘어야 깊어지는 것이다. 한동안 서동수를 바라보던 안종관이 유병선에게 물었다.

"그런데 어디 다녀오신 거요?"

"아, 서울에 전화를 했어요."

안종관이 시선을 떼면서 입을 다물었으므로 유병선이 옆자리에 앉더니 다시 선글라스를 끼었다. 둘은 나란히 비치파라솔 밑에 앉아서 앞쪽 바다의 서동수를 보았다. 햇살은 아직 뜨겁게 내리쬐고 있다. 그러나 바다를 보고 있으면 더위가 다 가라앉는 것 같다. 그때 안종관이 앞쪽을 향한 채 말했다.

"예전에 비서실에서 근무하던 여직원이 있어요. 그래서 이곳에 오라고 했어요."

안종관은 앞쪽만 보았고 유병선의 얼굴에 쓴웃음이 떠올랐다.

"우리 보스가 오늘 여기서 쉰다고 하시기에 적적하실 것 같아서 부른 겁니다."

"잘하셨어요."

안종관도 앞쪽을 향한 채 말했다.

"내가 유 실장님 같았어도 그렇게 해드렸을 겁니다."

"우리 보스, 자랑스럽지요?"

불쑥 유병선이 묻자 안종관이 풀썩 웃었다.

"결점투성이 양반인데 심복하게 돼요."

"나도 그 원인이 뭔지 곰곰이 생각해본 적이 있었습니다."

다시 둘은 서동수를 응시한 채 잠깐 입을 다물었다. 다시 유병선이 말을 이었다.

"자랑스러워요, 저 양반."

"오늘 미국 대통령 후보 윌리엄 힐러리를 발로 밟았지요."

어깨를 부풀렸다가 내린 안종관의 말끝이 떨렸다.

"대마도, 난 난데없이 대마도 이야기를 왜 꺼내나 했지요. 그런데 보스는 큰 그림 이야기를 하더군요. 미국 대통령 후보 윌리엄 힐러리가 보스 앞에서는 어린애가 되어 버렸습니다."

"헤이스 표정을 보았지요?"

유병선이 묻자 안종관의 눈이 번들거리기 시작했다.

"헤이스는 물론이고 브레넌도 보스에게 압도당했습니다. 아니 그보다도 둘은 감동을 받은 것 같았습니다. 난 둘의 표정을 다 보았어요."

"우린 국력에 맞는 보스를 갖게 된 겁니다."

그러더니 유병선이 길게 숨을 뱉고 나서 말했다.

"보스는 시간이 지날수록 달라져요. 나는 요즘에야 그것을 느끼게 되더군요. 이건 욕심을 버려야 되는 것 같습니다."

안종관은 듣기만 했고 유병선의 말이 이어졌다.

"기업 사장일 때는 사장다웠고 그룹 회장일 때는 회장, 장관일 때는 또 달라졌습니다. 그것은 그만큼 버리고 또 찾아낸다는 것을 말합니다.

그리고 지금은 또 변했습니다.”

그러더니 유병선이 자리에서 일어섰다.

“그 여자, 비행기 탔는지 모르겠네.”

방으로 들어선 서동수가 소파에서 일어서는 민혜영을 보았다.

“안녕하셨어요?”

“어, 오랜만이구나.”

서동수가 활짝 웃었다.

“유 실장이 요즘 제대로 일을 하는군.”

“아유, 장관님도 참.”

다가선 민혜영이 서동수의 손을 두 손으로 감싸 쥐었다. 두 눈이 반짝였고 얼굴은 상기되어 있다.

“연락을 받고 바로 비행기 탔어요.”

서동수가 민혜영의 허리를 두 팔로 감아 안았다. 민혜영이 바로 하반신을 딱 붙이더니 서동수를 올려다보았다. 커다란 꽃무늬가 박힌 헐렁한 붉은색 원피스 차림의 민혜영도 거침없는 태도다.

“더 요염해졌구나.”

서동수가 민혜영을 지그시 보면서 말했다.

“거침없어졌고.”

“지금 하실래요?”

바짝 붙인 하반신을 가볍게 문지르면서 민혜영이 물었다. 서동수는 비치가운 차림이어서 민혜영의 숨결이 바로 옷깃 사이의 가슴에 닿았다. 가운만 벗으면 팬티 차림이 된다. 민혜영이 서동수의 가운을 젖히면서 말을 이었다.

"저, 원피스 밑에 아무것도 걸치지 않았어요."

서동수가 바로 민혜영의 원피스를 들쳐 올리면서 엉덩이를 움켜쥐었다.

"그렇군."

민혜영이 서동수의 팬티를 끌어내리면서 웃었다. 서동수를 바라보는 눈동자는 벌써 흐려졌고 숨결이 가빠져 있다. 팬티를 내린 민혜영이 서동수의 남성을 두 손으로 감싸 쥐었다.

"여기서 해요?"

둘은 지금 응접실 복판에 서 있는 상태다. 서동수는 대답 대신 민혜영의 몸을 옆쪽 소파 위로 밀어 눕혔다. 민혜영은 원피스가 가슴 위쪽까지 올라간 상태다. 풍만한 하체가 선명하게 드러났다. 소파에 누우면서 한쪽 다리를 추켜올리는 바람에 검은 숲에 싸인 선홍빛 골짜기까지 환하게 펼쳐졌다. 아직까지 몸에 걸쳐진 가운을 벗어던진 서동수가 민혜영의 몸 위로 엎드렸다. 그때 민혜영이 서동수의 어깨를 움켜쥐면서 말했다.

"그냥 넣어줘요, 거칠게."

민혜영이 가쁜 숨을 몰아쉬며 말을 이었다.

"빨리요."

솟아오른 욕정으로 서동수의 심장이 터질 것처럼 거칠게 박동했고 머릿속은 하얗게 변해갔다. 서둘러 남성을 골짜기에 붙이자 어깨를 움켜쥔 민혜영의 손에 힘이 실렸다. 두 눈을 치켜뜨고 있었지만 시선은 멀리 뻗어 나갔다. 반쯤 열린 입에서 벌써부터 격한 숨소리가 나오고 있다. 그 순간 서동수가 거칠게 진입했다.

"아악."

민혜영이 짧게 신음을 뱉더니 곧 입을 꾹 다물었고 어금니를 문 듯 볼의 근육이 단단해졌다. 서동수는 좁고 뜨거운 민혜영의 동굴을 무너뜨릴 것처럼 뚫고 들어갔다. 동굴은 약간 습기가 차 있었지만 아직 굳은 상태다. 그러나 그것이 오히려 자극을 배가시켰으므로 서동수의 행동은 더 거칠어졌다.

"아아아아."

민혜영의 신음이 계속해서 터지고 있다. 그러나 두 팔이 어깨에서 서동수의 허리로 내려오더니 아예 감싸 안는다. 두 다리가 서동수의 다리를 꼬았다가 추켜들기를 반복하더니 신음은 더 격렬해졌다. 곧 서동수는 민혜영의 동굴이 뜨거운 온천수로 가득 차오르는 것을 느꼈다. 동굴 벽은 탄력을 받아 살아 움직이는 생물체처럼 꿈틀거리며 접착하고 있다.

소파에 겹치듯 누운 서동수와 민혜영이 베란다 밖의 바다를 바라보고 있다. 여름날 소나기가 지나간 것 같은 습기가 방안을 메웠고 민혜영의 숨소리는 아직도 가라앉지 않았다. 서동수가 민혜영의 얼굴을 제 앞으로 돌렸다. 머리가 돌려지자 민혜영이 몸을 비틀어 돌려 서동수와 배를 맞대고 비스듬히 눕는다. 다리 한쪽이 서동수의 하반신 위로 걸쳐지면서 둘은 소파 위에 빈틈없이 맞붙어 눕게 되었다. 둘은 아직도 알몸이다. 방안의 불을 켜지 않았기 때문에 창밖의 야경이 더 선명하게 드러났다. 서동수가 민혜영의 엉덩이를 쓸면서 물었다.

"잘 되는 거야?"

"아직 멀었어요."

민혜영이 서동수의 허리를 안으면서 말을 이었다.

"처음에는 힘이 들었지만 이제는 적응이 된 것 같습니다."

민혜영은 5년쯤 전에 서동수의 곁을 떠나 광고회사로 자리를 옮겼다. 서동수의 동성그룹 계열사로 직책은 부장이었는데 지금은 이사로 승진했다.

"네 몸도 금방 적응이 되는구나."

서동수가 다리 사이의 숲을 쓸면서 말하자 민혜영이 눈을 흘겼다. 얼굴이 붉어져 있다.

"5년 만이에요. 아세요?"

"그렇군, 벌써 그렇게 되었나?"

"전 이제 서른여섯이라고요."

"이십대 같은데."

놀란 서동수가 민혜영의 허리를 당겨 안았다. 땀이 배어 끈적이는 몸이 기분 좋은 느낌으로 붙여졌다. 민혜영이 동성 비서실에 입사했을 때는 스물여섯이었으니 10년이 지났다. 민혜영이 하반신을 문지르며 말을 이었다.

"5년간 회장님, 장관님을 모시고 일을 배운 보람이 있었어요."

"난 이제 네 몸이 생생하게 기억난다."

머리를 숙여 민혜영의 젖꼭지를 입에 넣으면서 서동수가 말했다.

"넌 입술로 애무해 주는 것을 좋아했지, 특히 네 골짜기를."

"아유."

민혜영이 몸을 비틀었다. 그러자 다시 단단해진 서동수의 남성을 문지른 셈이 되었다. 몸을 붙인 민혜영이 허덕이며 말했다.

"전에는 그런 이야기 안 하시더니."

"나이 들면 뻔뻔해져."

"이젠 제가 알 것 같아요."

"뭘 안단 말이냐?"

다시 머리를 숙인 서동수가 이제는 민혜영의 아랫배를 혀로 애무했다. 보기 좋은 배꼽에 혀를 넣었더니 민혜영이 몸부림을 쳤다. 그러면서 민혜영이 대답했다.

"떨어져 있으니까 부담이 덜어진 거죠."

서동수가 배꼽 아래쪽을 혀로 쓸다가 머리를 들었다.

"아니야, 전보다 내가 더 정직해졌기 때문인 것 같다."

몸을 일으킨 서동수가 이제는 민혜영의 골짜기에 얼굴을 묻었다. 민혜영이 비명을 지르면서 서동수의 머리칼을 두 손으로 움켜쥐었다. 그러나 서동수는 머리를 들지 않았고 곧 민혜영이 두 다리로 상반신을 감싸 안았다. 민혜영의 신음이 길게 이어지고 있다. 그때 겨우 머리를 든 서동수가 가쁜 숨을 뱉으며 말했다.

"네 이야기를 며칠 전에 한 적이 있어."

민혜영은 머리를 뒤로 젖힌 채 신음을 뱉느라고 들은 것 같지가 않다. 다시 머리를 묻은 서동수가 몰두했고 민혜영의 신음은 더 높아졌다. 베란다의 유리문 밖의 검은 바다 위로 사방에서 쏟아지는 불빛이 반사되고 있다. 그때 서동수가 몸을 세우더니 다시 민혜영의 위로 올라왔다. 뜨거운 밤이다.

응접실로 들어선 한지서가 김광도를 보았다. 오전 9시 반, 고려호텔 스위트룸 응접실 안에는 그들 둘뿐이다.

"고 실장한테서 이야기 들었지?"

김광도가 묻자 한지서는 심호흡부터 했다.

"예, 회장님."

머리만 끄덕인 김광도에게 한지서가 말을 이었다.

"저는 이번 주까지 정리해서 토요일에 한랜드로 출발하겠습니다. 그래서 월요일부터 적응훈련을 받겠습니다."

"알았어."

김광도의 얼굴에 웃음이 떠올랐다.

"비서실 근무자는 교육과정이 조금 다를 거야."

"열심히 하겠습니다."

"그래야지. 내가 특채를 했으니까 문제가 되면 내가 망신이야."

"그런 일은 없을 것입니다."

한지서의 얼굴이 빨개졌으므로 김광도가 다시 웃었다.

"안상도한테는 내 식당에서 일하는 것으로 해둬."

"예, 회장님."

"곧 알게 되겠지만 말이야."

"예."

김광도가 지그시 한지서를 보았다. 한지서를 처음 본 순간부터 끌렸던 것이다. 안상도의 애인인 줄 알았더니 아무 관계가 아니라는 말을 듣고 기뻤다. 더구나 한지서의 적극적인 자세도 마음에 들었다. 이윽고 김광도가 다시 입을 열었다.

"어머니는 뭐라고 하셔?"

"잘 되었다고 하세요."

한지서는 서울 상계동에서 어머니와 두 동생과 함께 산다. 이틀 전에 고영일한테 제출한 이력서에는 어머니가 화장품 가게를 운영하는 것으로 적혀있지만 점원이다. 5년 전에 운영하기는 했다. 그러다 적자가 나서 넘기고 다른 가게의 점원으로 일하고 있는 것이다. 두 여동생은 각각 유치원 교사와 전문대 1학년이다. 빠듯한 살림이어서 제각기 일하는 가족이다. 막냇동생도 학교 끝나면 편의점 알바를 뛰는 것이다. 고영일은 하루 만에 한지서에 대한 조사를 시키지 않았어도 해왔다. 비서실에 불량하거나 불순한 직원이 섞이면 안 된다는 의미인 것 같다.

"남자친구는 없어?"

김광도가 불쑥 물었더니 한지서의 어깨가 내려가면서 얼굴에 웃음이 떠올랐다. 긴장이 조금 풀린 것 같다.

"몇 번 만난 친구는 있었지만 지금은 없습니다."

김광도의 시선을 받은 한지서의 얼굴이 조금 붉어졌다.

"먹고 살기 바빠서요. 대학 1학년 때부터 아르바이트를 했거든요. 남자 만날 시간도 없었습니다."

머리를 끄덕인 김광도가 탁자 밑에서 검은색 비닐 가방을 꺼내 내밀었다. 꽤 묵직하게 들린 가방이다.

"자, 받아."

한지서가 엉겁결에 가방을 받았을 때 김광도가 말을 이었다.

"이곳 정리하고 떠나는 데 돈이 좀 필요할 것 같아서. 카드대금이나 어머니 생활비, 동생 용돈이나 등록금을 내줘도 되겠다."

그때 한지서의 얼굴이 빨개졌지만 김광도가 말을 이었다.

"이건 내 스타일이야. 다른 회사 사장들은 어떻게 직원들을 관리하는지 모르지만 말이야."

김광도가 조금 상기된 표정으로 아직도 한지서가 엉거주춤하게 들고 있는 가방을 눈으로 가리켰다.

"2000만 원 들었어. 나중에 월급 받으면 조금씩 까든지, 아니면……."

말을 멈춘 김광도가 숨을 들이켰다. 참자.

"어서 오너라."

김진봉이 마루에 서서 김광도를 맞았다. 이곳은 대전 용문동의 저택 안, 마당까지 있는 집이다. 토방으로 올라서 김광도가 주위를 둘러보았다. 건평 75평, 대지 155평짜리 저택으로 시가 15억8000만 원을 주고 샀다. 물론 김광도가 보내준 돈으로 산 것이다. 김광도는 돈만 보내주었지 이곳에는 처음이다. 마루방으로 들어선 김광도가 자리에 앉은 김진봉에게 큰절을 했다. 절을 기다리던 김진봉이 감개가 무량한 듯 얼굴이 씰룩거렸다. 마루방에는 어머니 심연숙, 여동생 김명희, 매부 함봉만, 그들의 네 살짜리 딸 함미정 그리고 뒤쪽에 엉거주춤 서 있는 김광도의 형 김명도, 형수 양기숙, 여섯 살짜리 아들 김태기, 아직 이름도 모르는 두 살짜리 딸까지 다 모였다. 김진봉이 앞에 앉은 김광도를 지그시 보았다. 화요일 오후 5시 반, 평일인데도 보험회사에 다니는 함봉만, 학원 수학강사인 김명도까지 집에 와서 기다리고 있다. 김진봉이 헛기침을 하고 물었다.

"언제 떠난다고?"

"내일 오후에 갑니다."

"그럼 오늘밤은 자고 가겠지?"

어머니 심연숙이 확인하듯 물었다. 김광도가 가장 보고 싶었던 사람이 심연숙이다. 철도 공무원으로 정년퇴직을 한 아버지 김진봉은 한 달에 한두 번 얼굴을 볼까 말까 했고 바람을 많이 피웠다. 김광도 기억으로도 어렸을 때부터 여자 문제가 끊이지 않았다. 그러니 집안 살림이 제대로 될 리가 없었다. 자식들은 심연숙이 다 키웠다. 심연숙의 시선을 받은 김광도가 머리를 끄덕였다.

"그럼요, 어머니."

"너, 회사가 여러 개라면서? 오석이한테서 들었다."

김진봉이 묻자 모두의 시선이 모였다. 김오석은 김진봉의 사촌 아들이다. 어렸을 때 한두 번 본 사이였는데 한시티에서 만난 것이다. 한시티 관광을 온 김오석이 김광도 소유의 카페 한 곳에 들렀다가 만나게 되었다. 한국에 돌아와서 동네방네 소문을 낸 모양이지만 그놈이 알고 있는 것은 빙산의 일각이다. 이제 여자들은 저녁 준비를 하려고 주방으로 몰려갔지만 김명희는 남았다. 김명희는 30세, 그늘진 얼굴이 열 살쯤은 더 먹어 보인다.

"오빠, 거기, 우리 취직할 데 없어? 오빠 회사라도."

김명희가 다가앉으면서 물었다. 예상하고 있었는지 둘러앉은 김진봉, 김명도는 외면했고 함봉만은 시선을 내렸다. 함봉만은 32세로 김광도와 동갑이지만 사이가 좋지 않았다. 김광도는 둘의 결혼을 반대해서 결혼식장에도 가지 않았다. 결혼 전에 김명희가 함봉만한테 두들겨 맞고 온 적이 있었다. 그것을 안 김광도가 다음 날 함봉만을 찾아가 두들겨서 전치 3주로 만들어 놓았던 것이다. 함봉만은 고소하지는 않았지만 결혼한 후에도 김광도하고는 말도 하지 않았다. 지금도 다른 식구들은 전치 3주 사건은 물론 김명희가 맞고 온 사실도 모른다. 그때 김광도가 김명희에게 물었다.

"왜? 네 남편 회사가 잘 안 돼?"

"퇴직한 지 반년이 넘었어."

김명희의 얼굴이 상기되었고 눈의 화장이 붉어졌지만 시선은 떼지 않았다.

"열심히 살려고 하지만 잘 안 돼, 오빠."

"근데 본인은 입이 없대냐?"

어깨를 부풀린 김광도가 함봉만의 옆얼굴에 대고 물었다.

"부끄러워서 그랬습니다."

이제는 순식간에 얼굴이 붉어진 함봉만이 김광도를 보았다.

"형님을 뵐 면목이 없었습니다."

그때 김진봉이 헛기침을 했고 김명도는 딴전을 피웠다. 주방에서 여자들의 목소리가 울리는 것은 이쪽이 조용했기 때문일 것이다. 이윽고 김명희가 코를 훌쩍이는 소리를 냈을 때 김광도가 물었다.

"거기 추운데, 견딜 수 있겠어?"

"처자식을 위해서라면 얼음 구덩이 속이라도 들어갈 수 있습니다."

이제는 똑바로 김광도를 응시하면서 함봉만이 말했다. 흰 피부의 갸름한 얼굴형에 날씬한 체격, 대화할 때 거의 상대방의 눈과 부딪치지 않았던 함봉만이다. 함봉만의 시선을 받은 김광도가 얼굴을 펴고 웃었다.

"이봐, 거긴 큰 곳이야."

함봉만은 시선만 주었고 김광도의 말이 이어졌다.

"남자가 살 만한 곳이지. 하지만 견디지 못할 때는 내 동생하고 떨어져야 될 거다. 알겠어?"

"알겠습니다."

함봉만이 바로 대답했으므로 김광도가 김명희를 보았다.

"너도 생각 다시 해보고 나한테 연락해라. 알았지?"

"알았어, 오빠."

김명희의 눈에 물기가 가득 차 있다. 그것이 흘러 떨어질까 걱정이 된 김광도가 시선을 돌렸다.

"너, 잘했다."

화장실로 가는 김광도의 뒤를 따라오면서 김명도가 목소리를 낮추고 말했다.

"명희가 너한테는 연락을 못했지만 '오빠한테 말해달라'고 어머니한테 졸라왔던 모양이다."

김광도가 화장실에서 나와 마당으로 나갔더니 김명도가 따라왔다.

"거기, 내가 할 일이 있겠냐?"

"형, 학원이 안 돼?"

"난 선생 체질이야. 너하고는 달라."

둘은 정원 구석에 서서 저택을 둘러보았다. 이곳에서는 대청과 주방이 보이지 않는다.

"그런데 왜?"

"선생 월급으로 먹고살기가 힘들어서 그런다. 애들은 커가지, 태기 교육비가 벌써부터 한 달에 30만 원씩이나 들어."

"한랜드에 다 갈 수는 없어, 형."

"하긴 그렇다."

김명도는 착하고 뒤가 무르다. 공부도 잘해서 명문대 수학과를 졸업했지만 본래의 꿈인 대학교수는 되지 못하고 학원에서 고등학생 수학을 가르친다. 그렇다고 잘나가는 강사도 아니어서 생활난에 쪼들린다. 김광도가 정원석 위에 앉았더니 김명도도 옆에 앉는다.

"집 좋아. 어머니, 아버지가 좋아해."

김명도가 주위를 둘러보며 혼잣말을 했다.

"네가 덜컥 집 살 돈을 보내왔다고 하길래 믿기지가 않았지. 내가 장남으로 부끄럽다는 생각이 들어야 하는데 우선 신부터 나더구나."

김광도가 쓴웃음을 지었다. 대전 부동산에 연락해서 매물로 나온 저택 사진을 받고 흥정을 한 다음에 어머니한테 이 집을 사라고 돈을 보냈다. 어머니도 집값을 치르고 이곳에 이사를 오고 나서야 실감이 났다고 했다. 꿈을 꾸는 것 같았다는 것이다. 그때 김명도가 말을 이었다.

"이제 곧 너한테 결혼 문제를 이야기할 거다. 어머니가 봐둔 데가 많아. 네가 성공했다는 소문이 나서 후보자가 수십 명이야. 줄을 서 있어."

그 순간 김광도의 눈앞에 장현주의 얼굴이 떠올랐다. 아직 장현주는 아무도 모른다.

과연 저녁 식사가 끝났을 때 김광도를 안방으로 데려온 어머니가 여자 이야기를 꺼냈다. 바로 본론을 꺼냈기 때문에 김광도는 오히려 부담감이 줄어들었다. 결혼해야 된다는 등 서론부터 시작했다면 아예 거부했을지도 모른다.

"만나만 봐."

어머니가 방바닥에 사진 석 장을 늘어놓으면서 말했다.

"내가 열몇 명 중에서 셋을 골랐어. 다 마음에 들더라만 이 셋을 추리는 데도 며칠 걸렸다."

아마 집안 식구들도 거들었을지 모른다. 어머니가 사진을 짚으면서 말을 이었다.

"얘는 약사, 얘는 중학교 교사, 얘는 대학 조교다. 세상에, 이런 애들이 네 신부 후보로 사진을 보내오고 엄마 친구를 통해 부탁까지 하는구나, 글쎄……."

"무슨 부탁요?"

"딸 이야기하라는 거지. 네 앞에 후보자가 줄 서 있는 걸 다 아니까 말이야."

"이 사진들은 어떻게 얻었는데요?"

김광도도 호기심이 일어났다. 어머니 심연숙이 그다지 활동적인 성격도 아닌 것이다. 고등학교 동창 몇 분만 만날 뿐으로 집에서 살림만 해왔다. 심연숙이 얼굴을 펴고 웃었다.

"너, 기숙 아줌마 알지?"

"알지."

심연숙 친구 이기숙이다. 심연숙이 기숙이, 기숙이 하는 통에 김진봉은 물론 자식들도 기숙이 아줌마로 부른다.

"기숙이가 결혼정보센터에 부탁해서 후보자들을 가져왔다. 걔가 거기 다니거든."

"그렇군."

"앞으로 백 명도 더 있어."

"아이고, 맙소사."

"내일 떠나기 전에 얘들 중에 두 명만, 아니 하나라도 만나고 가라."

심호흡을 한 김광도가 심연숙을 보았다. 방바닥에 깔린 사진들은 자세히 보지도 않았다. 만일 장현주하고 한시티에서 혼인신고를 했다고 말한다면 난리가 날 것이다. 부모는 배신감보다도 못난 탓에 결혼 소식을 듣지도 못 했다는 열등감으로 낙담할 것이 분명했다.

"한 명만 만나지요."

김광도가 말하자 심연숙이 얼른 사진 한 장을 집었다.

"그럼 얘부터 만나라. 대학 조교라는데 셋 중 가장 싹싹하고 이쁘더라."

"어머니가 먼저 다 보았군."

"기숙이가 자꾸 보라고 해서."

심연숙이 다시 얼굴을 펴고 웃었다.

“잘난 자식 대신해서 며느릿감 선보는 것이 얼마나 행복한지 넌 모를 거다.”

“그래요?”

“그게 엄마가 가장 기쁜 때 중 하나야.”

“그럼 계속 봐도 되겠네.”

그랬다가 심연숙의 눈치를 본 김광도가 손을 저으며 웃었다.

“농담요, 어머니.”

“내일 11시쯤 만나기로 하자.”

정색한 어머니가 사진을 집으면서 말했다.

“얼른 연락을 해야겠군.”

그러더니 사진을 쥔 채 김광도를 보았다.

“너, 사진도 안 봐?”

“사진은 뭐 하러 봐요? 내일 못 찾을까 봐? 어머니하고 같이 나가잖아.”

“아이고.”

심연숙이 사진 한 장을 빼내 김광도의 무릎 위에 놓았다.

“얘야, 봐.”

“젠장, 여기가 하와이야? 사진결혼해?”

“27살, 날씬해. 삼화여대 영문과 나왔고 거기 조교야. 박사과정이란다.”

“이 집에 시집오면 가장 학벌이 좋은 위인이 되겠군.”

사진을 쥔 김광도가 심연숙을 향해 웃었다.

"안녕하세요?"

웃음 띤 얼굴로 배혜원이 인사했다.

"반갑습니다."

김광도의 인사말이다. 오전 11시, 이곳은 유성의 힐러리탈호텔 라운지 C룸, 아침에 김광도는 고영일을 시켜 미팅 전용실인 이곳을 빌려 놓았다. 심연숙은 호텔 커피숍으로 약속 장소를 잡을 작정이었는데 이곳에 들어와 보고는 고무되었다. 금방 C룸에 적응한 뒤 배혜원 모녀를 자연스럽게 맞는다. 2시간 사용료가 50만 원이나 되는 C룸은 30평형 규모에 응접실 소파가 갖춰졌고 베란다까지 있다. 호텔 스위트룸 수준인데 침대만 없을 뿐이다. 배혜원은 처음 들어섰을 때 놀란 듯 눈을 크게 뜨더니 곧 표정이 밝아졌지만 어머니는 얼었다. 그러나 거부감을 느낀 것 같지는 않다. 눈웃음을 치는 모습이 착한 성품 같다. 인사를 마친 심연숙이 배혜원의 어머니를 안내하여 베란다 밖으로 나갔다. 10월의 맑은 날씨다. 20층 베란다에서 내려다보는 경치가 더 좋다. 두 어머니가 의자에 나란히 앉았을 때 김광도가 머리를 돌려 배혜원을 보았다. 갸름한 얼굴, 눈초리가 조금 솟은 맑은 눈. 쌍꺼풀이 없는 눈이다. 곧은 콧날, 꾹 닫힌 입술, 웃을 때 드러난 치아는 가지런했다. 육감적이기보다 이지적인 미인이다. 그리고 분위기가 밝고 화려하다. 가족관계를 보았더니 부친은 어렸을 때 사망했고 대학 졸업반인 남동생 하나와 어머니까지 세 식구, 어머니는 화장품 대리점을 운영한다. 자리에서 일어선 김광도가 커피포트로 다가가며 물었다.

"커피 드려요?"

"네, 제가 할게요."

따라 일어선 배혜원이 김광도를 따라 주방으로 가더니 나란히 서서 커피 잔을 내리면서 말했다.

"이런 데 처음 와요. 좋네요."

"어머니들께 뭐 드실 거냐고 여쭤보지 그래요? 냉장고에 음료수 많으니까."

"그럴게요."

배혜원이 몸을 돌렸는데 상큼한 향내가 맡아졌다. 피부 냄새에다 화장품 냄새가 섞였을 것이다. 배혜원은 키가 컸다. 170은 되는 것 같다. 젖가슴도 컸지만 날씬한 몸매다. 베란다에서 돌아온 배혜원이 냉장고를 열면서 말했다.

"오렌지 주스 드시겠대요. 그리고 곧 나가시겠다는데요."

김광도의 시선을 받은 배혜원이 이를 드러내고 웃었다.

"방해하지 않으시겠대요."

"방해는 무슨."

"우리 엄마가 좀 얼었어요."

주스를 잔에 따르면서 배혜원이 말을 이었다.

"이런 곳에서 선보는 건 처음이거든요. 여기 비싸겠죠?"

"두 시간에 50만 원."

"이따 엄마한테 이야기해줘야겠네."

베란다로 다가가는 배혜원의 엉덩이가 단단했고 두 다리는 미끈했다. 잔에 커피를 따르고 있는데 다시 배혜원이 다가와 섰다.

"여자 많죠?"

앞에 놓인 커피 잔을 보면서 배혜원이 물었으므로 김광도 역시 앞을 향한 채로 대답했다.

"몇 명 있어요."

"결혼 급하신 건 아니죠?"

"잘 아시는 것 같은데."

머리를 돌린 김광도가 배혜원을 보았다. 배혜원이 마주보더니 다시 소리 없이 웃었다. 희고 가지런한 이가 다 드러났다. 그때 김광도가 물었다.

"그럼 애인 만들기부터 해볼까요?"

칭다오 공항 동쪽 격납고 끝 쪽에 세워진 전용기 안에서 서동수가 커피를 마시고 있다. 오후 2시 반, 전용기가 착륙한 지 20분쯤이 지났다. 괌에서 서울을 거쳐 칭다오로 날아온 것이다. 기내는 조용하다. 24인승인 전용기 앞쪽은 서동수의 공간이다. 집무실 소파에 앉은 서동수가 다시 한 모금 커피를 삼켰을 때 노크 소리가 들리더니 문이 열렸다. 안으로 들어선 여자는 후원이다. 베이지색 투피스 정장 차림의 후원이 서동수를 향해 머리를 숙여 인사를 했다.

"안녕하셨습니까, 장관님."

"반갑습니다, 후원 씨."

자리에서 일어선 서동수의 얼굴에도 웃음이 떠올랐다. 후원을 만나려고 이곳에서 기다린 것이다. 후원도 베이징에서 날아와 지금 도착했다. 비밀 접촉인 셈이지만 후원은 중국 정부의 밀사다. 소파에 마주보고 앉았을 때 서동수가 옆쪽 커피포트를 눈으로 가리키며 물었다.

"커피 드릴까?"

"감사합니다. 커피 마시고 싶으면 제가 할게요."

후원의 목소리는 나긋나긋했고 맑다. 머리를 끄덕인 서동수가 눈을 가늘게 뜨고 후원을 보았다.

“괌에서 민주당 대선후보 힐러리 클린턴를 만났어요. 국무장관 헤이스, CIA 국장 브레넌과 함께였지요.”

후원은 두 손을 무릎 위에 단정하게 놓고 있었지만 무릎 밑의 두 다리는 드러났다. 무릎을 덮은 손가락을 응시하면서 서동수가 말을 이었다.

“한반도와 동북 3성, 한랜드를 잇는 대한민국의 등장을 아직 힐러리는 실감하지 못한 것 같았습니다.”

후원은 석상처럼 움직이지 않았고 서동수의 시선이 조금 올라갔다.

“푸틴이 동북 3성과 한랜드를 이어준다고도 말했지요. 힐러리는 충격을 받은 것 같았습니다.”

이미 한랜드의 영토는 동북 3성과 닿아있다. 한랜드에 대해서는 푸틴과 시진핑 양측에서 적극적인 우호관계를 표방하고 있다. 푸틴이야 러시아연방이니 당연하겠지만 시진핑은 남북한과 한랜드 사이의 동북 3성을 마치 한랜드화(化)해 주려는 기세다. 이제 서동수의 시선이 후원의 가슴께로 옮아갔다.

“힐러리가 나한테 남북한연방의 대통령이 되면 제일 먼저 뭘 하겠느냐고 묻길래 대마도를 회수하겠다고 했지요.”

“대마도라고 하셨어요?”

엉겁결에 후원이 물었는데 긴장한 것 같다. 중국과 일본이 아직도 분쟁 중인 일본명 센카쿠 열도, 중국명 댜오위다오 군도를 떠올린 모양이다. 그때 서동수가 말했다.

“한국 부산 바로 밑의 섬이오. 그 섬이 본래 한국령이었지요.”

“…….”

“그 섬을 2차 세계대전에서 일본이 항복했을 때 당시 한국의 이승만 대통령이 반환을 강력하게 요구했지요. 2년 동안 수십 차례 요구했는데 6·25전쟁만 일어나지 않았다면 한국령이 되었을지도 모릅니다."

이야기가 조금 어긋났다고 느꼈는지 후원이 눈을 서너 번 깜박였다. 영리한 여자다. 결코 포사가 아니다. 심호흡을 한 서동수가 후원의 가슴에 시선을 둔 채로 말을 이었다.

"대한민국의 위상을 제대로 평가하지 못한다면 당신은 미국 대통령이 될 자격이 없다고 대놓고 말해주었지요. 그랬더니 힐러리의 얼굴이 벌게집디다."

"……."

"헤이스와 브레넌은 나한테 공감하는 눈치였습니다."

그때 후원이 한 손으로 가슴을 덮었다.

"커피 마시겠습니다."

가슴을 손바닥으로 덮은 채 자리에서 일어선 후원의 얼굴이 상기되었다. 목소리도 끝이 조금 떨렸다. 두 걸음을 옮겨 이쪽에 등을 내놓고 선 후원의 뒷모습을 보면서 서동수가 침을 모았다. 입안이 마른 것 같았기 때문이다. 후원의 엉덩이에 시선을 준 채 서동수가 침을 삼키고 말했다.

"푸틴은 한랜드에서부터 러시아의 기운이 동북 3성을 거쳐 한반도까지 이르기를 기대하겠지요."

후원이 커피를 다 따랐을 만한데도 그대로 서 있다. 서동수의 시선이 후원의 종아리로 옮겨졌다. 중국의 입장을 말할 필요는 없다. 동북 3성을 핵으로 한반도와 한랜드로까지 중국의 기운이 뻗칠 것인가? 인간의 꿈은 사정이 없다. 그것이 조국을 위한 것이라면 더 말할 것이 없다. 이윽고 후원의 발끝치에 시선을 준 서동수가 말을 이었다.

"미국도 곧 한반도의 위상을 재정립하게 될 겁니다."

그때 후원이 몸을 돌렸다. 시선이 서동수의 눈으로 옮겨졌고 그 시선 끝을 본 후원의 얼굴이 순식간에 붉어졌다.

"그대로 보고하겠습니다, 장관님."

"일본은 더 이상 미국의 배경을 믿고 행동하지 못하게 될 겁니다."

"그 말씀도 전하겠습니다."

그때 몸을 일으킨 서동수가 후원을 향해 발을 떼었다. 세 발짝 거리였으므로 후원의 속눈썹이 희미하게 떨리는 것도 보인다. 두 발짝을 떼었을 때 후원이 들고 있던 커피 잔을 옆쪽 선반에 놓았다. 시선은 서동수에게 향한 채여서 커피 잔이 선반 모서리에 비스듬히 놓였고 커피가 쏟아졌다. 그러나 떨어지지는 않았다. 다시 한 발을 떼었을 때 후원이 입을 열었다.

"장관님."

낮고 한숨 같은 목소리, 눈동자의 초점이 멀어졌고 얼굴은 이제 하얗게 굳어졌다. 조금 열린 입술 사이로 치아 끝이 보인다. 서동수가 반 걸음 더 다가가서 후원의 얼굴을 두 손으로 감싸 안았다. 후원이 저절로 눈을 감았을 때 서동수는 숨을 들이켰다. 감동했기 때문이다. 얼굴을 붙인 서동수는 후원의 입술을 빨았다. 그때 후원의 두 손이 서동수의 허리를 감싸 안았고 입이 열렸다. 곧 달콤하고 부드러운 혀가 밀려 나왔으므로 서동수는 갈증 난 사람처럼 빨아들였다. 후원을 선반 쪽으로 미는 바람에 쟁반이 움직였고 위태롭게 걸려 있던 커피 잔이 굴러가 바닥으로 떨어졌다. 그때 입술을 뗀 후원이 허덕이며 말했다.

"장관님, 그만."

"아니, 여기서."

서동수가 단호하게 말하고는 후원의 허리를 감싸 안았다. 두 눈을 크게 뜬 서동수가 후원을 보았다.

"후원 씨, 여기서."

"다음에요, 장관님."

"기다리고 있었어."

서동수가 후원의 몸을 번쩍 안아 들고 소파 위에 눕혔다. 다시 후원의 얼굴이 빨갛게 달아올랐다.

"장관님, 여기서는 싫어요."

"아무도 오지 않아."

서동수가 후원의 스커트를 젖히고는 팬티를 움켜쥐었다. 그때 후원이 서동수의 팔을 잡고 말했다.

"제가 벗을게요."

후원의 표정을 본 서동수가 몸을 일으켰다. 그러고는 바지 벨트를 풀었다. 외면한 후원이 누운 채로 스커트 호크를 풀더니 곧 벗어서 소파 밑에 놓았다. 이제 후원은 분홍색 팬티 차림이다. 서동수가 서둘러 바지와 팬티를 끌어 내렸을 때 후원이 다리를 들어 팬티를 벗는다.

한랜드로 돌아온 서동수를 기다리고 있던 손님이 있다. 한국에서 온 한국당 의원 진기섭과 오성호다. 둘 다 3선으로 이제는 서동수의 측근으로 분류되는 인물, 그것을 본인들도 밝히고 다니는 상황에 이르렀다. 이것은 서동수도 한국 정치에 개입하기 시작했다는 것을 의미한다. 좋으나 싫으나 연방 대통령의 물망에 오른 이상 시쳇말로 물에 발을 담그지 않고 고기를 잡을 수는 없는 법이다.

"바쁘신데 시간 내주셔서 감사합니다."

오성호가 먼저 인사했다. 이번에 당직이 바뀌어서 오성호는 원내총무가 되었고 진기섭은 정책위의장이다.

"무슨 말씀을, 두 분을 만나는 것만큼 중요한 일이 어디 있습니까?"

웃지도 않고 대답한 서동수가 소파에 마주보고 앉았다. 배석자는 비서실장 유병선, 이제 한국은 조수만 대통령 체제로 남은 2년을 보내게 되었다. 2년 후에는 남북연방 대통령 선거가 실시된다. 서거한 한대성 대통령과 북한 지도자 김동일은 '연방법'에 합의하여 연방 대통령 체제하의 대한민국 청사진을 만들어 놓았다. 당선된 연방 대통령은 남북한을 통치하되 당분간 남북한 2개 행정부로 운영하게 될 것이었다. 즉 남북한에 각각 총리와 행정부를 두되 외교와 국방은 연방 대통령 직속 부서가 된다. 입법부는 연방의회로 통일되기 전까지 북한에 남한과 비슷한 형태의 입법부를 신설하여 운용하고 사법부도 마찬가지다. 누가 연방 대통령이 되건 남한의 제도에 따르도록 김동일이 과감한 결단을 내린 것이다. 음료수가 놓였고 날씨 이야기로 잠깐 뜸을 들인 후에 곧 오성호가 입을 열었다.

"민족당이 북한의 민생당하고 연합한다는 기사를 보셨지요?"

"예, 봤습니다."

서동수가 머리를 끄덕였다. 한국의 제1 야당 민족당이 북한에서 만들어진 민생당과 연방 대통령 선거를 대비하여 연합할 예정인 것이다. 북한의 민생당은 바로 공산당이다. 처음에 그들은 '민주공산당'으로 당명을 지었다가 열흘 만에 '민주사회당'으로 바꿨고 닷새 후에 다시 '민생당'으로 바꿨다. 당명에서부터 신경을 쓰는 것이 북한도 선거 전략가를 고용한 것 같다. 오성호가 말을 이었다.

"여론조사를 보셨겠지만 남한의 민족당 지지자에 북한의 표를 합치면 우리가 넘어질 수도 있습니다."

그때 진기섭이 거들었다.

"민족당이 민생당과 연합해서 퍼주기 전략과 함께 '노예작전'을 사용하면 1천만 표 차로 우리가 진다는 예측도 나오는 상황입니다."

"그러겠지요."

서동수의 얼굴에 쓴웃음이 번졌다. 남한에서도 무상급식에서부터 선거 때마다 '무상' 폭탄이 터지는 바람에 순식간에 당락이 바뀌었다. 수많은 선거를 치러온 남한 유권자들도 눈앞의 무상 폭탄 유혹에 넘어가는 상황인 것이다. 그런 선거를 겪어보지 않은 북한 주민에게 무상 폭탄의 유혹은 가공할 만한 것이었다. 그다음이 '노예론'이다. 남한 주민이 북한 주민을 노예로 부린다는 말도 안 되는 가정이지만 귀에 쏙 들어오는 공포다. 따라서 남한의 것을 다 나눠 갖자는 무상 폭탄과 겁을 주는 노예론 폭탄을 계속해서 퍼뜨리면 가능성이 충분히 있다는 것이었다. 듣기만 하던 유병선이 입을 열었다.

"북한의 김 위원장께서 민생당을 조절하시겠지요. 그렇게 막가게는 하지 않으실 것입니다."

그러자 오성호가 말했다.

"위원장이 달라지셨다는 정보가 있습니다."

오성호와 진기섭은 걱정이 된 것이다. 그래서 서동수에게 한국의 여론조사 내용과 앞으로의 전망, 한국당이 나아갈 전략까지 작성해 왔다. 선거를 여러 번 치러본 터라 미리 대비하자는 것이다. 한 시간 가깝게 집무실에 머문 둘이 떠났을 때 서동수가 유병선에게 말했다.

"김 위원장으로서는 그것이 최선이야. 믿고 따르는 당원들의 뜻을 거역할 수는 없는 것이라고."

"그렇습니다."

유병선도 선선히 시인했다.

"한반도가 세계로 뻗어나간다는 대의에는 뜻을 같이하고 있으니까요. 다만 통치 방법이 조금 다르다고 밀어붙일 것입니다."

연방 대통령의 북한 후보는 김동일이다. 북한도 후보 선거를 통해 연방 대통령 후보를 뽑게 되겠지만 거의 100퍼센트 가까운 지지를 받고 김동일이 후보가 될 것이다. 한국에서는 민족당 후보로 현 대표인 고정규가 나서기로 확정되었다. 청렴한 인물로 4선 의원에다 서울 출신, 부친의 시멘트 회사를 상속받아 5000억 원대의 자산가이기도 하다. 한국당의 후보가 될 서동수와 고정규의 대결에서는 서동수가 압도적으로 우세하다. 현재 여론조사를 보면 70 대 30 정도가 된다. 그런데 연방 선거가 되면 민족당과 북한의 민생당이 연합, 시너지를 받게 된다는 것이다. 북한의 유권자는 대략 1700만 명, 남한 유권자가 3000만 명인데 현 상황에서 계산하면 서동수는 남한에서 2000만 표가 조금 넘을 것이다. 민족당 표가 1000만 표, 그런데 만일 북한표 1700만 중 1500만 표가 김동일에게 간다면 2200만 표 대 2500만 표로 진다. 연방 대통령으로 김동일이 당선된다. 오성호가 가져온 자료를 덮은 서동수가 유병선을 보았다.

"대한민국 연방 대통령에 누가 당선되느냐는 것에 세계의 이목이 집중되겠군."

"지금도 그렇습니다."

유병선이 굳어진 얼굴로 서동수를 보았다.

"특히 직접 연관이 있는 중국, 러시아, 일본 그리고 미국이 촉각을 곤두세우고 있겠지요."

"그들에게는 누가 바람직할까?"

"각각 계산을 하겠지요."

서동수의 얼굴에 웃음이 떠올랐다. 지금 당장 대답할 수도 없을 뿐만 아니라 그때가 되면 또 변할 것이었다. 국익을 위해서라면 전쟁도 불사하는 것이 국제사회다. 인간 개개인의 인연과 약속 따위에 연연한다면 웃음거리가 된다.

"요즘 김 위원장도 바쁜 모양이군."

서동수가 혼잣소리처럼 말하자 유병선의 얼굴에 쓴웃음이 떠올랐다.

"민족당 의원들이 평양에 자주 들릅니다."

"민생당 창립에서 조직 운영까지 도와주고 있다면서?"

"자금 지원까지 은밀하게 해준다고 들었습니다."

"공작을 서로 배우겠군."

둘은 마주보며 웃었다. 신의주특구가 발전되면서 남북한은 경제 소통이 시작되었고, 관광도 훨씬 자유로워졌다. 휴전선에서의 충돌은 이제 거의 일어나지 않았지만 아직 대치 상태는 계속되고 있다. 2년 후에 연방이 되면 단계별로 휴전선의 철책 등이 철거될 것이었다. 그때 서동수가 말했다.

"한로드가 완공되면 한랜드의 기반이 굳어지게 될 거야."

유병선이 머리만 끄덕였고 서동수가 말을 이었다.

"난 한로드가 개통되는 것을 보고 한랜드를 떠날 거네."

한로드는 한랜드를 관통하여 유럽으로 통하는 고속철을 말한다. 지금 한국철도에서 공사 중이다. 제2의 실크로드인 것이다.

"휴게소로 들어가야 할 것 같습니다."

운전사 이반이 말했으므로 김광도가 머리를 끄덕였다.

"그래. 이대로 달릴 수는 없어, 이반."

폭설이다. 이곳은 눈이 쏟아지면 한 시간에 20㎝ 쌓이는 건 보통이다. 한 시간쯤 전부터 내리던 눈이 이제는 고속도로에 20㎝가량 쌓였고 지금도 퍼붓듯이 내린다. 오후 8시 10분 한시티 남쪽 150㎞ 거리의 고속도로, 이반이 곧 대형 리무진을 좌회전시켜 휴게소로 진입했다. 한랜드의 고속도로 휴게소는 식당, 유흥 시설은 물론 숙박 시설까지 갖추고 있다. 이곳은 호텔이 여러 개였고 카지노까지 구비되었다. 호텔 앞에 차가 멈췄을 때 김광도가 옆에 앉은 한지서에게 말했다.

"방 세 개 잡도록 해."

"네, 회장님."

한지서가 서둘러 차에서 내리더니 호텔 현관으로 다가갔다. 한지서와 함께 소도시에 위치한 사업장에 다녀오는 길이다. 잠깐 기다리는 사이에도 눈이 쏟아져 앞쪽 계단이 보이지 않았다. 그때 한지서가 뛰어와 차 안으로 들어왔다.

"회장님, 스위트룸 하나에 일반실 하나가 남아서 체크인 했습니다."

머리를 끄덕인 김광도가 이반에게 말했다.

"이반, 방 잡았으니까 차 놓고 들어가자."

"예, 회장님."

차에서 내린 김광도가 호텔 현관 안으로 들어서며 한지서를 보았다.

"스위트룸에 방이 몇 개야?"

"투 베드룸이라고 했습니다."

김광도의 시선을 받은 한지서의 얼굴에 웃음이 떠올랐다.

"급해서 자세히 묻지는 못했어요. 예약이 쏟아지고 있어서요."

"큰일 났는데."

로비에서 이반을 기다리고 선 김광도가 입맛을 다셨더니 한지서가 물었다.

"왜요?"

"너하고 같은 방에서 자게 되었잖아?"

한지서의 얼굴에 다시 웃음이 떠올랐다.

"불편하세요?"

"불안해."

"왜요?"

그때 이반이 다가왔으므로 한지서가 키를 건네주면서 말했다.

"저하고 회장님은 301호실이에요, 이반."

"알았습니다."

거구의 이반은 경호원 겸 운전사다. 무표정한 얼굴로 이반이 돌아섰을 때 김광도가 발을 떼며 말했다.

"내가 절제하지 못할까 봐 그런다."

호텔은 통나무로 만들었지만 단단한 구조다. 기둥은 한 아름이 넘는 전나무였고 천장 대들보도 지름이 50cm는 되었다. 계단을 오르는 김광도의 옆을 따르면서 한지서가 말했다.

"그럼 절제하지 마세요."

입을 다문 김광도는 한지서의 머리칼 냄새를 맡았다. 한지서가 말을 이었다.

"저는 받아들일 준비가 되어 있어요."

"……."

"처음부터요. 회장님이 식당 사장님이라고 하셨을 때부터요."

김광도의 시선을 받은 한지서가 눈웃음을 쳤다. 얼굴이 붉어져 있는 것은 찬 곳에 있다가 들어왔기 때문만은 아닌 것 같다. 한지서가 똑바로 김광도를 보았다.

"비서하고 연애하는 것이 불편하시면 내보내면 되죠."

"그럴 수야 있나?"

입안의 침을 삼킨 김광도가 3층의 복도에 발을 딛고는 숨을 내쉬었다. 3층 복도는 양탄자가 깔려 있다. 그때 한지서가 앞장서 가면서 말했다.

"내보내고 마음 놓고 만나시든지요. 난 어떤 식으로든 애인 노릇을 할 준비가 되어 있으니까요."

넓은 방에 더블베드가 두 개 놓인 스위트룸이다. 응접실에다 큰 주방까지 갖춰져 있었지만 방은 하나였다.

"큰일 났네."

방을 본 한지서가 웃었지만 어색했다. 옷을 벗는 김광도의 뒤로 다가간 한지서가 코트를 받아들면서 물었다.

"술 드실래요? 술상 차려 놓게요."

"아니, 술상까지 차릴 필요는 없어."

이제는 스웨터를 벗으면서 김광도가 말했다.

"뭐, 술기운을 빌릴 것도 없지."

"어렵게 생각하지 마세요."

그때 김광도가 몸을 돌려 한지서의 코트 지퍼를 쥐었다. 벗겨주려는 몸짓이다. 한지서가 가만있었으므로 김광도는 지퍼를 내려 코트를 벗겼다. 이제는 한지서가 시선을 마주치지 않는다. 붉게 달아오른 얼굴이 굳어 있다. 한지서의 재킷 지퍼를 다시 내리면서 김광도가 물었다.

"나한테 부담 느끼고 있는 것 아니야?"

"그런 것 없어요."

외면한 채 말한 한지서가 손을 뻗어 김광도의 바지 벨트를 쥐었다.

"벗겨 드려요?"

"처음이야?"

"바지 벗기는 건 처음이죠."

그제야 시선이 다시 마주쳤고 한지서는 눈웃음을 쳤다.

"좀 어색하네요."

한지서의 재킷을 벗긴 김광도가 이제는 바지 호크를 풀었다.

"옷 벗는 순서가 한참이군."

벨트가 풀어지면서 바지가 내려졌으므로 다리를 든 김광도가 말했다. 김광도도 한지서의 바지를 내리는 중이다. 그러다 둘 다 방한화에 걸려서 바지가 내려가다가 말았다.

"신발은 제각기 벗자."

손을 뗀 김광도가 말하자 한지서가 풀썩 웃었다.

"힘드네요."

"이것이 한랜드식 연애야."

김광도가 선 채로 방한화를 벗어던졌고 한지서는 침대 끝에 앉아서 내복까지 함께 벗었다. 방안은 따뜻하다. 이제 알몸이 된 김광도가 침대 시트를 젖히고 들어가 한지서를 보았다. 이윽고 브래지어와 팬티 차림이 된 한지서가 몸을 웅크리며 김광도의 벌린 팔 안으로 안겨들었다.

"언제 이 순간이 올까, 하고 기다렸죠."

가슴에 볼을 붙인 한지서가 말했을 때 김광도는 팬티를 끌어내렸다.

브래지어를 풀자 한지서가 두 손으로 김광도의 남성을 감싸 쥐면서 말했다.

“저 별로 경험 없어요.”

“누가 물어봤어?”

먼저 한지서의 콧등과 뺨에 입술을 붙인 김광도가 물었다. 김광도의 손은 한지서의 젖가슴과 엉덩이를 주무르고 있다. 한지서가 가쁜 숨을 뱉으며 대답했다.

“지금까지 한 10번쯤 했을 것 같아요.”

“그래서?”

한지서가 말을 하는 터라 김광도의 입술이 목을 더듬다가 젖가슴을 물었다. 한지서는 가는 체격이지만 젖가슴은 큰 편이다. 젖꼭지와 젖가슴을 물고 있던 김광도의 머리칼을 한지서가 부드럽게 움켜쥐었다.

“그것도 마지막으로 한 것이 3년쯤 됐어요. 오래 안 했다고요.”

김광도의 손가락이 한지서의 숲으로 내려가 곧 골짜기 안으로 들어갔다. 그 순간 김광도는 숨을 들이켰다. 골짜기에 용암이 흘러넘치고 있다. 그때 한지서가 허덕이며 말했다.

“섹스해서 클라이맥스에 닿은 적이 없어요.”

상체를 든 김광도가 한지서의 몸 위에 올랐다. 경험이 없다고 했지만 한지서는 자연스럽게 다리를 벌려 김광도를 맞을 채비를 한다. 방안은 가쁜 숨소리와 열기로 덮여 있다. 한지서가 두 손으로 김광도의 팔을 움켜쥐었다. 김광도를 올려다보는 눈동자가 흐리다. 먼 곳을 보는 것 같다. 더운 숨결이 김광도의 가슴에 닿는다. 그 순간 김광도는 숨을 들이켰다. 알몸의 한지서가 그때야 시선 안에 들어왔기 때문이다. 둥근 어깨, 살집이 없어서 어깨가 좁았지만 피부는 매끄럽고 젖가슴은 봉긋

하게 솟았다. 그때 한지서가 하반신을 비틀면서 낮게 신음했다. 그러자 남성이 한지서의 골짜기를 건드렸고 젖은 촉감이 느껴졌다. 한지서가 다시 몸을 비틀면서 남성을 의도적으로 자극했으므로 김광도는 곧장 허리를 밀었다. 이미 조준해 놓고 있었던 상황이다. 그 순간 한지서가 입을 딱 벌리면서 머리를 뒤로 젖혔지만 목소리가 터지지 않았다. 숨을 멈췄기 때문이다. 김광도는 온몸이 뜨겁고 좁은 동굴 속으로 미끄러져 들어가는 느낌을 받는다. 그때 한지서가 숨을 뱉으면서 신음했다.

"아이고, 엄마."

김광도는 머리를 숙여 한지서의 입술에 키스했다. 신음을 막으려는 의도가 아니다. 상처를 달래주려는 것이다. 한지서가 받아들이겠다는 듯이 두 팔로 김광도의 목을 감싸 안았다. 김광도는 거칠게 몸을 부딪쳤고 한지서의 신음은 더 높아졌다. 자극을 더 받아들이려는지 김광도의 움직임에 맞춰 몇 번 허리를 들어 올렸던 한지서가 그때마다 리듬이 어긋나자 마침내 움직임을 멈췄다. 그러고는 김광도의 리드에 따른다. 한지서의 신음이 더 높아졌고 몸의 반응이 더 뜨거워졌다. 격렬해지면서 머리를 마구 흔들어대는 것이다. 비명 소리 같은 신음을 뱉으면서 김광도의 허리를 감싸 안고 놓지 않는다. 이윽고 두 다리로 침대 바닥을 차던 한지서가 김광도의 허리를 감으면서 소리쳤다. 날카로운 비명 같다.

"아앗."

머릿속에서 말이 꾸며질 여유가 없다. 김광도는 한지서의 동굴이 갑자기 무너지는 느낌을 받으면서 함께 폭발했다. 그러자 한지서가 다시 비명을 내질렀다. 이번에는 더 크다. 김광도는 온몸이 무너진 동굴 속에 갇힌 것 같았으므로 눈을 치켜떴다. 그 순간 눈앞에서 수많은 불꽃이 폭발하는 것이 보였다. 온몸이 동굴 속에서 녹아들고 있다. 뜨겁고 진한 용암이 온몸에 덮여 있는 것이다. 함께 녹아가는 한지서의 신음이 먼 곳에서 들리고 있다. 이윽고 김광도가 머리를 들었을 때는 한참이나 지난 후였다. 땀이 밴 등에 찬 기운이 덮였고 품에 안긴 한지서가 꾸물거리는 중이다. 김광도가 아직도 가쁜 숨을 고르면서 물었다.

"너, 괜찮아?"

"네."

한지서가 숨을 몰아쉬며 대답했다. 그때야 느꼈지만 한지서의 사지는 침대 위에 펼쳐져 있다. 두 팔, 두 다리가 김광도의 몸에서 떨어져 있는 것이다. 김광도는 그때야 한지서에게 몸을 떼어 옆으로 누웠다. 한지서가 시트를 끌어당겨 몸을 덮는다. 김광도는 문득 한지서가 말이 없어졌다는 것을 깨달았다. 그러고 보니 몸이 합쳐진 순간부터다. 머리를 든 김광도가 한지서를 보았다. 천장을 향한 채 누워 있는 한지서의 얼굴은 아직도 상기되어 있다. 땀이 밴 이마에 머리카락 몇 줄기가 붙어 있고 두 눈이 번들거리고 있다. 시선이 마주치자 한지서는 시트를 당겨 얼굴을 덮었다. 그러자 상반신이 드러났으므로 김광도가 젖가슴을 움켜쥐고 말했다.

"그래. 너, 내 애인하자."

4장 한로드

'한로드'는 대한민국 부산에서 한랜드를 거쳐 유럽으로 통하는 고속철을 말한다. 러시아의 '시베리아 철도'는 블라디보스토크에서 모스크바까지 9300㎞의 거리이지만 '한로드'는 장장 1만2500㎞나 된다. 서동수는 한랜드 개발과 함께 한로드를 착공시켰다. 그리고 4년이 흐른 지금 부산에서 서울, 평양과 신의주를 거쳐 중국 랴오닝성, 지린성, 헤이룽장성을 차례로 관통해 한랜드를 잇는 고속철을 완성시켰다. 러시아 지역은 기존의 시베리아 철도를 사용하는 부분이 많았기 때문에 앞으로 3년이면 완공될 것이다. 이제 남북연방이 되면 한로드가 정상적으로 개통될 것이며 대한민국과 일본, 동북아시아의 물자는 '한로드'를 통해 싸고 빠르게 유럽으로 수송될 것이다. 서동수는 한랜드 개발과 함께 21세기의 실크로드를 개척했다. 이제 한랜드의 주민은 1000만 명을 돌파했고 지금도 세계 각지에서 이주민이 몰려들고 있다. 인구 비율은 남북한 이주민과 조선족, 고려인, 재일 교포를 비롯하여 세계 각지에서 몰려든 한민족이 500여 만, 러시아 250만, 중국 150만, 기타가 100만 명으로 앞으로 5년 안에 2000만 명이 될 것으로 예상되었다. 한랜드 면적은 100여 만㎢여서 한반도 전체 면적의 5배가 되는 것이다. 러시아와 동유럽 각지에 집시처럼 흩어져 있던 55만여 명의 고려인 중 45만 명이 이미 새 땅, 새 조국으로 삼은 한랜드로 이주해왔다.

"키르기스스탄에서 왔다고?"

소리쳐 물은 안용생이 앞에 앉은 사내의 대답을 기다렸다. 한시티 서쪽 800㎞ 지점의 철도공사 현장 근처의 식당 안, 컨테이너를 개조해서 만든 식당은 술손님들로 떠들썩했다. 오후 8시 반, 손님은 한국인, 러시아인, 중국인 등 다양하다. 다시 술잔을 든 사내가 머리를 끄덕이더니 안용생에게 되물었다.

"당신은?"

"난 사할린."

안용생이 한입에 보드카를 삼켰다.

"한국으로 가려다가 이곳으로 왔어."

"그렇군. 당신 나이가 몇이야?"

사내가 묻자 안용생이 쓴웃음을 지었다. 둘은 지금 조선말, 즉 한국어로 대화하고 있다. 둘 다 나이가 60대 중반, 옆자리의 아프리카인 사내 둘이 다투더니 술잔을 내려놓고 나갔다. 그들도 철도공사 현장의 노동자들이다. 안용생이 지그시 사내를 보았다.

"난 예순다섯, 당신은?"

"난 예순여섯, 내가 형이군."

사내가 검게 탄 얼굴을 펴고 웃더니 보드카 병을 들어 안용생의 잔에 술을 채웠다.

"난 박을수야. 오늘 하루 동안 같이 일했으면서 이제야 통성명하는군."

"그렇구먼. 그런데 당신 가족은 어디 있어?"

안용생이 묻자 박을수가 손으로 천장을 가리켰다.

"저기."

"거기가 어디야?"

천장을 보던 안용생의 이맛살이 찌푸려졌다. 다시 안용생의 시선을 받은 박을수가 술잔을 들고 말했다.

"나 혼자야."

"다 일찍 갔어?"

"마누라는 3년 전, 아들놈은 10년 전."

"아, 저런."

"혼자 키르기스스탄에 남아 있기도 그래서 여기로 왔어."

박을수가 거의 난장판 수준인 식당 안을 둘러보며 소리치듯 말했다.

"사람 사는 곳 같군. 조선말로 악을 쓸 수도 있고, 조선인이 활개 치는 세상이야."

"거긴 안 그래?"

"아, 소리야 치지. 그렇지만……."

소리쳐도 외로울 때가 있다. 안용생도 안다. 박을수가 말을 이었다.

"키르기스스탄에서 66년을 살았지만 그곳이 내 조국이라고 생각해 본 적이 없어. 그렇다고 지금까지 남조선, 북조선을 고향이라고도 생각 안 했어."

"그렇겠지."

사할린 태생인 안용생이 머리를 끄덕였다.

"나도 그랬으니까."

"그런데 한랜드가 만들어지니까 이곳이 내 조국, 내 고향이 되겠다는 생각이 들었어."

"동감이야."

보드카 잔을 든 안용생이 긴 숨을 뱉었다.

"나도 사할린에서 한국으로 들어가려다가 이곳에 온 거야."

"가족은?"

"마누라가 사할린에 있는데 몸이 아파서 이곳에 오지 못했어."

"자식은?"

"딸 둘이 있는데 그곳에서 자식 낳고 살아. 움직일 형편이 안 돼."

"당신도 말년에 쓸쓸하군."

"이곳에서 죽을 거야."

한 모금 술을 삼킨 안용생이 먼 곳을 바라보는 눈으로 앞쪽 벽을 보았다.

"우리 같은 떠돌이가 많아, 이곳에."

"그렇지."

"죽으려고 오는 떠돌이 말이야."

"아니, 젊은 놈들은 이곳에서 새 인생을 살려고 오더만."

"그렇지, 두 종류지. 살려고 오는 놈, 죽으려고 오는 놈."

"한로드가 뚫리면 한반도의 기운이 대륙을 뚫고 나가는 거야. 그건 분명해."

"그런데 푸틴이 왜 그걸 놔두었을까?"

안용생이 묻자 박을수가 쓴웃음을 지었다.

"내가 키르기스스탄에서 들었어. 푸틴이 한랜드를 개발시켜 남북한까지 다 집어삼킨다는 거네. 실제로도 그렇게 보이더군."

"나도 그렇게 들었지."

안용생이 머리를 끄덕였다.

"그랬다가 이곳에 와보니까 그건 소문과는 딴판이더군."

"푸틴이 잘못 생각한 것일까?"

"아냐, 지금도 계속해서 음모를 꾸미겠지. 어쨌든 한랜드는 러시아 땅이니까. 이곳에다 투자한 자본은 다 러시아 재산이야, 한로드까지."

이번에는 박을수가 머리를 끄덕였다.

"하지만 우리가 키르기스스탄으로 쫓겨 갈 때하고 지금은 상황이 달라. 푸틴은 스탈린이 아냐."

"그렇지, 우리도 예전 카레이스키가 아니지."

안용생이 박을수의 잔에 보드카를 채워주며 말을 이었다.

"한국도 망해가는 대한제국이 아니라고."

"당신하고는 말이 통하는군."

박을수의 얼굴에 웃음이 떠올랐다.

"작업 7반이지? 내가 그쪽으로 옮겨갈까? 그럼 일할 때도 이야기할 수가 있지 않아?"

"그래, 그렇게 해."

술잔을 든 안용생이 길게 숨을 뱉었다.

"중국에서 온 조선족들도 우리하고 비슷한 이야기들을 해."

"그렇겠지."

둘은 주위 소음이 컸기 때문에 소리치듯 이야기를 주고받았는데 주변에 신경 쓸 필요도 없다. 이것도 스탈린 시대의 카레이스키와 다른 점이다.

“자, 가지.”

옆쪽 테이블에 앉아 있던 서동수가 술잔을 내려놓고 말했다. 서동수는 뿔테 안경만 끼고 있었는데 다른 사람으로 보였다. 한로드 공사장 시찰을 나왔다가 안종관과 함께 이곳 식당에 들어와 있었다. 그래서 옆자리에 앉은 두 노동자의 이야기를 다 들었다.

“음모를 꾸밀 수는 없는 세상이야.”

돌아가는 열차 안에서 서동수가 창밖을 내다보며 말했다. 개통된 철로 위를 임시로 달리는 장관 전용 열차다.

“푸틴이나 시진핑, 아베, 오바마도 마찬가지, 그리고 나도.”

서동수의 얼굴에 쓴웃음이 떠올랐다. 한 칸짜리 열차는 맹렬한 속도로 한시티를 향해 달리고 있다. 짙은 어둠 속이어서 검은 창에 서동수의 얼굴이 거울처럼 비쳐 있다.

“푸틴이 한랜드를 통해 한반도에까지 영향력을 뻗치고, 시진핑은 동북 3성을 중심으로 한랜드와 한반도를, 그리고 한국이 한랜드와 한로드를 통해 꿈의 유라시아 대륙을 잇는다는 야망.”

창에 비친 제 얼굴을 향해 한마디씩 차분하게 말하던 서동수가 의자에 등을 붙였다. 얼굴에 웃음이 떠올라 있다.

“한, 중, 러 3국이 제각기 욕심을 버린다면 3국이 각기 다 이룰 수 있을 거야. 하지만 욕심을 품는다면 어려울걸?”

“지금은 제각기 꿈을 품고 있는 단계가 되겠습니다.”

안종관이 정색하고 말했다.

“해당 3국이 다 만족하는 단계지요.”

그렇다. 욕심만 더 부리지 않는다면 러시아는 한랜드 개발로 인한 시베리아 지역의 엄청난 경제성장을 실현하고 있으며, 중국 또한 그 영향을 받고 있는 중이다. 한국은 남북한연방에 이은 국력 신장과 경제부흥, 그리고 무엇보다도 새 세상에 대한 기대로 국민의 의욕이 충천하고 있다. 서동수가 말을 이었다.

"안 부장, 정치인의 목적은 무엇이라고 보시오?"

"어려운 질문입니다."

얼굴에 웃음을 띠던 안종관이 조심스럽게 대답했다.

"정치인은 국민의 대변인 역할을 하는 것 아닙니까?"

"그것도 있겠지."

머리를 끄덕인 서동수가 말을 이었다.

"나는 국민에게 희망을 주는 역할을 해야 한다고 생각해."

안종관의 시선을 받은 서동수가 쓴웃음을 지었다.

"요즘 국민의 지적 수준이나 판단력, 또는 리더십에 이르기까지 모두 뛰어나 가르치려고 든다면 우스운 꼴이 돼."

"……."

"나는 미래에 대한 희망을 제시해주는 것으로 끝낼 거야."

"나머지는 맡기시겠군요."

"그렇지, 국민에게."

머리를 끄덕인 서동수가 말을 이었다.

"시대에게."

"장관님은 잘하실 것입니다."

"욕심부리지 않을 테니까."

눈을 가늘게 뜬 서동수가 다시 창밖을 보면서 말했다.

"두 노인의 이야기를 들으면서 나는 다시 한 번 한민족의 위대함을 느꼈어."

"끈질긴 생명력이지요."

"그분들은 한랜드가 한민족의 중심이 될 것을 알고 오신 거야."

"그렇습니까?"

"본능이지. 자석에 끌려온 쇠붙이처럼 오신 것 같다는 생각이 들었어."

"남북한연방이 확실하게 굳어져야 한랜드도 안정이 됩니다, 장관님."

안종관이 다짐하듯 말했으므로 서동수도 입을 다물었다. 그렇다. 연방 대통령 선거가 다가오고 있다. 만일 한국의 민족당과 북한의 민생당 연합세력이 집권하게 된다면 어떻게 될 것인가? 그들이 내세운 북한 지도자 김동일은 꼭두각시가 될 것이고 남북한연방은 70년 전 해방 직후의 혼란기로 되돌아간다. 100년 전 공산당의 귀신이 되살아나는 기괴한 세상이 된다.

"나, 내일 경주로 출장이야."

김광도가 말하자 장현주는 몸을 돌렸다. 밤 11시 반, 침대에 나란히 누운 둘이 TV를 보던 중이다. 경주는 한랜드 도시다.

"언제 돌아오는데?"

장현주가 묻자 김광도는 TV에 시선을 준 채 대답했다.

"이틀쯤 자고 올 거야."

"요즘 출장이 잦네."

"일이 많아져서."

장현주가 손을 뻗어 김광도의 남성을 쥐었다. 물론 잠옷 위로 부드럽게 감싸 쥔 것이다.

"요즘 이것도 잘 안 해주고."

"왜? 하고 싶었어?"

TV에서 시선을 뗀 김광도가 장현주를 보았다. 장현주의 얼굴이 상기되어 있다. 팔을 뻗은 김광도는 장현주의 어깨를 당겨 안으면서 죄책감이 느껴졌다. 요즘 한지서하고는 수시로 엉켰기 때문이다. 지난번 눈 때문에 길이 막혔을 때 시작한 후부터 기회만 있으면 호텔로 들어간 것이다. 장현주가 김광도의 잠옷 바지를 벗기면서 말했다. 서두르고 있다.

"열흘이야."

"열흘이나 되었어?"

김광도도 장현주의 잠옷을 벗겼다.

"그렇게 오래 안 했나?"

말은 그렇게 했지만 한지서의 몸에 쏙 빠진 김광도는 집에 돌아오면 기력이 떨어진 상태다. 그러나 오늘은 한지서가 생리 중이라고 해서 일찍 들어온 참이다. 장현주가 적극적으로 덤비자 김광도도 전염된 것처럼 몸이 뜨거워졌다. 장현주의 이런 모습은 처음이다. 순식간에 알몸이 되었을 때 장현주가 위로 오르면서 말했다.

"내가 할게."

장현주의 젖가슴이 위에서 출렁거렸다. 두 손을 뻗어 젖가슴을 움켜쥔 김광도가 웃었다.

"웬일이야?"

"이렇게 할 때 더 좋았어."

벌써 가쁜 숨을 뱉으면서 장현주가 김광도의 남성을 잡아 샘에 붙였다. 장현주의 두 눈이 번들거렸고 반쯤 열린 입이 육감적이다. 김광도가 젖가슴을 움켜쥔 손에 와락 힘을 주었을 때 장현주는 허리를 밀었다.

"으으으."

상반신을 세웠다가 숙이면서 장현주가 신음했다. 그러더니 허리를 움직이기 시작했지만, 자극을 감당하지 못하고 몸이 비틀렸다. 허리가 좌우로 흔들리면서 진퇴를 이어가지 못하는 것이다. 장현주가 신음을 뱉으면서 상반신을 숙여 김광도 위로 엎어졌다.

"아유우."

장현주가 비명 같은 탄성을 뱉었을 때 김광도는 상반신을 감싸 안았다. 이제 장현주는 더 이상 위에서 움직일 수 없을 것 같다. 김광도는 장현주의 얼굴을 두 손으로 감싸 안고 입을 맞췄다. 갑자기 감정이 북받쳐 올랐기 때문이다. 장현주가 신음을 뱉으면서 혀를 내밀었다. 김광도는 혀를 빨면서 상반신을 일으켰다. 그리고 마주보며 앉은 자세로 장현주의 엉덩이를 움켜쥐었다. 그때 다시 장현주는 엉덩이를 움직였지만 벌써 절정에 오르고 있다. 이윽고 부둥켜안은 채로 장현주는 절정에 올랐다. 장현주의 샘은 뜨겁고 풍성하다. 그리고 고향 집에 온 것처럼 편안하고 익숙하다. 김광도는 몸을 굳히며 긴 신음을 뱉는 장현주를 다시 눕혔다. 그러고는 몸을 빈틈없이 안은 채 귓불을 입술로 물었다.

"미안해."

장현주가 대답 대신 껴안은 팔에 힘을 주었으므로 김광도는 다시 움직이기 시작했다. 다시 가슴이 미어졌다.

경주는 한시티에서 서북쪽으로 1500㎞쯤 떨어진 도시다. 한랜드의 신도시는 한국의 도시 이름을 많이 사용하고 있다. 한시티에서 부여, 전주, 의정부, 일산 상공을 지나온 것이다. 헬기를 다섯 시간 타고 도착한 경주는 인구 3만 명 정도의 소도시였지만, 전자 산업이 육성되는 중이다. 한국의 대성전자 공장이 이전해 왔는데 종업원과 가족만 1만여 명이다. 김광도가 경주에 도착했을 때는 오후 3시 반, 헬기장에서 기다리고 있던 최윤식과 함께 김광도 일행은 시내 서울호텔로 들어섰다. 서울호텔은 김광도의 유라시아그룹에 소속된 호텔로, 최윤식이 사장이다. 호텔 회의실에는 넷이 둘러앉았는데 김광도와 한지서, 그룹 관리부장 안기춘과 최윤식이다.

뜨거운 차가 앞에 놓였고 언 몸이 조금 풀렸을 때 최윤식이 입을 열었다.

"이바노프의 부하 페로프가 제5 지역에 가건물 6개를 세웠습니다."

"그 사이에 2개가 또 늘었군."

안기춘이 잇새로 말했다. 그러나 놀란 기색은 아니다. 김광도가 잠자코 시선만 주자 최윤식이 말을 이었다.

"경주 행정청 능력으로는 이바노프의 세력을 감당하기 힘듭니다. 정부 차원에서 움직여 주기를 기다리고 있습니다."

이제는 안기춘이 김광도를 보았다. 회의실 안에 잠깐 정적이 덮였다. 경주시 북쪽으로 150㎞쯤 떨어진 삼림 지역은 개발구역으로 구분돼 있다. 1구역에서 10구역까지 각각 사방 10㎢ 면적인데 김광도의 유라시아그룹도 그중 1개인 제5구역을 경주시로부터 50년간 임차한 것이다. 그런데 제5구역의 지반을 조사하던 탐사반이 유정을 발견했다. 매장량은 확인되지 않았지만, 그 소문을 듣자마자 이바노프가 부하들을 보내

제5구역에 불법으로 임시 건물을 세워 놓았다. 재빠른 행동이다. 유정이 발견된 지역을 중심으로 컨테이너 하우스를 놓고 거주인 등록까지 해놨다. 그때 김광도가 입을 열었다.

"행정청에 이야기했으니 곧 조치할 거요. 그동안 그자들을 자극하지 말고 놔둡시다."

"알겠습니다, 회장님."

미국 교포 출신 최윤식이 어깨를 늘어뜨리며 대답했다. 이바노프는 러시아 마피아 보스다. 러시아에서는 라진과 대등한 세력이었지만 한랜드의 진출이 늦었기 때문에 기선을 빼앗긴 이바노프는 적극적이다. 김광도는 지금 이바노프 조직을 상대하고 있는 것이다.

"내일 오전에 제5지역에 가볼 테니 준비해 두시오."

안기춘이 지도를 펼쳐 보며 말했다.

"그놈들도 이미 회장님이 오신 것을 알고 있겠지요."

이미 김광도의 한강회에서도 조창복이 보낸 50여 명의 회원이 와 있다. 그들은 사설 경비원과 같다. 지난번 한랜드 반란 때 핵심적인 역할을 한 것이 한강회 회원이다. 회의를 마친 김광도가 위층 숙소로 들어섰을 때 한지서가 따라 들어오며 말했다.

"행정청장하고 저녁 식사는 8시니 제가 7시에 연락드리겠습니다."

한지서의 방은 아래층이다. 오후 5시 반이 돼 가고 있다. 한지서가 들고 온 가방을 탁자 위에 놓았다.

"10만 달러입니다, 회장님."

가방에 시선을 준 김광도가 머리만 끄덕였다. 경주 행정청장 포킨에게 줄 뇌물이다. 지금까지 최윤식이 포킨에게 준 뇌물은 15만 달러 정도가 된다. 너무 맑은 물에는 고기가 살지 못한다. 이곳도 부패한 관리가 있었고, 뇌물을 줘야 일이 풀렸다. 그걸 다 따질 수는 없다. 포킨은 62세, 블라디보스토크 내무국장을 지낸 관료 출신으로 한랜드 시민이 되었다. 경주시장에 취임한 것은 1년 전, 한랜드의 지방관리는 한랜드 장관이 임명하는 지명제다. 포킨은 관료 심사위원회의 심사를 거쳐 경주시장으로 서동수가 임명했지만, 배후에서 러시아 정부가 지원한다는 소문이 났다. 러시아 마피아하고도 밀접하다고 했다.

"요즘 사업이 번창하시더군요."

호텔 한식당에서 둘이 만났을 때 포킨이 붉은 얼굴을 펴고 웃었다.

"감사합니다."

따라 웃은 김광도는 포킨에게서 짙은 술 냄새를 맡았다. 포킨과 세 번째 만나지만 모두 술 냄새가 났다. 그리고 단둘이 독대하는 것도 같다. 항상 김광도를 수행하는 안기춘은 포킨이 독대를 고집하는 이유가 뇌물을 챙기기 위해서라고 간단히 정의했다. 한정식 상에 보드카를 시켜서 저녁과 함께 술을 마시면서 김광도가 말했다.

"시장님, 5지역에 가건물이 6개가 되었습니다. 불법이니 시에서 처리를 해주시지요."

"아, 그래요?"

술잔을 든 포킨이 웃음 띤 얼굴로 김광도를 보았다.

"보고 받았습니다. 조처를 해야지요."

"2개가 또 늘었습니다."

"그놈들이 냄새를 맡은 모양입니다."

한입에 술을 삼킨 포킨이 말을 이었다.

"쉽게 떨어지지 않으려고 할 겁니다, 김 회장님."

"그래도 법을 지켜야 되지 않겠습니까?"

"당연히 그래야죠."

머리를 끄덕인 포킨이 이제는 웃음이 가신 얼굴로 말을 이었다.

"조처를 하지요."

"신세를 잊지 않겠습니다."

"아니, 천만에요."

제 잔에 다시 술을 채운 포킨이 의자에 등을 붙였다. 경주시에는 대성전자의 공장을 중심으로 전자 산업이 육성되는 중이다. 중소 규모의 공장이 수백 개였고 지금도 하루에 한 개꼴로 공장이 신설되고 있다. 그때 김광도가 목소리를 낮추고 말했다.

"시장님, 방에서 잠깐 쉬고 가시지요."

포킨의 시선을 받은 김광도가 빙그레 웃었다.

"601호실에서 쉬고 계시면 호텔 사람이 찾아뵐 것입니다."

"아, 그래요?"

손목시계를 보는 시늉을 한 포킨이 따라 웃었다.

"그럼 잠깐 쉬고 가기로 할까요?"

"어쨌든 잘 부탁합니다, 시장님."

"걱정하지 않으셔도 될 겁니다."

지금까지 포킨에게 호텔방에서 뇌물을 건네주었던 것이다. 601호실은 스위트룸으로 넓은 욕조에 사우나까지 구비되어 있다. 거기에다 마사지 걸까지 대기하고 있는 것이다. 지난번에도 포킨은 마사지 걸과 진한 섹스를 나누고 나서 돈 가방을 갖고 떠난 황홀한 추억이 있다. 그래서 건성으로 저녁을 마친 김광도는 자리에서 일어나면서 탁자 위에 키를 밀어 놓았다. 601호실 키다.

"그럼 다음에 뵙겠습니다."

김광도가 악수를 청하면서 포킨에게 말했다.

"즐거운 시간 되십시오, 시장님."

"번번이 감사합니다, 김 회장님."

힘차게 김광도의 손을 흔든 포킨이 붉은 얼굴을 펴고 웃었다.

"잘 될 겁니다, 김 회장님."

지난번에도 잘 될 것이라는 말을 들었지만 일이 더 복잡하게 꼬였었다. 어색하지 않게 김광도는 먼저 방을 나왔다.

밤 9시 반이 되었을 때 김광도는 노크 소리를 들었다. 김광도의 방에서 함께 술을 마시고 있던 안기춘이 서둘러 일어나 문으로 다가갔다. 문을 열자 그룹 기획실장 고영일이 들어섰다.

"잘 됐습니다."

그렇게 말한 고영일이 앞쪽 자리에 앉아 김광도를 보았다.

"20분 전에 행정청 특별감사팀이 601호실에 들어가 현금 10만 달러가 든 돈 가방을 증거물로 압수했고 경주시장 포킨과 포킨에게 뇌물을 준 페로프의 대리인 두보프스키를 현장에서 체포했습니다."

"잘 됐군요."

먼저 안기춘이 탄성과 함께 대답했다.

"현장에서 증거물과 함께 체포되면 끝난 것이나 같지요."

"방안에 있던 마사지사는 풀려났습니다."

어깨를 부풀렸다가 내린 고영일이 길게 숨을 뱉었다.

"두보프스키가 곧 자백을 할 테니 페로프 일당도 구속이 될 것입니다."

김광도가 그때야 입을 열었다.

"페로프는 아직 모르고 있겠지요."

"예. 당연하지요."

고영일의 얼굴에 웃음이 떠올랐다.

"아마 오늘밤 안에 체포될 것입니다."

"날벼락을 맞는 셈이지요."

"인과응보지요."

"자, 한잔."

고영일을 기다리고 있던 터라 안기춘이 고영일의 잔에 술을 채웠다.

"수고하셨습니다, 고 실장님."

"아니, 천만에요."

잔을 든 고영일이 한입에 보드카를 삼켰다. 포킨에게 돈 가방을 전해준 두보프스키는 페로프의 심부름꾼이 아니다. 고영일이 고용한 대역인 것이다. 물론 한랜드 행정청의 특별감사팀과 사전 협의를 하고 대역을 고용했다. 이제 두보프스키는 페로프의 심부름으로 포킨에게 10만 달러를 전했다는 증언을 하고 나서 추방될 것이다. 두보프스키는 대역비로 10만 달러를 받았으니 한밑천 챙긴 셈이다.

"맑은 물도, 너무 더러운 물도 문제지요. 이런 방법으로라도 악취 나는 찌꺼기들을 걸러줘야 되겠지요."

고영일이 웃음 띤 얼굴로 김광도를 보았다. 동성그룹 기획실 출신인 고영일은 행정청 비서실장 유병선에게 직보를 한다. 경주시의 제5구역에서 유정이 탐사되고 나서 러시아 마피아가 거머리처럼 붙은 상황을 보고해왔던 것이다.

"이제 본격적으로 제5구역의 유정을 개발할 수 있겠습니다."

안기춘이 들뜬 얼굴로 말했다.

"유라시아그룹이 한 단계 도약하는 계기가 될 것입니다."

"모두 장관께서 도와주신 때문이지요."

어깨를 올렸다가 내린 김광도가 쓴웃음을 지었다.

"난 유라시아그룹을 내 것으로 생각하지 않아요."

"그렇다고 장관께서 어떤 요구를 하시지는 않을 겁니다."

이제는 정색한 고영일이 김광도를 보았다.

"그리고 장관께선 길만 뚫어주셨을 뿐입니다. 법에 걸리는 특혜를 주신 것은 없습니다."

"자, 그쯤 해 두시고 이제 술을 드십시다."

안기춘이 분위기를 잡았으므로 김광도의 얼굴에 웃음이 떠올랐다. 오늘은 그동안 암 덩어리처럼 느껴졌던 페로프가 떨어져나간 날인 것이다. 김광도의 눈치를 살핀 안기춘이 제의했다.

"회장님, 지난달 개업한 룸살롱으로 가보시죠. 한랜드식 룸살롱입니다."

"가봅시다."

김광도가 술잔을 내려놓고 말했다. 룸살롱의 원조는 한국인인 것이다. 한랜드식 룸살롱은 한국식에다 시베리아식을 혼합한 형식이다. 일단 스케일이 컸고 통나무집으로 만들어 룸이 한 채의 집이 되었다. 집 안에는 거실, 침실, 사우나, 야외 얼음 냉탕까지 준비되어서 사우나를 마치고 얼음탕으로 뛰어들기도 한다. 지난달에 한국에서 온 60대 졸부가 사우나를 마치고 아가씨와 함께 야외 냉탕으로 뛰어들었다가 심장마비로 급사한 후부터 '주의' 팻말을 붙이기는 했다. 경주시 동남부에 위치한 룸저택 '신라클럽' 1호실 안이다. 김광도와 고영일, 안기춘은 헐렁한 팬티 차림으로 사우나실 안에 앉아 있었는데 옆에는 역시 비키니

수영복 차림의 아가씨들이 시중을 들고 있다. 사우나 온도는 60도, 앞쪽 나무 탁자 위에 술과 안주가 가득 놓였다. 나무 의자에다 천장과 바닥도 나무여서 나무향이 진하게 풍겨왔다.

"좋군."

땀범벅이 된 얼굴로 술잔을 쥐면서 안기춘이 감탄했다.

"술이 모두 땀으로 배출되는 것 같습니다, 회장님."

그때 고영일의 파트너가 뒤쪽 선반에서 혈압기를 가져오더니 혈압을 체크했다. 그것을 본 안기춘이 쓴웃음을 지었다.

"그건 좀 과잉 서비스 같은데요."

"아니, 난 이것이 좋아요."

고영일이 자신의 혈압 지수를 보면서 말을 이었다.

"이것이 외국인 손님들한테 호평을 받는다고 들었습니다."

김광도도 알고 있었으므로 머리를 끄덕였다. 룸 안에서 수시로 혈압이나 몸 상태를 체크하도록 파트너를 교육시킨 것이다. 이곳 신라클럽은 별장식 룸을 35개 보유하고 있는데 대형 저택이 35채가 있는 것이나 같다. 따라서 신라클럽은 주택 단지처럼 조성되어 있으며 안에는 클럽에서 운영하는 병원, 약국, 세탁소, 거기에다 아가씨들 거주 아파트도 있다. 거대한 규모의 룸저택인 것이다. 김광도가 옆에 앉은 파트너에게 물었다.

"넌 한랜드에 온 지 얼마나 되었어?"

"석 달 되었습니다."

태국에서 왔다는 아가씨가 손가락 3개를 펴 보이면서 웃었다. 피부는 거무스름했지만 콧날이 곧았고 갸름한 얼굴, 야무진 입술을 보면 혼혈미인이다. 김광도의 시선을 받은 아가씨가 눈웃음을 쳤다. 젖가슴과

음부만 가린 차림이어서 풍만한 몸이 다 드러났다. 사우나에 같이 있는 터라 몸은 땀에 젖어 반들거리고 있다. 그때 앞쪽의 안기춘이 말했다.

"이제 이런 형태의 룸살롱이 번져나가고 있습니다. 북쪽 부여시에서는 300채 규모의 룸저택을 짓는다고 합니다."

"아니, 어디에서?"

놀란 고영일이 물었다.

"중국 자본이오?"

"맞아요. 중국 태화 그룹에서 투자를 한다고 들었습니다."

"할 수 없지요."

파트너의 허리를 당겨 안으면서 김광도가 웃었다.

"룸저택 특허를 낼 수도 없으니까요. 룸저택 덕분에 투자가 쏟아져 들어오지 않습니까? 그걸로 만족해야지요."

룸저택의 원조는 유라시아그룹이다. 한랜드 서쪽의 대구시에 김광도의 유라시아그룹이 1호점을 세웠던 것이다. 통나무집 독채로 15실을 짓고 영업을 시작했다가 대박이 났다. 그 후로 유라시아그룹은 이곳 '신라클럽'까지 포함해서 한랜드 전역에 24개의 '룸저택'을 운영하고 있는데 다른 업체에서 경쟁적으로 모방하는 중이다. 김광도가 냉탕으로 들어가려고 몸을 일으키자 파트너도 따라 일어섰다. 사우나에서 냉탕으로 뛰어드는 기분은 최고다.

신의주에서 동북 3성을 비스듬히 관통하여 한랜드의 최남단 도시인 여수까지 닿는 고속철은 중국 정부에서 건설하고 있다. 여수에서 한시티를 거쳐 한랜드 북단 회령시를 넘으면 이제 러시아다. 러시아 땅에서는 500㎞쯤 남서쪽으로 내려가 본래의 시베리아 철도와 이어지고 이것이 바로 한로드가 된다. 한반도의 부산에서 서울, 평양, 신의주, 중국의 동북 3성, 한랜드 그리고 시베리아 철도로 이어져 유럽의 끝까지 닿게 되는 길이다. 13세기, 칭기즈 칸의 서진(西進)과 함께 번성했다가 시들었던 실크로드가 21세기에 한랜드에 의하여 '한로드'라는 이름으로 재개통 되고 있다.

"중국의 한로드는 6개월 후에 완공될 예정입니다."

유병선이 서류를 들고 보고했다.

"한랜드의 한로드는 5개월 후에 완공될 예정이니까 한반도에서 한랜드까지 이르는 길은 뚫린 셈입니다."

그리고 러시아의 철도는 10개월 후쯤 완공될 예정이다. 러시아 지역은 한랜드의 지원을 받고 건설되는 중이었다. 머리를 끄덕인 서동수가 유병선을 보았다.

"그럼 10개월 후에는 한로드가 개통되겠군."

"예, 장관님."

앞에 선 유병선의 얼굴에 웃음이 떠올랐다. 한시티 행정청의 장관실 안이다. 오후 2시 무렵, 시베리아에도 한낮의 태양은 맑고 환하다. 드문드문 눈이 쌓인 청사 마당에 덮인 햇살이 포근하게 느껴졌다. 한로드가 개통되고 나서 반년쯤 후에는 한반도의 연방 대통령 선거가 실시되는 것이다. 다시 서동수가 입을 열었다.

"시 주석하고 만나는 것을 아마 주변국들이 주목하고 있을 거야."

"그렇겠지요."

"그리고 다 예상하고 있겠지."

"음모를 꾸밀 수 없는 세상이라고 장관께서도 말씀하셨지 않습니까?"

유병선의 얼굴에 웃음이 떠올랐다.

"저는 장관님을 믿습니다."

"기적을 기대하지 마."

"기대 안 합니다."

입을 다문 둘의 시선이 다시 창밖의 청사 마당으로 옮겨졌다. 햇살이 포근해 보이지만 영하 20도다. 바람이 분다면 금방 10도는 더 내려간다. 시진핑에게서 만나자는 연락이 온 것은 사흘 전이다. 내일 아침 서동수는 베이징으로 떠나야 한다. 시진핑과의 단독 비밀회담으로, 회담 장소는 이화원 근처의 안가였지만 이미 미·러·일 등의 정보망은 둘의 회동을 파악하고 있을 것이었다. 유병선이 서류를 서동수 앞에 내려놓았다.

"회의 주제가 국제 정세라서 애매하지만 참고하시라고 가져왔습니다."

"아마 남북한연방 이야기를 할 거야."

"당연하지요."

여러 번 이야기를 나눈 터라 유병선의 얼굴에 쓴웃음이 번졌다. 중국에도 수천, 수만의 전략가가 있는 것이다. 핵을 보유한 남북한연방은 중국엔 턱밑의 암 덩어리가 된다. 남북한연방의 귀추에 가장 촉각을 곤두세우는 두 나라가 바로 중국과 일본인 것이다. 의자에 등을 붙인 서동수가 말을 이었다.

"물 흐르는 대로 놔두겠어."

유병선의 시선을 받은 서동수가 말을 이었다.

"대세를 따르는 거야."

유병선이 머리만 끄덕인 것은 서동수의 의지를 방해하지 않겠다는 표시다. 그만큼 믿고 있다는 뜻도 될 것이다. 심호흡을 한 서동수가 다시 창밖을 보았다. 그러고는 혼잣소리처럼 말했다.

"다 버리고 맞설 테니까."

"기운(氣運)이라는 말이 있지요."

시진핑이 말하고는 입을 꾹 닫았다. 진중한 표정이다. 그는 항상 이런 표정을 짓는다. 위엄이 있다. 진실하게 보이기도 한다. 시진핑의 시선을 받은 서동수가 소리 죽여 숨을 뱉었다. 대국(大國)의 통치자, 한민족은 항상 대륙의 동북방 반도에서 대륙의 영향을 받아왔다. 그때 시진핑이 말을 이었다.

"나는 서 장관의 한로드 구상을 보면서 새 시대의 기운을 느꼈던 것입니다."

서동수가 숨을 죽였다. 아, 한로드를 말하는가? 한반도에서 대륙을 관통하는 이 기운, 한민족의 기운. 이화원의 안가, 오후 3시쯤. 청은 정원을 향해 탁 트였고 낮은 원탁을 가운데 두고 둘은 등이 깊게 묻히는 소파에 앉아 있다. 편안한 자세, 원탁에는 연한 향이 느껴지는 찻잔이 놓여 있다. 시진핑의 목소리가 청을 울렸다.

"한반도에서 아시아 대륙을 관통하여 유럽 끝까지 닿는 이 기운, 나는 이것이 인력(人力)으로 이룬 현상이 아니라는 생각까지 듭니다."

서동수는 시진핑의 주옥같은 표현을 깨는 것이 두려운 것처럼 가볍게 입을 열지 않았다. 시진핑의 목소리에 열기가 올랐다.

"우리가 한반도에서 동북 3성을 이어 한랜드로 연결시킨 이유가 뭔지 아십니까? 바로 그 기운에 동승하고 싶었기 때문입니다."

옳지. 머리보다 가슴속에서 그런 느낌이 솟았으므로 서동수의 머리가 저절로 끄덕여졌다. 바로 그렇다. 진실한 표현이 감동을 준다. 그때 시진핑이 정색한 얼굴로 서동수를 보았다.

"고려연방으로 통일된 후에 중국과의 교류가 활발해지고 함께 한로드를 따라 유럽까지 닿는 것이지요. 우리는 믿을 만한 미래의 동반자로서 장관을 응원하고 있다는 것을 기억해주시길 바랍니다."

"감사합니다."

서동수가 처음 입을 열어 인사했다. 중국 정부는 서동수를 지원하겠다는 의사를 밝힌 것이다. 또한 한로드를 함께 이용하자고 했다. 그 기운, 서동수가 소리 죽여 숨을 뱉었다. 물이 흐르는 대로 가자.

"제가 이 자리에서 구체적인 약속은 해드릴 수가 없습니다. 다만 대세를 거스르지 않겠다는 약속은 드립니다."

"오, 대세를……."

시진핑의 눈빛이 강해졌다.

"그렇지요. 대세를 따라야지요."

"욕심을 부리지 않을 겁니다."

"그래서 우리가 서 장관을 믿는 것입니다."

이제 시진핑의 얼굴에 웃음이 떠올랐다. 꾹 닫혔던 입도 조금 벌어졌고 눈빛도 부드러워졌다.

"미국 대선 후보 힐러리를 만난 이야기를 들었습니다."

"대마도 이야기를 했지요."

"오, 대마도."

시진핑의 눈빛이 다시 강해졌다.

"나도 그 이야기를 듣고 역사학자에게 물었지요. 그들은 대마도가 한국령이라고 말했습니다."

“그렇습니까?”

“증거 자료도 있다니까 곧 모아서 보내드리지요.”

“감사합니다.”

“우리 내부에서도 김동일 위원장을 지지하자는 의견도 있었지요.”

시진핑이 웃음 띤 얼굴로 말을 이었다.

“하지만 그건 서 장관 말씀대로 대세를 거스르는 것이라는 의견이 지배적이었습니다.”

서동수는 숨을 들이켰다. 그렇다. 이것이 본론이다. 중국은 마음만 먹으면 연방 대통령 선거에 개입할 수도 있는 것이다. 오늘은 이화원 안가의 별채가 서동수의 숙소였다. 호숫가의 단독 별채다. 시진핑과의 단독 회담을 끝낸 서동수가 안가로 돌아와 씻고 옷을 갈아입었을 때는 오후 6시 반이다. 별채에는 마당 건너편에도 방이 넷이나 있는 부속 건물이 있었기 때문에 유병선과 수행원들이 숙소로 쓰고 있다. 본채에 와 있던 유병선이 인터폰을 받더니 자리에서 일어서며 말했다.

“후원 차관이 오셨습니다.”

유병선이 응접실을 나가고 곧 안으로 후원이 들어섰다.

“아, 후원.”

자리에서 일어선 서동수의 얼굴에 웃음이 떠올랐다. 후원은 진주색 투피스 정장 차림이었는데 머리를 숙여 인사했다.

“그동안 안녕하셨습니까?”

“눈이 부시군.”

눈을 가늘게 뜬 서동수가 두 팔을 벌리며 다가가자 후원의 얼굴이 금방 상기됐다. 자리에 멈춰선 후원이 주춤거리는 사이에 서동수가 다가가 허리를 끌어안았다.

"아, 장관님."

후원이 두 손바닥을 서동수의 가슴에 붙이고 미는 시늉을 했다. 당황한 얼굴이 더 붉어졌다. 그때 서동수가 머리를 숙여 후원의 입술을 빨았다. 후원이 눈을 크게 떴다가 곧 눈빛이 흐려지더니 이윽고 눈을 감았다. 그러더니 입이 열리면서 안에 숨어 있던 혀가 빨려 나왔다. 어느덧 후원의 두 팔이 서동수의 목을 감아 안았다. 서동수는 후원의 길고 말랑한 혀를 갈증 난 사람처럼 빨아 삼켰다. 후원의 숨결이 거칠어지면서 하반신이 밀착됐다. 서동수의 손이 엉덩이를 움켜쥐었다가 스커트를 들치고 팬티 밑으로 밀고 들어갔다. 후원이 놀라 엉덩이를 비틀었다가 곧 목을 감은 팔을 내리더니 서동수의 바지 벨트를 풀기 시작했다. 서동수가 팬티를 끌어내리다가 얇은 실크 팬티가 찢어지면서 떨어졌다. 후원의 손놀림도 거칠어졌다. 벨트를 풀고 난 두 손이 먼저 팬티 안으로 들어가 서동수의 남성을 감싸 쥐었다. 거친 숨소리가 방안을 울리고 있다. 선 채로 서동수의 팬티와 바지가 벗겨졌다. 후원의 스커트는 위로 치켜 올라갔다. 서동수는 그 자리에서 후원의 몸을 쓰러뜨렸다. 바로 옆에 소파가 있었지만 후원은 양탄자 위에 눕혀졌다. 이제 후원은 망설이지 않는다. 다리를 벌리면서 서동수의 허리를 당기는 시늉을 했다. 거친 숨결에 쇳소리가 섞였고 두 눈을 치켜떴지만 초점이 멀었다. 서동수도 뜸을 들이지 않았다. 바지 한쪽이 아직도 발에 걸린 상태였지만 후원과 몸을 맞추고는 거침없이 진입했다. 입을 딱 벌린 후원이 온몸을 굳혔다가 긴 숨과 함께 신음을 토해냈다. 후원의 샘은 이미 넘쳐흐르고 있다. 후원이 서동수의 움직임에 맞춰 엉덩이를 흔들기 시작했다. 두 손으로 서동수의 어깨를 움켜쥐었다가 엉덩이를 당겼고 다시 목을 감아 안으려는 듯이 상반신을 치켜들면서 신음을 뱉어냈다. 서동수는 후원의 입술에 다시 입을 붙였다. 이제 후원의 옷은 헝클어졌고 머리칼이 이마 위로 흩어졌지만 더 요염했다. 후원이 절정에 오르기 시작했으므로 서동수의 움직임도 더 거칠어졌다. 방안은 거친 숨소리와 비명 같은 탄성으로 가득 차 있다. 그때 절정으로 오르던 후원이 서동수의 목을 끌어안으면서 소리쳤다.

"여보, 내가 먼저!"

그러면서 후원이 폭발했다. 먼저 오르겠다는 말이다. 그것은 다시 한 번 오를 때까지 당신은 기다리라는 말과 같다.

"난 비공식이긴 하지만 당신과의 연락관 임무를 지시받았어요."

소파에 나란히 앉은 후원이 앞쪽을 응시한 채 말했다. 이제 둘은 옷을 갖춰 입었지만 아직 어수선했다. 후원은 욕실에서 한참 있다가 나왔는데도 자꾸 머리를 만지고 있다. 후원이 말을 이었다.

"하지만 애인 취급을 당해도 할 수 없죠."

"그것까지 예상하고 있었겠지."

서동수가 후원의 허리를 당겨 안으면서 말했다.

"이젠 그만. 팬티가 없어서 불안해요."

후원이 허리를 비틀면서 말했지만 웃음 띤 얼굴이다.

"하긴 나한테 일을 맡겼을 때부터 이렇게 될 줄 예상은 했죠."

"적극적으로 날 유혹하라는 지시는 없었나?"

다시 허리를 당기면서 묻자 후원은 쓴웃음을 지었다.

"난 창녀가 아닙니다, 장관님."

"나도 당신이 알고 있는 것처럼 무조건 여자만 밝히는 호색한이 아니야."

"호색한이지만 여자한테 빠지는 남자가 아니라는 표현이 맞겠죠."

"연구를 많이 했군."

"장치 교수의 사연도 알고 있어요."

"그럴 줄 알았어."

서동수의 손이 다시 스커트 밑으로 들어가 후원의 허벅지 안쪽을 쓸었다.

"그건 연습이었지. 아니, 전야제 같다고 할까? 좋은 추억이었어."

"그렇군요."

서동수의 손이 안으로 들어가 골짜기를 쓸었다. 앞쪽을 향한 채 후원이 다리를 벌려 주었으므로 서동수의 손이 거침없이 골짜기를 휘저었다.

"주석께서 미래를 보겠다고 말씀하셨어요."

정색한 후원이 말했지만 어느덧 숨결이 다시 뜨거워졌다.

"대국(大局)을 보신다고도 하시더군요."

"나도 공감하고 있어."

어느덧 후원의 샘에서 뜨거운 온천수가 흐르기 시작했다. 그러나 후원은 신경 쓰는 것 같지 않다.

"긴밀한 교류가 필요하다고도 하셨어요. 서로 기탄없이 이야기를 나눌 수 있는."

"그래서 후원이 존재하는 것 아닌가?"

서동수의 손가락이 샘으로 진입하자 마침내 후원이 머리를 올려 시선을 주었다. 상기된 얼굴에 숨결도 뜨거웠지만 눈동자의 초점이 잡혀 있다.

"내가 싫증나면 다른 연락관으로 바꿔도 돼요. 교류가 끊기면 안 됩니다."

"난 너처럼 매혹적인 여자를 본 적이 없어, 후원."

"흥분했을 땐 돼지한테 치마를 입혀 놓아도 남자들은 같은 소리를 하죠."

"네 샘이 넘쳐흐르고 있는데도 중심을 잃지 않는구나."

그때 후원이 손을 뻗어 다시 서동수의 바지 벨트를 풀면서 말했다.

"오늘밤 두 번째로 바지 벨트를 푸는군요, 장관님."

"저녁 식사 전이어서 그랬어."

벨트를 푼 후원이 바지와 팬티를 함께 끌어내렸고 서동수는 후원의 스커트를 벗겼다. 후원이 서동수의 남성을 움켜쥐면서 말했다.

"이번에는 침대로 가요."

"그럴까?"

"다 벗고 해요."

몸을 일으킨 후원이 선 채로 재킷을 벗어 던지면서 말했다.

"당신과 함께 있으면 내가 짐승이 되는 느낌이 들어요."

"그래야지. 그래야 교류가 되는 거야."

서동수가 후원을 안아 들면서 입술에 입을 맞췄다. 후원이 서동수의 목을 감싸 안는다.

한국당 정책위의장 진기섭과 원내총무 오성호는 자타가 공인하는 서동수의 당내 측근이다. 둘 다 3선에 50대 초반의 비교적 참신한 이미지의 정치인으로 고(故) 한대성 대통령이 서동수에게 추천해준 브레인이다. 오후 9시 반, 둘은 인사동의 한정식당 방안에서 소주를 마시고 있다. 상 위에는 20가지가 넘는 찬이 놓였지만 거의 손도 대지 않았다.

"처칠을 봐."

술잔을 든 진기섭이 오성호에게 말했다. 소주를 두 병째 마시는 중이었지만 둘의 얼굴은 멀쩡하다.

"2차 세계대전을 승리로 이끈 영웅 아닌가? 그런데 전쟁 끝나고 나서 치러진 선거에서 낙선했다고. 국민들은 전시(戰時)가 끝났으니까 새로운 시대의 지도자를 원한 거야. 그걸 참고해야 돼."

"염병하네."

쓴웃음을 지은 오성호가 한입에 소주를 삼켰다.

"영국 국민들을 아주 높게 평가하고 계시구먼. 다 헛소리, 우리 국민 수준도 그쯤은 돼. 문제는 다른 곳에 있어."

"뭔 소리야?"

"누가 전시, 평시 지도자 가려서 뽑았단 말이야? 그냥 처칠한테 질려서 다른 놈 뽑은 거지. 게으르고, 독선적인 성격도 다 드러났기 때문이야."

"이봐, 당신은 요점 흐리는 데는 선수지만, 내 말 들어봐."

"무슨 말인지 잘 아니까 처칠 이야기하지 마. 서 장관은 처칠하고 다르니까."

"민족당 전략이 먹히고 있단 말이야."

정색한 진기섭이 오성호를 보았다.

"방법을 만들어야 돼. 방심하면 안 된다고."

오성호가 이제는 잠자코 잔에 술을 채운다. 아직 연방 대통령 선거는 1년 반이 남았지만 남북한은 선거 열기가 달아오르고 있다. 북한이 공산당 대신 민생당이란 정당을 세우고 한국의 야당인 민족당과 공공연하게 연대하고 있는 것도 그 열기에 부채질을 한 셈이 되었다. 민족당은 지금까지 지원해서 북한의 민생당 창당을 도와준 것이다. 이제 북한 공산당은 민생당이란 더 단단한 조직으로 바뀌었다. 당원만 300만 명인 조직이다. 그렇다고 한국당이 북한에다 경쟁 조직을 만들어 놓을 수도 없는 상황이다. 그때 오성호가 말했다.

"내가 들은 말이 있는데……."

주위를 둘러본 오성호가 말을 이었다.

"일본이 민족당을 도와주고 있다는 거야."

"응?"

놀란 진기섭이 숨을 들이켰다.

"일본이?"

"그래, 미국도."

진기섭의 어깨가 천천히 내려갔다. 소리 없이 숨을 품은 것이다. 가능한 일이다. 서동수는 중국과 러시아의 지원을 받는다고 알려졌고 실제로도 그렇다.

"세상에."

쓴웃음을 지은 진기섭이 잔에 소주를 채웠다. 적의 적은 우군이기는 하다. 그렇다고 일본의 지원을 받다니. 머리를 든 진기섭이 오성호를 보았다. 오성호는 정보위 소속이어서 정보기관 관계자와 긴밀하다.

"어떻게 도와준다는 거야?"

"자세한 내막은 아직 밝혀지지 않았지만 평양에서 일본 특사와 자주 접촉하고 있다고 했어."

"미국은?"

"일본의 배후에 있지. 어쨌든 태평양 방위선의 서쪽 끝은 일본으로 밀어붙이고 있으니까."

"1950년 애치슨라인에서 70년 가깝게 한 발짝도 진전되지 않았군."

진기섭이 탄식했다. 한반도가 열강에 둘러싸여 있는 것도 100년 전과 똑같다.

"애국하지 않는 사람이 있나?"

고정규가 쓴웃음을 짓고 물었다. 서교동의 아선장, 이곳은 도가니탕으로 유명한 식당으로 고정규의 단골집이다. 오후 10시, 고정규는 장신에 윤곽이 뚜렷한 용모의 호남으로 서울에서 4선을 했다. 5000억 원대 재산을 물려받은 재벌가의 장남이었지만, 운동권 경력이 있는 60세의 장년으로 특히 여성들에게서 인기가 많다. 고정규의 깨끗한 사생활 때문이다. 민족당 대표가 된 것은 6개월 전이었는데 민족당은 그때부터 고정규를 중심으로 대선 체제에 들어갔다고 봐도 될 것이다. 고정규가 앞에 앉아 있는 최영길과 조태문을 보았다. 둘은 고정규의 심복으로 좌영길, 우태문이라고 불릴 만큼 신임을 받고 있다. 최영길은 당 대표 비서실장으로 재선 의원이며 조태문은 최고 의원이다. 방안에는 셋뿐이었지만 고정규가 주위를 둘러보는 시늉을 하더니 말을 이었다.

"서동수는 친중이야, 누가 봐도 사대주의자지. 아무리 미사여구를 동원하고 한랜드 업적을 광고해도 그놈 뿌리는 중국이라고."

"그렇습니다."

조태문이 둥근 얼굴을 펴고 웃었다. 웃을 때 하회탈처럼 호인 인상이 되지만 전략가다. 당에서는 그를 조조라고 부른다. 조태문이 말했다.

"선거 때가 되면 서동수에 대한 환상도 식을 겁니다. 1년 반이나 남아 있으니까요, 그때쯤이면 질리게 됩니다."

"정치는 현실이야."

맥주잔을 들면서 고정규가 말했다.

“뭐? 한반도에서 중국 3성을 지나 한랜드와 러시아를 잇는 한로드? 도대체 그것이 다 우리 거야? 중국이 딱 한 발짝만 막아도 끝이야. 러시아가 노, 하면 끝장이라고. 이것들이 사기를 치고 있어.”

“중국이나 러시아와의 트러블 한두 차례면 서동수 거품은 걷힙니다.”

조태문이 거들었다. 둘이 주고받는 동안 최영길은 빈 잔에 술만 채워주고 있다.

그때 고정규가 최영길에게 물었다.

“최 실장, 일본에서 대마도 문제로 점점 더 열을 받는다면서?”

“예, 나카무라 씨가 그냥 넘길 수 없는 일이라고 했다는군요.”

나카무라는 자민당 간사장이다. 술잔을 든 고정규의 얼굴에 웃음이 떠올랐다.

“서동수가 실수를 하기 시작한 거야.”

“그렇습니다.”

조태문이 다시 나섰다.

“정치적인 안목이 없는 인간들은 언젠가 제 발등을 찍게 되지요. 사업가로 있을 때나 행정가로 있을 때와는 전혀 다른 양상이 됩니다.”

서동수가 괌에서 미국 대선후보 힐러리 클린턴에게 대마도 수복 이야기를 꺼낸 것을 두고 하는 말이다. 그 이야기는 미국에서 바로 일본 정부 고위층으로 전해졌는데 그것으로 서동수는 일본 정부의 공적(公敵) 1호가 되었다. 적의 적은 우군이 되는 것은 이곳에서도 적용된다. 일본 측은 즉각 고정규 측과 접촉했고 정보를 공유하게 되었다. 그때 최영길이 조심스러운 표정으로 고정규를 보았다.

“이런 식으로 시간이 지나면 한국의 연방 대통령 후보 선거에서 우리가 이길 가능성도 있습니다."

"그럴 가능성도 있지요."

맞장구부터 친 조태문의 얼굴이 잠깐 일그러졌다가 펴졌다. 그때가 되었을 때를 떠올린 것이다. 연방 대통령 선거 한 달 전에 남북한은 각각 연방 대통령 후보를 선출하게 된다. 민족당은 당연히 고정규가 나서겠지만 현 상황에서는 서동수가 70 대 30으로 압도적이다. 그런데 그것이 뒤집히면 고정규가 북한 민생당의 김동일과 붙게 되는 상황이 오는 것이다.

한시티의 유라시아그룹에서 운영하는 룸살롱 파타야 안이다. 방안에는 세 사내가 둘러앉아 있었는데 서동수와 안종관, 그리고 김광도다. 밤 10시 반, 서동수가 갑자기 방문하는 바람에 김광도는 허겁지겁 달려온 참이다.

"지나다가 분위기도 볼 겸 들른 거야."

서동수가 술잔을 들고 말했다.

"장사가 잘되는군."

"감사합니다."

김광도가 머리를 숙였지만 파타야는 1급 룸살롱이 못 된다. 김광도는 한시티에만 한랜드식 룸살롱 3개를 운영하고 있었으니 그곳에 비하면 여기는 빈민촌 수준이다. 한 모금 술을 삼킨 서동수가 김광도를 보았다.

"결혼했지?"

"예, 장관님."

긴장한 김광도가 서동수를 보았다. 그때 서동수가 다시 물었다.

"애인은?"

"예, 있습니다."

"몇 명이야?"

"예, 한 명입니다."

거기까지 바로바로 문답이 이어졌는데 그동안 안종관은 자작으로 술을 마셨다. 서동수가 잠깐 김광도를 보더니 다시 물었다.

"회사가 많이 커졌는데 앞으로 어떻게 운영할 건가?"

"끊임없이 재투자해서 회사 규모를 키울 겁니다."

"왜?"

"그래야 하니까요."

"돈 버는 목적이 뭐야?"

"쓰기 위해서지요."

그때 서동수가 입을 크게 벌리더니 소리 없이 웃었다. 외면한 채 술잔을 들고 있던 안종관의 얼굴에도 웃음이 떠올라 있다. 서동수가 술잔을 들고 말했다.

"애인 하나 갖고 안 되겠다. 더 만들어."

"예, 장관님."

"그것도 돈 쓰는 방법이야."

"예, 장관님."

"한강회 회원이 2만 명 가깝게 되었더군."

"대부분 취업이 되었습니다, 장관님."

"장하다."

"모두 장관님께서……."

"내가 자네한테 방법만 알려주었을 뿐이지."

"장관님은 제 교과서 같은 분이십니다."

"내 단점은 배우지 마라."

"명심하고 있습니다."

그때 심호흡을 한 서동수가 김광도를 보았다.

"자네한테 도움을 받을 일이 있어."

"예, 말씀하십시오, 장관님."

정색한 김광도가 상반신까지 기울였을 때 서동수가 눈으로 옆에 앉은 안종관을 가리켰다.

"안 부장이 이야기해줄 거야."

"아아, 예."

"한강회의 도움을 받아야겠어."

"얼마든지 말씀하십시오, 장관님."

"내일 안 부장이 자네하고 부회장을 불러 이야기할 거네."

"기다리고 있겠습니다."

지난번 한랜드 내란 때도 한강회는 민병대 역할로 진압에 일조했던 것이다.

"자, 그럼 아가씨들 불러주게. 방을 잡았으니까 매상을 올려줘야지."

서동수가 화제를 바꾸자 김광도는 서둘러 일어섰다. 방을 나갔을 때 안종관이 말했다.

"신의주와 한랜드의 북한 출신 동포만 해도 500만 명이 넘습니다."

안종관의 얼굴에 웃음이 떠올랐다.

"지금 남북한은 물론이고 세계 어느 국가에서도 그들을 주목하고 있는 정치 세력은 드물 겁니다."

서동수도 따라 웃었다. 그들이 기폭제다.

김광도가 데려온 아가씨들은 러시아 미녀들이다. 그룹 회장이 웨이터처럼 아가씨 셋을 인솔하고 왔는데 염치도 좋게 제 파트너까지 데려왔다. 김광도로서는 처음 있는 일이니만치 지배인이 준비해둔 대로 끌고 왔을 것이다. 여자 만나러 온 것도 아니지만 서동수는 아가씨들을 본 순간 바보같이 입을 벌리고 웃었다. 조물주는 지구상에 수백만의 미인을 창조해내면서도 모두 다르게 만들었다. 위대한 능력이다. 서동수의 옆에 앉은 여자는 노란 여우 털 같은 금발에 맑은 하늘같은 푸른 눈동자, 그리고 백자 항아리처럼 매끄러운 피부를 가졌다. 이름은 마야. 옆에 앉은 마야가 시선을 준 순간 서동수는 자신의 몸이 그 눈 속으로 빠져 들어가는 느낌을 받았다.

"마야, 아름답구나."

마야의 손을 쥔 서동수가 감동한 표정으로 말했다. 서동수의 러시아어는 대화에 지장이 없을 정도다.

"감사합니다, 장관님."

수줍게 웃은 마야의 허리를 감아 안은 서동수가 김광도를 보았다.

"한랜드에서 한민족의 기운이 뻗어 나가게 될 거야. 그것을 한로드가 연결해주는 역할을 하지."

"예, 장관님."

긴장한 김광도가 똑바로 서동수를 보았다. 서동수가 말을 이었다.

"1년 반 후의 연방 대통령 선거가 끝나고 남북한이 연방제로 운영되면 통일이 된 것이나 마찬가지가 돼."

"예, 장관님."

"신의주특구의 발전으로 북한의 경제력이 비약적으로 증가했고 남북연방으로 시너지를 받을 준비가 갖춰졌어."

"그렇습니다, 장관님."

"한랜드는 러시아, 중국이 제각기 자국의 이익을 철저히 계산하고 있는 곳이야. 그리고 지금까지 그들의 기대를 충족시켜왔지."

김광도는 이제 머리를 끄덕였다. 모두가 알고 있는 사실이다. 제 나라가 손해를 입으면서까지 도와주는 나라는 없다. 러시아와 중국은 한랜드 개척으로 시베리아와 동북 3성의 경제력이 비약적으로 성장했다. 그래서 중국은 자비로 동북 3성을 관통하는 한로드 철도를 깔아주고 있지 않은가? 그때 서동수가 술잔을 쥐고 말했다.

"한국인은 신바람만 일어나면 세상을 지배할 수 있는 민족이라는 것을 우리가 전 세계에 증명했지."

"그렇습니다."

참지 못하겠다는 표정을 짓고 안종관이 나섰다.

"60년대에서 90년대까지의 30년이 대한민국 5000년 역사를 다시 시작하는 신바람을 만든 시기였지요."

"그렇지."

이번에는 서동수가 말을 받았다.

"한편에서는 민주화 투쟁한다고 치열하게 싸웠고, 또 다른 한편에서는 수출만이 살길이라면서 목숨을 걸고 달러를 벌어들였지."

"한랜드에서 다시 시작하는 것입니다."

"한로드를 통해서 말이지."

어깨를 편 서동수가 똑바로 김광도를 보았다.

"그런데 우리 한민족의 성품을 말이지. 일본 놈들이 일제강점기에 만날 당파 싸움만 하는 민족이라고 역사책에다 왜곡해 놓았지만 사실이 아니야."

말을 그친 서동수가 안종관을 보았다. 대신 말하라는 것 같다. 김광도는 그 와중에도 둘의 호흡이 부러웠다. 저것도 배워둬야 할 것이다. 그때 안종관이 말했다.

"남북한이 이념으로 오래 다투다 보니까 그런 갈등이 생겼지요. 곧 고쳐질 겁니다."

"신의주와 북한에 한국당을 조직하는 것입니다."

다음 날 오후 한시티 북쪽 삼림지대의 안가 안. 김광도와 한강회 부회장 조창복, 그룹 기획실장 고영일과 관리부장 안기춘까지 원탁에 둘러앉아 있다. 그들에게 말한 사내는 한랜드 내무부장 안종관이다. 안종관이 말을 이었다.

"이미 신의주에는 기존 조직이 있으니까 한랜드의 한강회에서 보완을 하면 계획대로 진행될 것입니다. 그러나 북한에서는 신중하게 시작되어야 합니다."

둘러앉은 유라시아그룹 간부들은 놀란 표정들이 아니다. 모두 산전수전 다 겪어온 인사들이어서 대충 예상은 하고 온 것이다. 안종관의 시선이 조창복에게로 옮겨졌다. 조창복은 한강회원 2만여 명을 실질적으로 관리해온 주역이다.

"조 부회장님이 핵심 역할을 해주셔야겠습니다. 어떻게 생각하십니까?"

"이 대업(大業)을 누가 거부하겠습니까?"

조창복이 이를 드러내고 웃었다.

"조국을, 한민족을 위한 일인데 말입니다."

"민족당의 지원으로 북한에 민생당이 발족되었습니다. 이대로 가면

민족당과 민생당의 연합에 밀릴 수도 있습니다."

안종관이 정색한 얼굴로 그들을 둘러보았다.

"북한에 우리 한국당의 기반을 심어 놓는 것이 연방 선거의 승패를 좌우하게 될 것 같습니다."

모두 머리를 끄덕였지만 분위기가 무겁다. 북한은 아직도 한국과 다르다. 조직을 만들려다 발각되면 처형되는 것이다. 그러니 비밀리에 목숨을 걸고 활동해야 한다. 안종관이 말을 이었다.

"이 작업은 한국 정부에도 비밀로 해야겠지만 조직의 도움은 받게 될 것입니다. 그래서 먼저 지휘부인 여러분과 함께 상의를 드리는 것입니다."

이제 시작이다. 선거도 마찬가지, 이에는 이, 눈에는 눈이다. 상대방이 수단 방법을 가리지 않는데 이쪽은 법만 지킨다면 차라리 나서지 않는 것이 낫다. 그리고 그런 입장이라면 믿는 유권자들도 배신감을 느끼게 될 것이다. 회의를 마치고 돌아오는 차 안에서 조창복이 옆에 앉은 김광도에게 말했다.

"신의주 조직에서 북한으로 흘러 들어가는 것입니다. 우리 조직도 1년이면 500만은 될 것입니다."

조창복이 웃음 띤 얼굴로 김광도를 보았다.

"이미 신의주특구로 활로가 개척된 셈이지요."

신의주특구는 서동수가 개척한 땅이고 지금도 서동수의 영향력이 절대적인 것이다. 조창복이 말을 이었다.

"북한이 선거를 대비해서 민생당으로 선거 체제를 만들었다는 말을 듣고 불안했는데 제가 임무를 맡게 되었군요."

김광도의 시선을 받은 조창복이 이를 드러내고 웃었다.

"제가 인정받을 기회가 주어져서 기쁩니다."

"연방 대통령에 우리 장관님이 되셔야 대한민국이 한랜드로 뻗어나가게 될 테니까요."

김광도가 굳은 표정으로 말을 이었다.

"제가 이룬 회사를 모두 쏟아부어도 됩니다. 저도 이제는 장관님의 영향을 받아서요. 다른 사람이 연방 대통령이 되었을 때의 한랜드는 생각하기조차 싫습니다."

이제 조창복은 한강회원 중에서 신의주와 북한 파견 요원을 선발, 안종관과 함께 교육을 시키고 파견하게 될 것이다. 조창복이 혼잣소리처럼 말했다.

"아십니까? 저는 한랜드에서 제 가슴속에 찬 자부심과 애국심을 보았단 말입니다. 북한에서는 이런 거 느끼지 못했어요."

일본 총리 오카다는 아베의 뒤를 이었지만 역시 자민당으로 성향이 같다. 한국인 위안부가 성매매를 한 것이라는 발언을 한 적도 있다. 오카다는 도쿄 사쿠라호텔 25층 스위트룸을 안가(安家)로 사용하고 있었는데 오늘은 손님 둘을 맞았다. 북한의 선전선동부장 이유학과 외무장관 최정만이다. 오후 3시, 이유학과 최정만은 아시아 경제회담에 대표단의 일원으로 참석했다가 지금 비밀리에 오카다를 만나고 있다. 오카다가 대동한 사내는 총리 부속실장 도쿠가와, 아베 시절부터 근무했던 정보책임자다. 넷이 자리 잡고 앉았을 때 오카다가 늘어진 눈시울을 올리더니 손짓을 했다. 그러자 문 옆에서 대기하고 있던 사내가 다가와 옆에 섰다.

"이 사람이 통역입니다."

오카다의 말을 사내가 바로 통역했다.

"통역 하나만 두고 이야기하십시다."

"그러십시다."

선임자인 이유학이 대답했고 통역은 오카다 왼쪽에 앉았다. 신의주 특구가 개발되면서 시작된 남북한의 밀월을 가장 불안하게 주시해온 국가가 일본이다. 그것은 자타가 공언한 사실이다. 핵을 보유한 채 밀월, 연대, 연방으로 거침없이 나아가는 남북한을 보면서 일본은 긴장했다. 그리고 지금, 남북한연방 선거를 1년 반 남겨놓은 시점이 되었다. 남북한 입장에서는 항해를 끝내고 옥토(玉土)에 도착하는 것 같겠지만 일본은 폭포를 향해 떠내려가는 배 같은 느낌일까? 그때 오카다가 말했고 통역이 말을 잇는다.

"중국 고위층에서 흘러나온 정보요. 중국 정부는 서동수에게 차기 중국의 국가주석으로 추천한다는 조건을 제시할 것이오."

이유학과 최정만은 숨을 죽였고 얼굴까지 노랗게 굳어졌다. 오카다가 말을 이었다.

"먼저 서동수는 남북연방 대통령이 되고 나면 남북연방과 동북 3성을 통합한 동북아 자치구의 대성장(大省長)으로 임명될 것입니다."

둘의 시선을 받은 오카다가 빙그레 웃었다.

"그땐 국민투표를 하든지 국회에서 결의를 하든지 방법을 만들겠지만 한국인이 중국 대륙을 지배하게 된다는 시나리오가 됩니다. 실제로도 그렇게 될 것이고요. 몽골의 칭기즈 칸, 후금 또는 청의 대륙 지배가 예로 나오겠지만 어쨌든 한반도인이 대륙을 지배하게 됩니다."

그러고는 오카다가 눈을 가늘게 떴다.

"한국인의 눈에는 그렇게 보이겠지만 중국인들은 중국의 한반도 흡수로 여기게 될 겁니다. 그렇지 않습니까?"

"……."

"말장난이죠. 어쨌든 붉은 물이 쏟아져서 다 붉은 물에 잠긴 꼴이 되었으니까."

순간 어깨를 부풀린 이유학이 오카다를 보았다.

"그 정보, 확실합니까?"

"거의 확실합니다. 그리고 이 정보는 미국과 공유하고 있지요. 미국의 의견도 같습니다."

그때 이번에는 최정만이 물었다.

"이 정보를 우리한테만 주시는 겁니까?"

"무슨 말씀인지는 알겠는데……."

오카다의 시선이 도쿠가와에게로 옮겨졌다. 그때 도쿠가와가 말했다.

"한국에 당연히 알려줘야겠지만 아시다시피 대통령과 집권 여당, 정보기관이 모두 서동수에게 기울어져 있어요. 민족당 조직도 아직 단단하지 않고."

도쿠가와가 차분한 표정으로 둘을 보았다.

"기회가 오면 민족당에도 당연히 알려줘야겠지요. 남북한의 반(反)서동수 세력이 함께 이 음모를 분쇄해야 될 테니까요."

그렇다. 반역, 매국의 음모인 것이다.

오후 6시 5분 전이 되었을 때 서동수가 청와대 접견실로 들어섰다. 비서실장 유병선과 내무부장 안종관이 뒤를 따른다. 그들을 안내한 의전 비서가 반대쪽 문으로 나가더니 곧 대통령 조수만과 비서실장 정연

효, 국정원장 신기명이 따라 들어온다. 서동수와 구색을 맞춰온 셈이다. 총리 출신인 조수만은 화려한 관록을 자랑한다. 장관을 두 번, 총리에다 신의주 장관을 거쳐 대통령 보궐선거에서 대한민국 대통령이 되었다. 이제 1년 반 후에 연방 대통령 선거가 끝나면 다시 남한 총리가 될 예정이다. 조수만은 장방형 테이블에 서로 마주보고 앉도록 자리를 배치했다. 인사를 마치고 자리에 앉았을 때 조수만이 웃음 띤 얼굴로 물었다.

"김동일 위원장을 자주 만나십니까?"

"요즘은 못 뵈었습니다."

서동수가 잠깐 생각하고 말을 이었다.

"못 뵌 지 4개월쯤 되었는데요."

"그렇군요. 서로 바쁘시다 보니까."

말을 멈춘 조수만이 천천히 머리를 끄덕였다. 얼굴에는 여전히 웃음이 떠올라 있다. 서동수는 관운(官運)이 좋다는 것은 능력이 뛰어난 것이라기보다 적을 만들지 않았기 때문이라고 비아냥거리는 소리를 들은 적이 있다. 그러나 그만큼 큰 재능이 어디 있겠는가? 엄혹한 세상에서 서로 좋게 만들어주는 능력이야말로 최상이다. 조수만은 68세, 바로 그런 장점으로 지금까지 승승장구했다. 서동수가 잠자코 조수만을 보았다. 한국과 한랜드는 한 달에 한 번씩 비공식 정상회담을 했다. 그런데 오늘은 조수만이 갑자기 만나자고 한 것이다. 목적은 '양국 현안'이라고만 해서 유병준과 안종관은 각종 자료를 준비해왔다. 이윽고 조수만이 입을 열었다.

"들으셨겠지만 북한 민생당과 한국 민족당의 연대가 강해지고 있지요. 그리고 온갖 루머가 쏟아지는데 제법 먹힙니다."

서동수는 머리만 끄덕였고 조수만의 얼굴에서 웃음기가 서서히 지워졌다.

"한랜드에 계셔서 피부로 느끼지 못하실 겁니다. 종편 방송에서는 하루 종일 장관님 이야기를 늘어놓는데 이젠 식상해질 정도가 되었습니다."

"……."

"의도적인 것 같아요. 아무리 좋은 이야기도 여러 번 들으면 질리는 법인데 이건……."

서동수가 소리 죽여 숨을 뱉었다. 보고는 받았지만 말대로 직접 겪어보지 못해서 실감이 안 간다. 여자관계, 한랜드에서의 부정, 김광도의 유라시아그룹과의 밀착까지 '카더라' 방식으로 쏟아붓는 것이다.

"더구나……."

숨을 들이켠 조수만이 옆에 앉은 국정원장 신기명을 보았다.

"원장이 말씀드려요."

그러자 상반신을 세운 신기명이 말했다.

"장관께서 중국과 밀착하여 연방 대통령이 되신 후에 한반도를 한국성(韓國省) 또는 조선성(朝鮮省)으로 중국에 합병시킨다는 소문이 퍼지고 있습니다."

"……."

"SNS에서 퍼지고 있는데 장난 수준이었다가 신빙성 있게 조작되어 광범위하게 퍼지고 있습니다."

"……."

"방지는 하고 있지만 이대로 나가면 문제가 될 것 같아서요."

서동수가 머리를 끄덕였다. 이것도 알고 있었던 것이다. 민족당이나 반(反)서동수 세력의 소행이라고 심증은 가지만 아직 증거는 확보하지 못했다.

“예상하고 있었습니다.”

서동수가 웃음 띤 얼굴로 조수만을 보았다.

“저희들도 상의를 했습니다만, 당분간은 그대로 두는 것이 낫겠습니다. 이것도 제 소문처럼 끝까지 가도록 놔둬 보지요.”

한랜드에서 듣기보다 심각한 것 같다.

“사실일 수도 있어.”

돌아오는 차 안에서 서동수가 앞쪽을 향한 채로 말했다. 오후 7시 10분, 청와대에서 저녁밥도 못 얻어먹고 나오는 길이다. 한 시간 동안 할 이야기만 주고받다 끝냈다. 밥을 먹으면서 이야기했다가는 소화도 되지 않았을 것이다. 서동수가 옆에 앉은 유병선과 앞쪽의 안종관을 차례로 보았다.

“내가 신의주에서 한랜드로 갈 때 중국의 청사진도 함께 만들어졌을지 몰라.”

서동수의 얼굴에 웃음이 떠올랐다.

“신의주특구 개발 계획은 본래 중국 측 아이디어였으니까. 중국의 지원이 없었다면 나는 신의주 장관이 되지 못했을 거야.”

유병선과 안종관이 머리만 끄덕였고 서동수의 말이 이어졌다.

“동성의 에너지를 분출시킬 대상을 골라 동성과 신의주, 중국과 남북한이 함께 윈윈 하자는 순수한 의도였는데…….”

그때 안종관이 어깨를 늘어뜨리며 말했다.

“국가 차원의 사업에 순수한 의도는 없습니다.”

그러자 유병선이 나섰다.

"명목은 윈윈이지요, 하지만 손해 볼 짓은 안 합니다."

"그러다 보니 내가 이 지경까지 왔어."

서동수가 자조하듯 말하니 안종관이 얼굴을 펴고 웃었다.

"그동안 잘하셨습니다."

"이렇게 휩쓸리다가 정말 매국노가 되는 것이 아닐까?"

그러자 안종관과 유병선이 소리 내어 웃었다. 서동수가 쓴웃음을 지으며 말했다.

"이번에 또 배웠군. 시대에 맞춰야 한다는 것, 자신 있다고 기다리면 안 된다는 것."

조수만 앞에서와는 다른 말이다. 차가 멈춘 곳은 인사동의 좁은 주차장 안이었는데 기다리고 있던 지배인이 서동수를 맞았다. 이곳에서 저녁 약속이 있는 것이다. 지배인의 안내를 받아 한정식 식당 방으로 들어선 서동수 일행을 진기섭과 오성호가 맞았다.

"어서 오십시오."

상석을 비워 놓고 기다리던 둘이 자리에서 일어나 반겼다.

"기다리셨군요."

인사를 마친 일행이 자리에 앉았을 때 서동수가 웃음 띤 얼굴로 말했다.

"대통령께서 내 소문을 걱정하고 계셨습니다. 매국노라는 소문 말입니다."

진기섭과 오성호는 잠자코 듣기만 한다. 둘은 서동수가 조수만을 만나고 나온 것을 알고 있다. 서동수가 말을 이었다.

"그래서 그냥 놔두겠다고 했지요. 그런 소문은 성급히 부인하거나 은폐하려고 하면 더 커진다는 조언도 받아서요."

"그렇습니다."

진기섭이 동의했고 오성호도 머리를 끄덕였지만 그늘진 표정이다. 그때 서동수가 젓가락을 들면서 말했다. 이미 방에 한정식 상이 차려져 있었다.

"내 생각을 두 분께 말씀드리지요. 중국이 그런 청사진을 갖고 있었다면 나도 마찬가지입니다."

둘의 몸이 굳어졌고 서동수가 말을 이었다.

"중국 3성이 한로드의 철도로 연결되면서부터 나는 남북한과 중국 3성, 그리고 한랜드를 잇는 '대한연방'을 생각하고 있었지요. 물론 이것은 중국의 '동북아 자치구' 소문과 비슷한 상상이라고 생각하시면 됩니다."

둘은 숨을 죽였고 눈동자의 초점이 멀어졌다. 머릿속이 맹렬하게 움직인다는 증거다. 그때 서동수가 말을 맺었다.

"나한테서 직접 들었다고 두 분이 언론에 발표하셔도 됩니다."

5장 버리면 얻는다

9시 45분, 서동수가 성북동 안가의 현관으로 들어섰다. 진기섭 등과 저녁 먹은 시간은 한 시간밖에 안 되었지만 할 이야기는 다 했다. 2층 저택은 방이 여러 개여서 유병선과 안종관은 옆쪽 별채로 들어갔고 서동수는 안채를 쓴다. 응접실에서 기다리고 있던 강정만과 한 여인이 일어섰다.

"일찍 왔구나."

눈을 크게 뜬 강정만이 말하자 서동수가 여자를 향해 꾸벅 머리를 숙였다.

"기다리게 해서 미안합니다."

"아녜요, 바쁘신데 제가 죄송하죠."

여자가 수줍게 웃으며 말했다. 여자는 하선옥, 여론조사 전문기관인 '다본다'의 대표다. 45세에 미국 박사학위 소지자다. 화려한 경력은 다 읽지도 못 했고, 10년간 대기업 홍보 마케팅 책임자를 지내다가 '다본다'를 창립해 5년째 운영 중이다. 가족 사항은 10년 전에 이혼했고, 자녀는 없다. 정장 재킷만 벗어놓고 응접실로 나온 서동수가 소파에 앉아서 하선옥에게 말했다.

"실물이 훨씬 더 미인이십니다."

"감사합니다."

하선옥이 부드럽게 웃었다. 농염한 태도다. 서동수는 잠깐 자신의 눈이 하선옥의 눈동자 안으로 빨려드는 느낌을 받았다. 짧게 웨이브 진 머리, 둥근 얼굴에 콧날이 섰고 웃을 때는 눈이 가늘어지면서 초승달 모양이 된다. 도톰한 입술에는 분홍 루주를 발라서 웃는 얼굴과 어울렸다. 한마디로 교태가 흐른다. 그때 강정만이 혼잣소리처럼 말했다.

"내가 채홍사 역할을 잘한 것 같군."

"인마."

정색한 서동수가 나섰지만 하선옥이 짧게 웃는 바람에 분위기가 수습되었다. 하선옥은 강정만이 소개해준 업체 대표인 것이다. 탁자 위에는 관리하는 아줌마가 차려놓은 술과 안주가 잘 차려져 있다. 술병을 든 서동수가 하선옥의 잔에 술을 채우면서 말했다.

"내가 오늘밤밖에 시간이 없어서요. 오후 6시에 대통령을 뵙고 오는 길입니다."

숨을 들이켠 강정만이 입을 다물었다. 다른 말을 했다면 허세 부리지 말라고 하고도 남을 강정만이다. 미친놈이 아닌 이상 대통령 만나고 온 것을 허세라고 하지는 못한다.

"바쁘신 줄 압니다."

하선옥이 술잔을 들면서 서동수를 보았다.

"요즘 SNS에서 항상 조회 수 10위권 안에 드시니까요."

"그중 절반이 여자 이야기지요?"

"그런 것 같습니다."

정색한 하선옥이 말을 이었다.

"다행히 여자 문제로 반감을 품는 사람들이 적은 편입니다."

"그런 놈들은 성생활에 문제가 있는 자들이지."

강정만이 나섰다가 둘의 반응을 보더니 한입에 술을 삼켰다. 서동수가 다시 물었다.

"내가 매국노라는 이야기가 많이 퍼져 나갑니까?"

"예, 이야기가 아주 재미있게 만들어지고 있어서 조회 수가 늘어나고 있어요."

다시 시선이 마주쳤고 하선옥이 말을 이었다.

"기획을 한 표시가 납니다. 사이트도 여러 개인 데다 추적이 힘들다고 하더군요. 북한에서 보내온 것 같습니다."

"북한에서?"

"네, 전문가들한테 들었어요."

"그럴듯하군."

머리를 끄덕인 서동수가 술을 삼키고 하선옥을 보았다.

"그럼, 내 여론 담당으로 계약하지요. 물론 비공식으로 하는 겁니다."

그러자 하선옥이 머리를 끄덕였다.

"나, 먼저 갈게."

강정만이 일어섰을 때는 10시 반이다. 이미 위스키를 반병쯤 마신 강정만이 붉어진 얼굴로 둘을 번갈아 보았다.

"다 큰 성인 둘한테 내가 어쩌고저쩌고할 수는 없고."

서동수와 하선옥은 시선만 주었고 강정만이 정색하고 떠벌렸다.

"여기서 나를 따라 일어난다든가 또는 말린다든가 할 만큼 둘의 비위가 약한 것도 아닌 것 같으니까 마음 놓고 가겠다."

"빨리 가."

소파에 등을 붙인 서동수가 정색하고 말했을 때 하선옥이 자리에서 일어섰다.

"안녕히 가세요."

하선옥이 머리를 숙여 인사를 하자 강정만이 숨을 들이켜면서 몸을 돌렸다. 강정만이 응접실을 나갔을 때 하선옥이 자리에 앉더니 술병을 들었다.

"여자 많으시잖아요?"

서동수의 잔에 술을 따르면서 하선옥이 차분한 표정으로 물었다.

"새 여자를 즐기신다고 SNS에서 떠들더군요. 잡식성이라고."

"맞는 말인데."

술잔을 든 서동수가 지그시 하선옥을 보았다.

"하선옥 씨한테 먼저 물어볼 것이 있었어요. 대답을 들읍시다."

"말씀하세요."

하선옥이 한쪽 다리를 꼬아 얹었다. 미끈한 허벅지까지 드러났고 발가락이 가지런하게 눈앞에 펼쳐졌다. 살구색 스타킹 안에 든 발이 그물에 잡힌 산 고기 같다. 서동수가 한 모금의 술을 삼켰다.

"한국인의 품성을 말해 봐요."

"네?"

예상 밖의 질문이었던지 하선옥의 얼굴에서 곧 웃음기가 지워졌다. 서동수가 다시 물었다.

"하선옥 씨가 본 한국인의 품성을 듣고 싶은데, 여론조사나 홍보 관련 일을 하면서 느꼈을 것 아닙니까?"

"……."

"솔직한 생각을 들읍시다."

그때 술잔을 내려놓은 하선옥의 얼굴에 다시 웃음기가 떠올랐다. 그러나 눈초리가 솟은 눈동자가 반짝인다.

"한국의 정치 수준이 낮다고 밤낮으로 비판하는 언론, 시민들을 보았어요."

서동수는 시선만 주었고 하선옥이 말을 이었다.

"하지만 그게 아니라고 생각해요. 시민 수준이 정치 수준과 같으니까 그렇게 된 것이죠. 그런 정치인들을 뽑은 시민이니까요."

숨을 들이켠 서동수가 술잔을 쥐었을 때 하선옥의 열띤 목소리가 이어졌다.

"시민 수준에 맞춰야 합니다. 언론 대응도, 처신도 맞춰야 돼요. 괜히 잘난 척할 필요가 없다고요."

한입에 술을 삼킨 서동수가 지그시 하선옥을 보았다.

"무슨 말인지 알겠어요. 그럼 내가 할 일은?"

"장관께 남은 카드는 하나뿐이죠."

어깨를 들었다가 내린 하선옥이 상기된 얼굴로 서동수를 보았다.

"정직한 사람, 정직한 지도자, 가장 쉬운 것 같으면서도 어려운 일이죠."

서동수가 머리를 끄덕였다.

"내 홍보 업무를 맡아줘요."

"물론 비공식으로 맡아야겠죠?"

"당분간은."

"계약서를 작성하지 않는 것이 낫겠어요."

"맡기겠습니다."

그러자 심호흡을 한 하선옥이 응접실을 둘러보는 시늉을 했다.

"저, 채홍사가 가셨으니까 일어서도 괜찮겠지요?"

다음 날 오전 11시, 서동수는 평양 대동강변의 제7번 초대소에서 북한의 지도자 김동일과 마주앉아 있다. 단둘만의 독대다. 오늘 만남은 서동수가 요청한 것이었는데 김동일은 즉시 받아들였다. 서동수를 바라보는 얼굴도 밝다. 9시 반에 평양에 도착해서 곧장 초대소로 왔더니 김동일이 기다리고 있었다. 인삼차를 한 모금 삼킨 서동수가 입을 열었다.

"민생당은 잘됩니까?"

"예, 모두 의욕적입니다."

바로 대답한 김동일이 빙그레 웃었다. 맑은 웃음이다. 문득 어젯밤 하선옥의 얼굴이 떠올랐고 이어서 '정직한 사람'이란 말도 머릿속을 울렸으므로 서동수가 심호흡을 했다.

"제가 요즘 SNS에서 매도를 당하고 있어요. 아예 매국노라고 하는군요."

서동수가 웃음 띤 얼굴로 말을 이었다.

"남북한연방을 중국에 넘겨주고 제가 동북 3성과 함께 편성되는 '동북아자치구'의 대성장(大省長)이 된다는 것입니다."

"저도 보았습니다."

김동일도 얼굴을 펴고 웃었다.

"내가 아는 서 장관께서 그럴 리가 없다고 했지요."

그 내용은 측근들과 이야기했다는 것이다. 서동수가 말을 이었다.

"어제 오후에 청와대에 들어가 대통령을 만났습니다."

"……."

"대통령도 그 루머 걱정을 하더군요. 그래서 걱정하지 말라고 했습니다."

서동수가 웃음 띤 얼굴로 김동일을 보았다.

"오늘 한국당 정책위의장과 원내총무가 각각 성명을 발표할 겁니다. 어제 내 생각을 말해 주었거든요."

"생각을 말입니까?"

"예, 이른바 '대한연방' 구성에 대한 내 생각입니다. 꿈이라고 하기엔 너무 모호한 것 같아서 생각이라고 표현했지요."

"……."

"남북한과 중국의 동북 3성, 그리고 한랜드까지 한로드로 이어져 만드는 연방국이지요. 그것이 대한연방입니다."

"……."

"중국이 그런 생각이 있다면 우리도 이런 생각을 못하겠습니까? 아마 그런 발표는 잘하는 사람들이니까 오늘 중으로 발표할 겁니다."

서동수가 인삼차 잔을 들고는 다시 웃었다.

"세계가 주목하겠지요. 그리고 내가 위원장님하고 그 발표를 같이 보고 있다는 것도 다 알겠지요."

순간 김동일이 숨을 들이켰다. 얼굴도 잠깐 굳어졌다가 천천히 웃음이 떠올랐다. 이것은 그 감동을 나눠 갖는 꼴이 될 것이다. 서동수와 그 생각을 함께 구상했다고 하지 않겠는가?

"알겠습니다. 그것 때문에 오셨군요."

김동일이 천천히 머리를 끄덕였다.

"대한연방이라고 하셨지요? 남북한연방에서 더 발전한 느낌이 듭니다."

"어젯밤 대통령께는 말씀드리지 않았습니다. 예의상 연방 대통령 북측 후보가 되실 위원장님께 먼저 말씀드려야겠다고 생각했지요."

"그렇게까지 신경을 쓰셨습니까?"

길게 숨을 뱉은 김동일이 정색한 얼굴로 서동수를 보았다.

"오늘 이곳에서 묵고 가시지요."

"예, 오늘 대한연방 발표를 할 테니까 위원장님하고 같이 들어야 됩니다."

"그럼 오늘밤 파티를 준비하겠습니다."

김동일이 서둘러 일어서자 서동수가 따라 일어서며 웃었다.

"이왕 여자 밝히는 인간이라고 소문이 났으니 잡식성의 진면목을 보일 겁니다."

하선옥이 한 말이다.

"이것이 한랜드 장관 서동수의 '대한연방' 구상입니다."

한국당 정책위의장 진기섭의 브리핑은 뛰어났다. 요점을 잘 짚는 사업가 출신의 진기섭은 지금 TV에 나와 서동수의 구상을 설명하는 중이다. 옆에 동북아 지도가 스크린에 펼쳐져 있었는데 그것을 본 시청자는 숨부터 들이마셨다. 남북한과 중국의 동북 3성, 그리고 거대한 시베리아의 한랜드까지 붉은색으로 칠해져 있었기 때문이다. 보라, 대륙의 동북부 지역이 붉게 칠해져 있다. 거기에다 붉은 선이 한랜드에서 뻗어 나가 대륙을 관통해 유럽 끝까지 닿아 있다. 초대소의 응접실에서 김동일과 나란히 앉아 있던 서동수도 그것을 처음 본 순간 온몸에서 소름이 돋았다. 진기섭이 마무리했다.

"지금까지 여러분은 중국의 구상만을 듣고 계셨습니다. 서동수의 '대한연방' 구상을 머릿속에 넣어 두시기를 서동수 장관이 바라고 계십니다."

브리핑이 끝나자 박수가 쏟아졌다. 함성도 울렸다. 물론 TV 안에서다. 감동적인 브리핑이다. 서동수는 옆에 앉은 김동일이 여러 번 숨을 들이켜는 것을 들었다. 김동일도 감동한 것이다. 뒤쪽에 앉은 김동일의 수행원들도 모두 입을 다물고 있다. 화면에 앵커가 나왔을 때 김동일이 머리를 끄덕이며 서동수에게 말했다.

"저녁에 한잔하시지요."

"예, 기다리고 있겠습니다."

서동수가 웃음 띤 얼굴로 김동일을 보았다. 오후 3시 반이다. 앞으로 오성호가 다시 인터뷰할 것이고 수많은 방송이 보도할 것이다. 그때 화면의 앵커가 말했다.

"지금 서동수 장관은 북한의 김동일 위원장과 함께 있는 것이 확인됐습니다. 본 방송이 단독으로 입수한 정보입니다."

자리에서 일어나던 김동일이 얼굴을 펴고 웃었을 때 앵커의 말이 이어졌다.

"서동수 장관은 김동일 위원장과 함께 이 방송을 보고 있을 것입니다."

"자, 그럼 저녁에 뵙지요."

김동일이 앵커의 말을 누르듯이 큰 소리로 말하고는 몸을 돌렸다. 현관까지 김동일을 배웅하고 돌아왔을 때 유병선이 옆으로 다가와 섰다. 얼굴에 쓴웃음이 떠올라 있다.

"위원장님이 당혹하신 것 같습니다."

"시간이 지나면 알게 되겠지."

정색한 서동수가 소파에 등을 붙이고 앉았다.

"내 선의를 말이야, 누가 연방 대통령이 되든 간에 그 구상을 향해 나아가야 할 테니까."

"그렇습니다."

정색한 안종관이 머리를 끄덕였다.

"시청자들은 이 구상을 위원장과 함께 만들었다고 생각할 것입니다."

서동수가 평양으로 날아온 이유도 그것 때문이다. 나눠 갖자는 뜻이다. 누가 리더가 되든지 간에 한민족을 이끌어야만 하지 않겠는가. 나는 마음을 비웠다. 자리에서 일어선 서동수가 옆쪽 침실로 가면서 말했다.

"저녁때까지 좀 쉬겠어."

"알겠습니다."

유병선과 안종관은 그동안 계속 방송을 볼 작정인 것 같다. 침실로 들어선 서동수가 긴 숨을 뱉었다. 불과 몇 년 전만 해도 남북 관계는 원수지간이었다. 남한을 원수로 대해야만 체제가 유지됐다고 해야 맞는 표현일 것이다. 그래야 주민을 긴장시키고 억압할 수 있었기 때문이다. 그런데 지금은 달라졌다. 그 이유는 단 하나, 단 한 사람이 마음을 비운 것이 원인이다. 김동일 하나가 8천만을 살리고 죽인다.

아름다운 몸이다. 무릎 위 20㎝ 정도나 올라온 원피스형 제복을 걸치고 가수가 노래를 부른다. 잘록한 허리, 어깨의 둥근 선이 그대로 드러났고 특히 두 다리가 눈이 부실 정도다. 마르지도 살이 붙지도 않은 저 미끈한 다리, 남조선에서는 마른 다리가 유행인지 그야말로 대나무 젓가락 같은 다리를 뻗으며 활보하는 여자들이 많다. 그것도 휘어진 젓가락, 과연 그들은 그 다리를 보는 남자들의 심중(心中)을 알 것인가? 왜 고운 몸을 그렇게 연탄집게처럼 만들었는가? 아우슈비츠형 다리를 보고 누가 가슴이 따뜻해지겠는가? 가수의 노래는 귀에 들어오지 않고 벌리는 입과 살랑살랑 흔드는 몸만 보인다. 요즘 누가 시작했는지 '목소리가 보인다'라는 말을 쓰더니 중구난방으로 '냄새가 들린다' '맛이 보인다' '눈빛이 들린다' 등 막 나갔는데 서동수 표정도 그런 식으로 표현할라치면 '네 모습이 맛있구나!'가 될 것이다.

"마음에 드십니까?"

옆에 앉은 김동일이 물었으므로 서동수가 정신을 차렸다.

"예, 정말 아름답습니다."

서동수가 정색하고 말했더니 김동일이 이를 드러내고 웃었다.

"그러실 줄 알았습니다."

여자가 손을 내밀며 노래를 하고 있었는데 지금 보니 팔도 매끄럽게 잘 빠졌다. 둥근 얼굴, 짧게 자른 머리, 이제야 목소리가 들렸는데 꾀꼬리 소리가 이런가? 높고 비음이 섞여 있다. 저 여자의 탄성은 어떻게 터질 것인가? 그때 김동일이 말했다.

"이숙경이라고 합니다. 25세, 장관님 파트너로 아껴 두었습니다."

"감사합니다."

"장관님은 파트너가 많아서 내가 다 기억할 수가 없군요."

"죄송합니다."

그때 여자가 노래를 끝내더니 둘을 향해 허리를 꺾어 절을 했다. 박수 소리는 들리지 않는다. 주빈인 둘이 박수를 치지 않았기 때문이다. 그때 김동일이 머리를 돌리자 뒤에 서 있던 장군이 다가왔다. 김동일이 낮은 목소리로 지시하자 장군이 곧 가수를 데려왔다.

“여기 앉아.”

김동일이 서동수를 눈으로 가리키며 웃음 띤 목소리로 말했다.

“장관께서 네가 노래를 잘한다고 하셨어. 여기서 시중을 들도록.”

“감사합니다.”

가수가 다시 허리를 꺾어 절을 했는데 얼굴이 굳어 있다. 이마와 콧등에도 작은 땀방울이 솟아나 있고 숨도 가쁘다. 서동수가 빈 옆자리를 가리켰다.

“여기 앉아요.”

“감사합니다, 장관 동지.”

여자가 앉을 때 향수 냄새가 맡아졌다. 초대소의 식당 안이다. 손님은 김동일과 서동수, 그리고 측근까지 10여 명이 원탁에 둘러앉았고 앞쪽 무대에는 악단과 무용수가 가득 차 있다. 술잔을 든 서동수가 이숙경에게 물었다.

“노래를 잘하는군. 이런 자리는 자주 와봤어?”

“처음입니다.”

몸을 똑바로 세우고 앉은 이숙경이 면접관 앞의 신입사원 후보처럼 대답했다. 이제 무대에서는 잔잔한 음악이 연주되었고 술자리가 부드럽게 익어간다. 오늘밤 김동일의 분위기는 밝았다. 자주 웃었고 이쪽저쪽에다 말을 걸어서 굳어 있던 고관들도 긴장을 풀었다. 그때 김동일이 웃음 띤 얼굴로 서동수를 보았다.

“화무십일홍(花無十日紅)입니다. 형님, 달도 차면 기운다는 말도 있지 않습니까?"

서동수가 따라 웃기만 했다.

"내가 아직 젊지만, 한계를 알 정도는 되었습니다. 이성을 잃지는 않았다는 말이지요."

서동수는 웃음 띤 얼굴로 머리만 끄덕였다. 서동수는 김동일을 좋아한다. 김동일도 마찬가지라고 믿고 있다. 지금 신의주에는 김동일이 투자한 자동차 공장이 연간 20만 대를 생산하는 중이다. 서동수가 신의주 장관 시절에 만들어준 공장이다. 그때 김동일이 말을 이었다.

"제 할아버지부터 저까지 3대(代)가 70년이 넘도록 북조선을 통치하고 있었단 말입니다. 이건 20세기 세계 역사상 처음 있는 일이지요?"

"예, 그것이……."

숨을 들이켠 서동수가 시선을 돌렸다.

그렇다. 20세기 세계사에 처음이다. 할아버지, 아버지, 손자 3대가 70여 년을 통치해왔다. 그렇다고 지상낙원으로 만들어 잘살게 해준 것도 아니고 1990년대에는 수백만을 굶겨 죽이면서 국가를 감옥처럼 만들어 통치했다. 그렇게 70여 년이 지난 것이다. 세상에서는 저런 국가도 있는가, 하고 의아해 하다가 내막을 알고 나서 저렇게 오래 견디면 국민이 길이 드는구나, 하기도 했다. 그때 김동일이 술잔을 들고 말했다.

"나도 처음 3~4년은 내가 아니면 이 나라가 망해서 미제의, 남조선 자본가 놈들의 노예가 된다고 믿었지요. 내 주변에서도 모두 그렇게 이야기를 합디다."

김동일이 턱으로 방안을 가리키는 시늉을 했다. 둘이 낮게 이야기하는 중이고 방안에 모인 수십 명의 고관이 자유롭게 담소를 했지만 김동일의 턱짓 한 번에 잠깐 조용해졌다. 김동일의 시선이 곧 서동수에게 옮겨지자 다시 이야기가 시작되었다. 그만큼 김동일에게 신경을 곤두세우고 있다는 증거다. 음악이 감미롭게 흐르고 있다. 가수 셋이 나와 인사를 하자 김동일이 건성으로 박수를 치고 나서 말을 이었다.

"지금 방안에 모인 간부들, 그 부하들, 그리고 평양 시민, 지방의 당 간부, 군 간부들, 그들이 이른바 기득권 세력이죠. 남조선에만 기득권 세력이 있는 게 아닙니다. 여긴 더 지독합니다."

한 모금 술을 삼킨 김동일이 상반신을 기울여 서동수의 귀에 입술을 붙였다.

"그놈들은 남조선 자본가들 뺨치는 놈들입니다. 그놈들이 내 주위에 모여서 권력과 금력을 놓치지 않으려고 지금도 필사적이지요. 그것이 내 권력 기반입니다."

"위원장님은 역사에 남으실 겁니다."

서동수가 겨우 입을 떼었을 때 김동일이 머리를 저었다. 어느덧 정색한 얼굴이다.

"내가 역사에 남으려고 이러는 것이 아닙니다. 내 능력이나 자질이 부족하다고 느낀 적도 없었어요. 체제는 다 정비되어 있었으니까요, 하지만……."

어깨를 부풀렸다가 내린 김동일의 얼굴에 쓴웃음이 번졌다.

"신의주특구를 개방할 때 주변에서 그러더군요. 특구 주민이 개방화되고 그것이 북조선 주민한테로 오염되면 통치하기가 힘들다고 말입니다."

술잔을 든 김동일이 말을 이었다.

"그런데 신의주특구 주민들보다도 내가 먼저 개방화되었고 오염이 되었단 말입니다."

서동수의 시선을 받은 김동일이 한입에 술을 삼켰다. 40도짜리 인삼주다.

"이제는 다 털고 자동차회사 사장이 되어서 세계를 돌아다니고 싶어요. 곧 비행기 회사도 만들고 말입니다."

"그러셔야죠."

"같이 돌아다니십시다."

서동수는 문득 연방 대통령도 그만두고 김동일하고 둘이 여행이나 다니면 좋겠다는 생각을 했다. 물론 비즈니스 여행이다.

밤 10시 반, 샤워를 마치고 나온 서동수는 숨을 들이켰다. 응접실 소파 앞에 여자가 서 있었기 때문이다. 시선이 마주친 순간 서동수가 얼굴을 펴고 웃었다. 이숙경이다. 파티를 끝내고 초대소로 혼자 돌아왔는데 샤워하는 사이에 이숙경이 등장했다. 김동일이 보낸 것이다.

"놀라셨어요?"

굳어진 표정으로 서 있던 이숙경이 서동수의 웃음을 보더니 마음이 놓인 것 같다. 어깨를 늘어뜨리며 묻는다. 이숙경은 파티에서 노래 부르던 차림 그대로다.

"여기서 자고 갈 거야?"

다가선 서동수가 묻자 이숙경의 얼굴이 빨개졌다.

"그냥 모시라고 했습니다."

"저런, 그럼 오늘밤에 갈 데도 없구나."

이숙경이 시선을 내리자 서동수가 두 걸음쯤 앞에 서서 훑어보는 시늉을 했다.

"아름답다."

"감사합니다, 장관 동지."

"욕실에 들어가서 샤워를 해. 안에 가운도 있어."

"감사합니다."

"욕실에서 나올 때는 가운만 걸치도록."

숨을 들이켰는지 이숙경의 어깨가 올라갔고 힐끗 시선이 스치고 지나갔다. 그것을 보자 서동수의 마음이 또 변했다.

"아니야. 다 벗고 나오는 것이 낫겠다. 네 몸을 보고 싶으니까."

몸을 돌린 서동수가 소파로 다가가 앉았을 때 곧 욕실 문 닫히는 소리가 났다. 아름답다. 파티장에서 보았을 때와는 다른 분위기다. 둘만의 공간이기 때문인 것 같다. 지금까지 초대소에서 만난 여자를 몇 명이나 신의주로, 한랜드로 데려갔던가? 지금은 모두 그곳에서 기반을 잡고 잘살고 있다. 이윽고 욕실 문 열리는 소리가 들렸으므로 서동수가 머리를 돌렸다. 이숙경이 욕실에서 나오고 있다. 그런데 가운 차림이다. 저도 모르게 눈썹을 모은 서동수가 입을 열었을 때 다가선 이숙경이 가운 자락을 벌렸다. 그 순간 서동수는 숨을 들이켰다. 보라, 활짝 벌린 가운 사이로 이숙경의 알몸이 드러나 있다. 펼쳐진 가운은 커다란 꽃잎 같았고 알몸은 부끄러운 꽃술이다. 숨을 들이켰던 서동수가 긴 탄성을 뱉었다.

"으음, 눈부시다."

부풀어 오른 젖가슴은 단단했지만 밥그릇을 엎어놓은 크기다. 콩알만 한 젖꼭지는 야무졌고 아랫배는 도톰한 채 오르내리고 있다. 아랫배 밑으로 시선을 내린 서동수가 저절로 고인 침을 삼켰다. 검은 숲은 무성했고 숲속의 선홍빛 골짜기가 선명하게 드러났다. 주름진 굴곡까지 다 보인다. 골짜기 위쪽에 작은 바위가 솟아 있다. 그때 이숙경이 벌렸던 가운을 그대로 발밑으로 떨어뜨렸다. 이제는 알몸이다. 둥근 어깨, 긴 팔, 미끈한 허리까지 조각상처럼 눈앞에 서 있다. 서동수가 머리를 끄덕이며 자리에서 일어섰다.

"고맙다."

말이 저절로 그렇게 나왔다. 서동수가 다가가 이숙경의 어깨를 당겨 안고는 침대로 이끌었다. 이숙경이 한 팔로 서동수의 허리를 감싸면서 따라 걷는다. 침대 앞에서 서동수가 가운을 벗어던지자 이숙경이 시트를 걷으면서 말했다.

"저를 선택해주셔서 제가 고맙죠."

침대에 오른 서동수가 이숙경의 상반신을 당겨 안고는 입을 맞췄다. 이숙경이 빈틈없이 몸을 붙이더니 금방 입을 열어 혀를 내밀었다. 이숙경의 몸은 부드럽고 따뜻했다. 사지는 연체동물 같아서 온몸에 감기는 느낌이 든다. 이숙경의 숨결이 가빠지면서 입안에서 꿈틀거리는 혀 맛이 달콤했다.

한랜드로 돌아온 서동수는 대한연방에 대한 반응을 자세히 보고받았다.

"동북아 자치구 대성장(大省長)론을 압도했습니다. 곧 대한연방 구상이 휩쓸 것 같습니다."

유병선이 웃음 띤 얼굴로 보고했다.

"아마 그 설(說)을 만든 사람은 오히려 책임이 추궁될 것입니다. 대한연방 구상을 부각시킨 단초를 제공한 셈이 되었으니까요."

"대한연방 구상은 급조된 것이 아냐."

"알고 있습니다."

당황한 유병선의 얼굴이 굳어졌다.

"국민 모두가 즉흥적인 구상이라고 생각하지 않습니다."

"나진에서 블라디보스토크, 하바롭스크를 잇는 기존 시베리아 철도를 한랜드로 이어갈 수도 있으니까."

그것은 중국 동북 3성이 참여하기 전의 한로드인 것이다. 어제 진기섭에 이어서 서동수의 대리인 자격으로 나선 한국당 원내총무 오성호는 동북 3성을 통과하지 않더라도 나진에서 이어지는 한로드를 이용하여 대한연방의 국력을 신장시킬 수 있다고 역설했다. 모든 가능성을 염두에 둔 서동수 측의 전방위 반격이다. 한국 시청자들은 반대를 위한 반대만 일삼는 행위에 이젠 진절머리를 내고 있다. 갑자기 서동수를 매국노로 몰아붙이던 반대파의 설이 바로 그 아류라는 것을 알았다. 대안도 없이 발목을 잡는 부류는 도요토미 히데요시를 만나고 와서 정사(正使)가 파당이 다르다고 무조건 반대 의견을 낸 부사(副使) 김성일 같은 부류다. 서동수가 말을 이었다.

"김동일 위원장은 마음을 비우고 있다는 것을 확인했어. 그러나 주변을 둘러싸고 있는 기득권층이 욕심을 버리지 않을 거야. 위원장도 그것을 걱정했어."

"김 위원장을 내세우고 꼭두각시로 만들어 조종하게 될 것입니다. 벌써 그런 기미가 보입니다."

서동수의 시선을 읽은 유병선이 심복답게 생각을 읽고 대답했다.

"쿠데타로 위원장을 제거하거나 무력화시킨다면 당장 한국 측의 반발이 있을 테니까요. 현 상태를 유지하면서 위원장을 점점 허수아비로 만들어서 연방 선거에 나설 것 같습니다."

유병선의 지휘하에 연방 선거 예측을 하는 중이다. 이제 서동수도 세상의 이면에는 온갖 것이 얽혀 있다는 것을 알게 되었다. 정치는 더욱 그렇다. 정치는 곧 권력이다. 그 권력의 이면은 치열하다. 선악이 뒤섞여서 구분할 수도 없다. 그러다가 세상에 나온 얼굴은 승자와 패자들로 구분된다. 그 이면이 어떻든 간에 승자의 얼굴은 선(善)으로 포장되었고 패자는 악(惡)으로 매도되어 온 것이다. 유병선이 말을 이었다.

"이번 모략은 실패했지만 남북한의 신(新)민족세력은 단념하지 않을 것입니다. 끊임없이 모략과 선동을 계속할 겁니다."

서동수가 머리만 끄덕였다. 그들의 목표는 신(新)공산주의 남북한연방이다. 70년 뿌리의 김씨 3대(代)는 이제 김동일에 이르러 남북한연방과 한랜드를 잇는 대장정에 마음을 열었다. 그러나 70년 전에 뿌리박은 공산주의 귀신은 그 원조(元祖)가 망한 지 30년 가깝게 되는 데도 한반도에 남아서 기를 쓰고 있다. 이것도 일본인들이 조작한 조선인의 파당기질인가? 그때 유병선이 손목시계를 보는 시늉을 하면서 말했다.

"곧 회의가 있습니다."

"그렇군."

벽시계가 오후 4시 반을 가리키고 있다. 참석자는 안종관과 김광도, 조창복 등 한강회의 간부들, 북한 땅에 심어놓을 새로운 당(黨)에 대한 회의다. 이에는 이, 눈에는 눈이다.

회의를 마친 서동수가 한식당 아리랑의 밀실로 들어섰을 때는 오후 8시 10분 전이다. 서동수는 내무부장 안종관과 동행이었는데 방에서 기다리던 둘이 자리에서 일어섰다. 하선옥과 회색 머리칼의 백인이다. 다가간 서동수를 향해 백인이 동양식으로 머리를 숙였고 하선옥이 소개했다.

"존 더글러스 씨입니다."

"반갑습니다, 더글러스 씨."

서동수가 손을 내밀어 악수를 청했다. 더글러스는 55세, 일본 CIA 책임자였다가 본부로 돌아가 부국장이 되었다. 전에 중국과 한국에도 몇 년씩 있었던 터라 동양통이다. 넷이 자리 잡고 앉았을 때 종업원들이 한정식 요리와 술까지 한꺼번에 내려놓고 물러갔다. 익히고 뜨거운 요리도 있지만 효율적이다. 하나 먹어야 하나 들어오는 상황에서는 음식 기다리느라 다른 일은 하나도 못할 것이다. 날씨 이야기를 하면서 서동수가 분위기를 이끌었다. 오늘 만남은 더글러스의 요청으로 이루어졌다. 비밀 회동이다. 그래서 서동수는 한랜드 내무부장 겸 비공식 정보책임자 안종관과 홍보담당 하선옥을 참석시켰다. 하선옥이 미국 박사학위 소지자로 미국통인 이유도 있다. 한국산 소주를 보드카 마시듯이 한 모금 삼킨 더글러스가 갈색 눈동자로 서동수를 보았다. 넓은 얼굴에 웃음이 떠올라 있다.

"각하, 잘 아시겠지만 한반도는 150년 전부터 강대국의 각축장이었습니다."

서동수가 명란젓을 집어 입에 넣었다. 한국에서 가져온 것이지만 러시아산이다. 요즘은 명태가 한반도 근해에서 잡히지 않아서 그렇다. 명란젓이 러시아에서 한국으로, 다시 한랜드로 왔다. 더글러스가 말을 이었다.

"러시아, 중국, 일본, 미국까지 거들어서 한반도를 놓고 싸웠지요."

그리고 그 결과도 서양 사람들까지 다 안다. 청일전쟁, 러일전쟁, 일본의 식민지 시대, 남북 분단으로 러시아, 미군 진주, 그리고 6·25의 남북한 전쟁. 서동수가 이번에는 새우젓을 집다가 놔두었다. 새우젓은 중국산이 들어와서 여기까지 왔을지도 모른다.

"그런데 이번에는 한반도가 주도권을 쥐고 있군요. 강대국들이 신경을 곤두세우고 있습니다."

그때 안종관이 헛기침을 했다. 어른 앞에서 잔소리 그만 하라는 신호를 보낸 것이다. 그래서인지 더글러스의 말이 빨라졌다.

"미국은 이제 한국 중심의 동북아 방위선 라인을 형성할 준비를 갖추고 있습니다. 이것은 극비 사항이지만 각하께 전해 드리라는 최고위층의 전언을 말씀드리려는 것입니다."

서동수가 심호흡을 했고 안종관은 몸을 굳혔으며 하선옥의 목구멍에서 침 넘어가는 소리가 들렸다. 이것은 어쩔 수 없는 노릇이다.

"일본은 지금까지 60년 가깝게 미국에 의존해서 안보 무임승차를 했고 그것이 미국의 국익에 별로 도움이 되지 않는다는 결론이 났습니다."

이제 서동수가 머리만 끄덕였고 더글러스의 목소리에 열기가 더해졌다.

"따라서 미국은 조건 없이 각하를 지원해 드리기로 결정했습니다. 저는 그 말씀을 전해드리는 비공식 특사 자격으로 온 것입니다."

서동수가 젓가락을 내려놓았다. 이제 시작이다. 미국이 가만있을 리가 없다. 그때 더글러스의 말이 이어졌다.

"아십니까? 북한 민생당과 남한 민족당의 핵심에 중국 세력이 뿌리를 내리고 있습니다. 그들이 이번 '동북아 대성장' 사건도 터뜨린 것입니다."

"놀라지 않으셨어요?"

더글러스와 안종관이 먼저 나갔을 때 하선옥이 물었다. 오후 10시 반이 되어가고 있다. 서동수가 머리를 저었다.

"사업에서도 일방적인 호의는 없는 법인데 국가 간의 대업(大業)은 오죽하겠소?"

"동북아 대성장 루머를 중국 측이 주도해서 퍼뜨릴 것이라고 누가 예상이나 했겠어요?"

하선옥이 눈을 가늘게 떴다. 열중한 표정이다.

"앞으로 어떤 모략이 더 일어날지 두렵군요."

"미국이 내 대마도 회수 이야기까지 들었을 텐데 일본을 포기한다니 충격이군."

"그것도 믿을 수 있겠어요?"

소주잔을 쥔 하선옥의 손가락이 갸름했다. 매니큐어도 바르지 않았는데 손톱 밑은 분홍색이다. 서동수의 시선을 받은 하선옥이 소주잔을 내려놓았다. 탁자 위에 놓인 손이 주먹으로 변했다가 곧 아래로 내려갔다.

"왜? 내 시선이 레이저 같소?"

"아닙니다."

하선옥의 눈 주위가 금방 붉어졌다.

"하긴 선입견이란 거, 무시할 수가 없지."

"아닙니다. 저는 장관께 선입견 없습니다."

"난 지금 미국 이야기를 하는 거요."

숨을 들이켠 하선옥이 시선을 내렸다. 붉어진 얼굴을 보자 서동수는 목구멍이 좁혀지는 느낌을 받았다.

"하지만 당분간은 믿을 만하겠어."

"……."

"남북한연방이 친중화(親中化)되거나 중국령으로 합병되면 일본은 무력화(無力化)될 테니까."

"……."

"독도는 말도 꺼내지 못할 것이고 대마도를 무력 회수해도 미·일 동맹을 내세워 전쟁을 일으키지 못할 겁니다."

서동수의 얼굴에 웃음이 떠올랐다.

"하 사장, 난 장사꾼이오."

"압니다."

하선옥이 시선을 내린 채 대답했고 서동수가 말을 이었다.

"장사꾼은 항상 차선, 차차선의 대비책을 마련합니다. 올인은 도박사들이나 하는 거요. 수백, 수만 명 임직원과 수십만 가족의 생계가 달려 있는 사업장은 곧 국가의 축소판 같습니다."

서동수가 이번에는 하선옥의 가슴을 보았다. 우연이었는데, 그 시선을 느낀 하선옥이 목을 움츠렸지만 가슴이 줄어들 리는 없다.

"모든 경우를 예상해야 될 겁니다. 결코 평탄한 여정이 아니오. 잘 아시다시피 여론은 얇은 냄비 같고 언제 바뀔지 모릅니다. 흙탕물에서는 내가 흙탕물을 뒤집어쓰고 고기를 잡아야 됩니다."

"……."

"하선옥 씨가 내 특사로 푸틴을 만나고 오세요."

그때 숨을 들이켠 하선옥이 서동수를 보았다. 이제는 젖가슴도 잊고 목이 펴졌다.

"푸틴을요?"

"만나서 오늘 더글러스한테 들은 이야기를 해요. 내가 전하라 했다고.”

“그, 그렇게만 말하면 됩니까?”

“대한연방이 러시아와 동맹을 맺고 싶다고 전해요. 그것이 가장 현실적인 방법이라 진작부터 생각했다고.”

“알겠습니다.”

“그럼 푸틴이 미국하고는 어떻게 할 것이냐고 묻겠지.”

“당연하죠.”

“미국과도 동일한 조건으로 동맹을 맺을 것이라고 전해요.”

“알겠습니다.”

“정직하게 말해야 돼요. 이런 경우에는 잔재주를 부리면 안 돼.”

그러고는 서동수가 길게 숨을 뱉었다.

“숙소는 어딥니까?”

손목시계를 보면서 서동수가 물었다. 오후 11시 10분이다.

“네, 코리아호텔인데요.”

하선옥의 표정이 조심스럽다. 긴장한 것 같다.

“근처에 내 별장이 있는데, 숲에 싸여 있어서 깊은 밤이나 새벽에 잠깐 베란다 밖으로 나가면 자연의 음악 소리가 들리지요.”

하선옥의 시선을 받은 서동수가 빙그레 웃었다.

“여자한테 이런 이야기 몇 번 했지만 실제로 베란다 밖으로 같이 나간 적은 없습니다.”

그때 하선옥의 얼굴에 웃음이 떠올랐다.

“그것을 시베리아인들은 별이 속삭이는 소리라고 한다지요?”

대기가 얼어붙는 소리다. 미세한 얼음 결정체가 부딪치면서 지상으로 내려오는 소리인 것이다. 하선옥이 꿈꾸는 것 같은 표정으로 서동수를 보았다.

“듣고 싶어요.”

“알몸에 털 코트만 걸치고 잠깐 나간 적이 있었지요.”

서동수가 지그시 하선옥을 보았다.

“별이 떨어질 것처럼 흔들려서 실제로 그런 느낌이 들더군요.”

그러나 10초 이상 그러고 있다가는 얼어 죽는다. 밖은 영하 40도 이하가 되어 있는 것이다. 서동수가 정색하고 하선옥을 보았다.

“내 별장으로 가서 쉬어요. 그리고 앞으로 한랜드에 왔을 때는 그곳을 숙소로 사용하도록 해요.”

숨을 죽이고 있는 하선옥에게 서동수가 말을 이었다.

“당신은 내 비공식 홍보 책임자 겸 보좌역이야. 외부에 노출되면 안 되기 때문에 그러는 거요.”

자리에서 일어선 서동수가 서둘러 몸을 일으키는 하선옥을 향해 웃었다.

“난 먼저 갈 테니까, 잠깐 여기서 기다리면 비서실장이 연락할 겁니다. 그리고 별장으로 모셔다드릴 거요.”

서동수는 먼저 방을 나왔다. 전국 시대에 원교근공(遠交近攻)이란 책략을 쓴 진나라가 천하 통일을 했다지만 무엇보다도 내부 수습이 우선이다. 내부 분란을 회피하거나 모면하려고 외부로 주의를 돌리는 통치자는 꼭 재앙을 맞는다. 도요토미 히데요시가 그랬고, 히틀러가 그랬으며, 근세에 들어서도 실패한 지도자가 비슷한 전철을 밟았다. 대한연방은 꿈이다. 대한민국의 꿈인 것이다. 누가 그 꿈까지 비웃는단 말인가? 13세기, 인구가 몇백만밖에 안 되었던 몽골족이 대륙을 석권하고 역사상 최대의 제국을 건설할 줄 누가 예상했는가? 50년 전만 해도 중국이 세계 제2의 강대국이 되어서 미국과 자웅을 겨루리라고는 아무도 몰랐다. 세상은 변한다. 어느 한순간부터 무너지기 시작하다가 불과 몇십 년 사이에 붕괴되는 제국도 있을 것이고, 그 반대의 경우도 일어난다. 역사는 그것이 필연이라고 갖다 붙이기만 하면 된다. 역사는 승자의 기록이다. 광해군이 아직도 군(君)이며, 명분 없는 반정을 일으켰다가 삼전도에서 맨땅에 이마를 붙이는 수모를 당한 인조가 인조대왕(大王)이라고 지금도 불리는 것이 같은 맥락이다. 서동수는 공관으로 돌아가는 차 안에서 또 자신을 돌아보고 있다. 요즘은 자꾸 이런다. 신의주특구에서부터 지금 이 순간에 이르기까지 자신의 의지도 작용했지만 대세를 따라왔다. 마음을 비웠더니 여기까지 왔다고 말해도 될 것이다. 자, 그러면 다음 단계에는 내가 어떻게 처신해야 할 것인가? 과장 일 따로 있고 부장 일 따로 있다. 내가 이제는 어떤 것을 비워야 하나?

커피 잔을 내려놓은 안종관이 앞에 앉은 조창복을 보았다. 조창복은 북한에 들어갔다가 어제 돌아온 것이다. 오전 10시 반 이곳은 유라시아 그룹 소속의 룸카페 안, 방에는 김광도까지 셋이 둘러앉았다.

"분위기는 어떻습니까?"

"제가 북조선에 5년 만에 들어갔는데 딴 세상이 되어 있었습니다."

조창복의 얼굴에 웃음이 떠올랐다.

"장마당이 번듯한 시장이 되어 있었고 신의주를 통해 들어온 남조선 물품이 산처럼 쌓여 있었습니다."

"그렇군요."

"평양에서 멀리 떨어진 시골에서도 남조선 라면을 끓여 먹고 있었습니다."

"라면이 맛있죠."

"무엇보다도."

어깨를 부풀린 조창복의 눈이 번들거렸다.

"북한 땅에 신바람이 나 있었습니다. 인민들이 모두 생기를 띠고 있더란 말입니다. 제가 느낀 전체적인 분위기가 그렇습니다."

이제 안종관이 머리만 끄덕였을 때 김광도가 한마디 거들었다.

"북한에 다녀온 사람이 감상문을 쓴 걸 읽었는데 북한 분위기가 1970년대의 한국 같다고 했습니다. '잘 살아보자'면서 일하던 때의 한국 같다고 말입니다."

"저도 읽었습니다."

안종관의 얼굴에 웃음이 떠올랐다. 그때 조창복이 말을 이었다.

"이번에 7개 지역의 한강회 책임자를 선정하고 만났습니다. 나머지 지역도 곧 끝낼 예정입니다."

신의주와 한랜드에서 일하고 있는 북한 주민이 이제 500만이다. 북한 주민의 25%인 것이다. 그들과 인연이 있는 북한 내부의 주민이 700만, 유권자 비율로는 대략 40%를 차지한다. 조창복은 그들을 '한강회'란 비밀 단체로 결속시키는 작업을 하고 있다. 조창복이 정색한 얼굴로 안종관을 보았다.

"여론조사는 못 했지만 주변 한강회원 이야기를 들으면 장관님이 연방 대통령이 되셔야 경제발전을 지속시킬 수가 있다는 것이지요. 북한 주민들도 남조선의 민족당이 공산당을 열심히 살리려고 하는 것을 비웃고 있습니다."

안종관의 얼굴에 쓴웃음이 번졌다. 그 배후에 중국이 있다는 것까지 말해줄 필요는 없다. 안종관도 CIA 부국장 존 더글러스로부터 중국의 배후설을 직접 들은 것이다.

"수고하셨습니다. 한강회야말로 북한 주민들의 민생과 직결되는 조직이지요."

안종관이 머리를 숙여 보이고는 말을 이었다.

"이번에 '한랜드'에서 밀입국자들에게 시민권을 줄 겁니다. 그때 한강회원을 더 확보하실 수가 있겠지요."

"그럼요."

조창복의 얼굴이 환해졌다.

"그렇게 되면 대번에 5만 정도가 늘어나게 될 것입니다. 그럼 한랜드의 한강회원은 50만 가깝게 됩니다."

한강회원이 1년 만에 25배 가깝게 늘어나는 셈이다. 그러나 안종관은 한랜드의 한강회원을 100만까지 늘릴 예정이었다. 한강회는 김광도와 백진철이 마피아와 한국 조폭에 대항하려고 만들었던 북한군 탈북자 중심의 사조직이었다. 그것이 유라시아그룹이 신장하면서 구직자 모임 형식을 띠었다가 이제는 정치조직화 되었다. 이제 한강회는 한랜드에 거주하는 북한인들의 인권을 보호하는 단체로 운영되고 있다. 자리에서 일어나 안종관이 웃음 띤 얼굴로 화답했다.

"자금은 얼마든지 지원해드릴 겁니다."

"오늘 자고 오실 건가요?"

물그릇을 내려놓으면서 장현주가 물었으므로 김광도가 숨을 들이켰다. 지나가는 말처럼 물었지만 왠지 선뜩한 느낌이 들었기 때문이다. 예감이라고 해도 될 것이다.

"왜? 무슨 일 있어?"

김광도가 묻자 개수대로 다가가면서 장현주가 대답했다.

"아뇨, 그냥."

한시티 남쪽 주택가의 저택 안이다. 그룹 회장의 저택답게 숲으로 둘러싸인 2층 대저택이다. 러시아인 정원사 부부와 중국인 하인 셋, 경비원 셋까지 대가족 10명이 저택에서 산다. 김광도가 개수대 앞에 중국인 주방 하녀와 나란히 서 있는 장현주를 보았다. 요즘 일주일에 한 번은 외박을 했는데 그중 절반은 한지서하고 잤다. 한지서에게 시내에 새로 세워진 아파트도 사주었기 때문이다.

"나, 오늘 늦게라도 들어올 거야."

오늘밤 아파트로 갈 생각이었지만 김광도가 마음을 바꿨다. 오후 5시 반이다. 유라시아그룹의 매출 60퍼센트가 아직도 밤에 발생하는 터라 김광도는 4시쯤 퇴근했다가 이른 저녁을 먹고 다시 나가려는 참이다. 소파로 다가간 김광도가 자리에 앉았더니 장현주가 몸을 돌려 시선을 주었다.

"당신 덕분에 우리 가족이 한랜드에서 새 세상을 살 수 있게 되었어요."

"뭘 그렇게까지……."

김광도는 경계심을 늦추지 않았다. 장현주는 한랜드를 공산화시키기 위해서 북한 당국의 지령을 받고 파견된 인물이다. 마약을 팔아서 공작 자금까지 만들던 열혈 당원이었다가 이렇게 변신한 것이다. 그것이 겉모습만 변신했을 수도 있지 않겠는가? 물론 장현주가 김광도의 부인이 되면서 북한에 있던 어머니, 오빠 부부, 여동생까지 모두 한랜드로 옮겨와 기반을 잡았다. 오빠는 한시티에 있는 호텔 사장이 되어 있는 것이다. 그때 장현주가 다가와 앞쪽에 앉았다.

"애인 있죠? 서울아파트에 살고 있는 여자, 당신 비서였다가 지금은 여행사 사장이 되어 있는 여자 말이에요."

장현주가 웃음 띤 얼굴로 말을 이었다.

"화난 거 아니니까 신경 안 써도 돼요. 그럴 수 있다고 생각하니까."

"어떻게 알았어?"

저도 모르게 입 밖으로 나온 제 말을 듣고 김광도는 입맛을 다셨다. 당장 그것이 궁금하긴 했다.

"제가 알아봤어요. 지금은 집에서 살림하지만 내가 누굽니까? 공산당 조직하려고 이곳에 온 사람 아녜요?"

"그렇지."

"내가 만든 조직원이 모두 한강회원이 되어 있어요. 그리고 유라시아그룹에 모두 취업해 있고."

"그렇군."

"모두 새 세상에 만족하고 있죠, 유라시아그룹에도."

"다행이야."

"하지만 내 부탁은 다 들어주죠. 당신 연애하는 거 알아보는 건 일도 아녜요."

"미안해."

"화난 거 아니라니깐."

"그럼 왜 그걸 말하는 거야?"

"참."

쓴웃음을 지은 장현주가 김광도를 보았다.

"북조선에서 다시 한랜드에 새 조직을 갖추려고 해요. 그래서 한강회에도 세포가 심어지고 있어요. 민생당 세포."

김광도가 다시 깊게 숨을 들이켰다. 역공작이 아니다. 너무나 당연한 일이다. 그런데 그것이 장현주에게서 정보가 나오다니, 더구나 숨겨놓은 애인 이야기 다음에……. 김광도가 숨을 들이켠 후 길게 뱉었다.

억제하는 것 같았던 장현주가 마침내 두 손으로 김광도의 엉덩이를 움켜쥐었다. 방안에 가쁜 숨소리와 함께 신음이 터져 나왔다. 열기로 가득한 방안에서 두 알몸이 거칠게 부딪치고 있다. 김광도는 장현주의 몸 안으로 빨려 들어가는 느낌을 받으면서 한지서의 얼굴을 떠올렸다. 이어서 서동수의 말도 기억났다. 애인을 여럿 만들라는 것이 하나한테 빠지지 말라는 뜻이었구나.

"아아."

장현주가 터지고 있었으므로 김광도의 움직임이 더 거칠어졌다. 이윽고 김광도는 장현주와 함께 폭발했다. 만족한 폭발이었고 긴 신음이 이어지는 장현주의 얼굴도 무아지경에 빠진 것 같다.

"당신, 나한테 미안해할 것 없어요."

둘이 나란히 천장을 향해 누웠을 때 장현주가 더운 숨을 뱉으며 말했다.

"난 지금도 행복하니까."

"절제를 못 했어."

"난 이 생활이, 이 세상이 좋아."

장현주가 몸을 돌려 각각 한쪽 팔과 다리를 김광도의 몸 위에 걸쳤다. 김광도도 장현주의 어깨를 당겨 안았다.

"몇 년 안 되었지만 지금 북조선을 떠올리면 어떻게 그렇게 살았는지 모르겠어."

김광도는 배 위에 걸쳐진 장현주의 허벅지를 쓸었다. 편안했다. 장현주에게 감싸인 몸이 마치 안겨 있는 것 같다. 장현주가 말을 이었다.

"나뿐만이 아냐, 북조선에서 나온 동무들이 다 그래. 한국이 싫은 사람도 있지만 다른 나라로 갈망정 북조선으로 돌아가겠다는 사람은 없어."

"……."

"신의주로, 한랜드로 이렇게 숨통이 터지기 시작하는데 멸망하고 있는 공산당 불씨를 민생당으로 살리려는 사람들은 뭐야? 더구나 남조선 사람들이 나서서."

장현주의 더운 숨결이 김광도의 턱밑에 닿았다. 김광도가 이제는 장현주의 젖가슴을 주무르며 말했다.

"그게 민주주의 국가지, 당이 하나만 있는 건 독재 국가야."

"반역자도 싸안는 국가는 국가도 아냐."

이제는 장현주가 손을 뻗어 김광도의 남성을 주물렀다. 김광도가 머리를 숙여 장현주의 입술을 빨았다. 다시 방안에 가쁜 숨소리가 가득 찼다. 이윽고 입술을 뗀 김광도가 말을 이었다.

"내일 조 부회장한테 이야기를 할 테니까 당신이 좀 도와줘. 우리 한강회가 이번에 큰일을 맡고 있어서 그래."

"나도 알아요."

장현주가 달아오른 얼굴로 말했다.

"그래서 말한 거야."

김광도가 다시 장현주의 몸 위로 올랐고 방안에는 신음이 울렸다. 장현주는 집에서 쉬고 있었지만 이것을 기회로 한강회 일에 참여시키는 것이 나을 것이다. 지금은 1년여 후로 다가온 연방 대통령 대선전에 전력투구를 해야 한다. 장현주 말마따나 민족당의 작태는 반역이나 다를 바가 없다. 멋모르는 김동일을 꼭두각시로 내세우고 남북한을 전 세계에서 하나 남은 공산주의 집권당 국가로 만들려는 것이다. 김광도의 머릿속에 뜨거운 열기가 차오르기 시작했다. 안고 있는 장현주에 대해서 처음으로 일체감이 느껴졌고 그것이 몸으로 전해졌다.

"아이고, 나 죽어."

장현주도 그것을 그대로 느낀 것 같다. 온몸으로 김광도를 받아들이면서 전율했다. 그러면서 절정으로 치솟기 시작한다. 김광도는 머리를 숙여 장현주의 입을 맞췄다. 그때 장현주가 폭발했다. 격렬한 폭발이다. 김광도는 장현주의 뜨거운 알몸을 빈틈없이 껴안았다. 이렇게 자연스럽게 합쳐지는 것이다. 이것이 순리다.

"다행이야."

안종관의 보고를 들은 서동수가 쓴웃음을 짓고 말했다. 다음 날 오전 10시 반, 안종관은 방금 서동수에게 민생당이 한랜드의 한강회에 세포를 심고 있다는 보고를 했다.

"김광도 덕분이군."

"예, 장현주 씨가 조창복 씨하고 같이 일하기로 했습니다."

"우리가 북한에 한강회 조직을 심는 것과 마찬가지야."

머리를 끄덕인 서동수가 길게 숨을 뱉었다.

"다 같을 수가 없지. 다 만족하는 세상은 없다는 것이지, 허상이야."

"그렇습니다."

안종관의 얼굴에도 쓴웃음이 떠올랐다.

"저도 나이가 들면서 놀라는 일이 줄어들었습니다. 감동하는 경우도 드물어졌고요. 그만큼 더러워졌다는 생각이 듭니다."

"그렇지."

"상하이에서 김구 선생이 돈이 없어서 밥을 얻어먹고 다녔다는 글을 읽은 적이 있습니다. 그땐 어렸을 때인데 좀 이상했지요."

서동수의 시선을 받은 안종관이 풀썩 웃었다.

"김구 선생이 만날 독립운동하고 돌아다닌 것으로 머릿속에 박혀 있었거든요."

"그렇지, 밥도 먹고 똥도 싸셨지."

"나이가 들고 세파를 겪으면서 현실을 인정하게 된 겁니다. 김구 선생이라고 허점이 왜 없겠습니까?"

"그렇지, 그걸 싸안아 드려야지."

"민생당 무리는 그러지 못하는 것 같습니다. 민족당 골수분자들도 말입니다."

안종관의 눈빛이 강해졌다.

"정치를 하려면 머리가 좋아야 한다는 것을 자주 느낍니다."

"안 부장은 머리가 좋아."

불쑥 서동수가 말했으므로 안종관이 숨을 들이켰다. 서동수는 자주 측근들과 이런 대화를 한다. 안종관의 시선을 받은 서동수가 빙그레 웃었다.

"나는 그 머리를 빌리는 것이고."

"과연."

안종관이 이를 드러내고 소리 없이 웃었다.

"지도자는 측근의 머리를 빌리면 되지요. 지도자가 다 갖출 수는 없으니까요."

"내가 지도자라고 한 적은 없어."

"아닙니다. 장관님은 지도자 품성을 갖추고 계십니다."

"이런 말이 달콤하게 들리는데 야단났네."

그러나 안종관이 정색하고 말했다.

"강한 집념을 품고 계시면서도 다 내려놓은 것처럼 보이는 것, 이것이 장관님의 최대 장점입니다."

"모르는 소리."

쓴웃음을 지은 서동수가 머리를 저었다.

"나는 자주 도망치고 싶어. 다 내놓고 책임감을 벗어놓고 싶다고."

"그러시지 못할 겁니다."

"내가 안 부장하고 유 실장 앞으로 동성 그룹의 지분을 좀 떼어놓았어."

서동수가 말하자 안종관이 정색했다.

"무슨 지분 말씀입니까?"

"나하고 대한연방 일까지 보고 나서 모두 실업자가 될 것 아닌가? 그때 동성으로 돌아오라는 것이지."

"아아."

"왜? 끝까지 끌고 다니려고 하는 내가 징그러운가?"

"아닙니다."

"안 부장은 여기 부산호텔 지분을 가져가. 한 300억 될 거야."

"……."

"유 실장은 남쪽 카지노 소유권을 줬어. 그것도 한 350억 될 거야."

안종관은 숨을 들이켰다. 이러니 이권에 개입할 이유가 있겠는가? 이것이 서동수식 통치 스타일이다.

"가소로운 놈."

시진핑 주석이 무거운 입을 열고 한마디 했다. 그러나 표정은 부드럽다. 눈이 가늘게 되면서 웃음 띤 모습이 되었다. 그러나 앞에 앉은 총리 저커장과 산둥성 당서기 리정산(李正山)은 긴장했다. 이화원 근처의 안가(安家)는 조용하다. 오후 3시 무렵, 정원이 보이는 1층 응접실에서 유리문을 활짝 열어놓고 셋이 둘러앉아 있다. 이 셋이 중국의 최고 실세 그룹이다. 둘이 시진핑의 최측근인 것이다. 시진핑이 말을 이었다.

"교활한 놈이야, 동북 3성을 대한연방으로 자연스럽게 끌어들였어. 마치 내가 그놈하고 비밀 합의라도 한 것처럼 말이야."

"그걸 믿는 인민은 없습니다."

저커장이 정색하고 말했다.

"그놈의 꿈같은 구상이지요."

시진핑이 잠자코 저커장을 보았다. 중국 인민 대부분은 꿈같은 구상이라고 웃었지만, 한국인들은 아닌 것이다. 한국인들은 동북 3성을 포함시킨 대한연방의 구상에 환호했다. 시진핑은 그것이 괘씸한 것이다. 아직도 분리 독립을 외치는 티베트나 소수 민족들이 한국의 이런 방종한 작태를 보고 기가 살아날 수도 있다. 그때 리정산이 조심스럽게 말했다.

"주석 동지, 서동수에게 엄중한 경고를 하는 것이 어떻겠습니까?"

시진핑의 시선을 받은 리정산이 말을 이었다.

"그런 작태를 계속한다면 동북 3성과의 교류, 교역도 단절하겠다고 하는 것입니다."

그때 저커장이 나섰다.

"그럼 서동수의 궤변이 더 부각되는 결과가 돼요. 인민들의 시선이 집중될 것이고 한국인들은 그것이 더 신빙성이 있는 구상이라고 생각할 겁니다."

리정산도 가만있지 않고 대답한다.

"동북 3성 인민들이 서동수의 구상에 크게 반발하지 않는 것이 문제입니다. 그들에 대한 경고도 있어야 됩니다."

"긁어서 부스럼이 생기게 돼요."

"잡초는 일찍 제거해야 됩니다."

시진핑은 잠자코 듣기만 한다. 이것이 시진핑의 용인술이다. 측근들을 자유롭게 토론시키고 나서 그중 핵심을 선택하는 것이다. 자기 생각이 틀리면 과감하게 버린다. 둘이 말을 그쳤을 때 시진핑이 입을 열었다.

"서동수도 여러 가지 반응을 대비해 놓고 있을 거야."

"그렇습니다."

저커장이 금방 동의했을 때 시진핑의 얼굴에 다시 쓴웃음이 번졌다.

"서동수의 밀사가 지금 모스크바에 가 있어."

둘의 시선을 받은 시진핑이 말을 이었다.

"당연한 일이지, 서동수와 러시아는 손을 잡을 거야."

그리고 중국과 일본은 이미 밀약을 해놓은 상황인 것이다. 일본은 대마도 반환을 떠벌리는 서동수가 남북한연방 대통령이 되는 것도 불안한 입장이다. 시진핑이 말을 이었다.

"문제는 한국이 19세기의 조선이 아니라는 것이지. 그때는 한국이라는 고기를 도마 위에 놓고 중·일·러·미국까지 4강이 겨루었지만……."

시진핑이 잠깐 말을 그쳤다. 그러나 지금은 양상이 바뀌었다. 남북한연방이 되기 전인데도 그 시너지가 동북아를 뒤흔들고 있다. 그 여파로

4강이 합종연횡을 하고 있는 것이다. 그때 시진핑이 입맛을 다시면서 결론을 냈다.

"미국이 한국 뒤에 있는 것 같아. 그것을 눈치 챈 일본이 이제는 우리한테 적극적으로 접근하는 거야."

그것이 남북한의 영향력 때문이다.

크렘린궁 안의 접견실. 붉은색 양탄자가 깔렸고 벽에도 붉은색 휘장, 가죽 소파의 가죽도 붉은색이다. 반질거리는 마호가니 탁자 위에 황금색 낫과 망치의 조각상이 놓여 있다. 주먹만 한 크기였는데 그것이 황금인지, 하선옥은 아까부터 궁금했다. 오후 3시 반이 되었다. 이곳으로 안내되어 10분 가깝게 혼자 기다리는 중이다. 크렘린에 도착했을 때는 2시 반이었으니 한 시간쯤 걸렸다. 의전실과 비서실, 대기실까지 세 곳을 거쳤고 신체 검색을 두 번이나 받았다. 한랜드 장관 서동수의 밀사 형식이어서 그런지 크렘린 후문에서 기다리던 비서관이 은밀하게 안내를 했다.

"기다리셨군요."

갑자기 뒤에서 울리는 목소리에 하선옥은 깜짝 놀라 일어섰다. 뒤쪽 붉은 휘장이 갈라진 것처럼 열렸고 푸틴이 들어서 있다. 푸틴이 웃음 띤 얼굴로 하선옥을 보았다.

"기다리게 해서 미안합니다."

"아닙니다, 각하."

하선옥이 정신을 가다듬고 따라 웃었다. 푸틴은 총리 메드베데프를 대동했는데 뒤에 사내 하나가 따라왔다. 이쪽은 하나인데 러시아 측은 대통령, 총리에다 사내까지 셋인 셈이다. 푸틴이 상석에 앉고, 좌우에는 하선옥과 메드베데프, 사내가 마주보는 위치에 앉았다.

"총리는 아시겠고, 그 옆은 비서실장 네프스키요. 서 장관의 밀사 이야기를 함께 들으려고 불렀어요."

푸틴이 웃음 띤 얼굴로 말했지만 하선옥은 바짝 긴장했다. 함께 듣도록 한다는 것은 비밀을 공유하겠다는 것보다 부담을 혼자만 지지 않겠다는 의미다. 그만큼 중요한 사안이라는 말도 되었다. 푸틴이 말을 이었다.

"요즘 대한연방 문제로 동북아가 떠들썩하더군요. 중국과 일본이 부글부글 끓고, 미국은 부채질을 하고……."

눈을 가늘게 뜬 푸틴이 하선옥을 보았다. 어느덧 얼굴의 웃음기가 지워져 있다.

"이건 내 집 마당에서 불청객들이 떠드는 꼴이란 말이야. 어디, 전세입주자 대리인의 말을 들읍시다."

하선옥이 똑바로 푸틴을 보았다.

"장관은 대한연방이 러시아의 동맹국이 되기를 바라십니다."

"대한연방은 이미 미국의 동맹국이고 중국과도 그런 약속을 했을 텐데."

푸틴이 바로 말을 받는다.

"다 좋을 수는 없지. 그것은 다 나쁘게 되는 것과 비슷해요."

"한랜드를 포함한 대한연방은 결국 자동적으로 러시아 연방국이나 같지요. 거기에 동맹 관계를 맺으면 불가분의 관계가 되지 않겠습니까?"

푸틴이 메드베데프, 네프스키와 시선을 마주쳤다. 그들이 그것을 모르겠는가? 러시아가 구 소비에트연방 시절보다 기세는 줄어들었지만 아직도 군사, 정보력에선 세계 최강대국 중 하나다. 한랜드를 임차로 떼어주면서 동북아 구상을 안 했을 리가 없다. 하선옥이 말을 이었다.

"장관은 대통령께서 적극 지지해주실 것이라고 말씀하셨습니다."

서동수의 전언은 그것이다. 푸틴이 입을 다물었으므로 방안에 정적이 깔렸다. 국제 관계에는 자국의 이해를 벗어난 신의나 의리는 존재하지 않는다고 봐도 될 것이다. 러시아는 거대한 시베리아 영토를 쪼개 한랜드를 세우게 함으로써 극동지역 경제를 순식간에 향상시켰다. 그러나 경제뿐이겠는가? 이윽고 푸틴이 입을 열었다.

"좋아. 러시아는 대한연방 지지 성명을 내도록 하지. 그래야 한랜드가 탄력을 받을 테니까 말이오."

"그동안 안녕하셨습니까?"

방으로 들어선 서동수를 향해 후원이 공손하게 인사했다. 한시티 북쪽의 장관 안가(安家)에서 둘이 만나고 있다. 오후 6시 반, 응접실의 탁자에는 마실 것이 여러 종류 놓여 있어 집기만 하면 된다.

"후원 씨가 또 밀사 노릇을 하시는군."

서동수가 농담을 했다가 뜨끔했다. 자신도 러시아로 하선옥을 보냈기 때문이다. 얼굴에 웃음을 띤 후원이 말했다.

"대한연방에 대한 보도를 감명 깊게 보았습니다, 장관님."

"고맙습니다."

따라 웃은 서동수가 앞쪽에 앉았다. 방에는 둘뿐이다. 저녁 무렵이어서 유리창 밖의 침엽수 숲에 어둠이 덮이고 있다. 후원이 말을 이었다.

"주석께서 한랜드와의 우의는 변하지 않을 것이라고 하셨습니다."

"중국과 한랜드는 한 가족이나 같아요. 그것이 제각기 다르게 표현되고 있을 뿐이지요."

의자에 등을 붙인 서동수가 후원을 보았다. 후원의 비밀 방문 목적은 자신의 해명을 들으려는 것이다. 요즘 터진 '대한연방' 사건에 대한 자신의 입장을 확인하려고 파견됐다. 후원이 잠자코 듣기만 했으므로 서동수가 얼굴을 펴고 웃었다.

"요즘은 한랜드가 동북아 외교의 중심이 됐더군. 그래서 그런지 한시티 인구의 1할이 세계 각국의 정보원이라는 소문이 났어요."

"……."

"동북 3성이 연결되지 않아도 한랜드는 하바롭스크, 블라디보스토크를 통해 남북한과 연결됩니다. 중국 당국은 이미 다 알고 있는 사실이지요."

후원은 잠자코 시선만 주었다. 그래서 중국 정부는 동북 3성을 적극적으로 한랜드 개발에 협조시킨 것이다. 이른바 윈윈, 한랜드와 동북 3성의 경제가 그로 인해 발전했다. 서동수가 다시 웃음 띤 얼굴로 후원을 보았다.

"새삼스럽게 대한연방의 동북 3성 구상이나 블라디보스토크 구상으로 중국 정부가 반응하는 건 일본만 즐겁게 해줄 뿐입니다, 후원 씨."

숨을 들이켠 후원을 향해 서동수가 말을 이었다.

"19세기에는 한반도가 도마 위의 고기 신세였지만 지금은 아니죠. 그 역할은 다른 곳에 넘겼습니다."

후원의 눈동자가 흔들리다가 곧 멈췄다. 그러더니 눈빛이 강해졌다. 그 '다른 곳'을 안 것이다. 일본이다. 일본이 지금 도마 위에 놓인 모양이 됐다. 60여 년간 미국의 태평양 방어선 역할을 하면서 '전범국' 제재는 거의 받지 않고 안보에도 무임승차해 온 일본이다. 36년간 한반도를 식민통치해 왔으면서도 온갖 궤변을 늘어놓았던 이유도 따지고 보면 전범국 청산을 하지 않았기 때문이다. 그런 일본이 이제 남북한이 연방으로 되면서 한랜드로 이어지는 시너지를 받자 도마 위의 고기 신세가 됐다. 우선 미국이 태평양 방어선 역할을 버리려고 하기 때문이다. 그래서 궁여지책으로 한반도 고립화를 위해 중국과 비밀 연대를 하려고 하지 않는가. 그때 후원이 물었다.

"장관님 생각은 어떠신지요?"

"신의주 개발에 이어 남북한연방이 합의되면서 동북아 지역의 대세는 이미 결정됐다고 봐야겠지요."

다시 후원이 침묵했고 서동수가 말을 이었다.

"한랜드로 이어지는 대한연방은 자연스러운 대세였고 중국의 동북 3성, 그리고 러시아의 유라시아 선(線) 인정은 모두 그 대세에 동참한 것이 아닙니까?"

그러니 잠자코 두고 보자는 의미나 같다.

"난 처음에는 대한연방 구상 같은 건 없었어."

후원의 젖가슴에서 입을 뗀 서동수가 말했다. 알몸의 후원이 두 손으로 서동수의 머리칼을 쓸면서 가쁜 숨만 뱉는다. 서동수가 다시 후원의 젖꼭지를 입에 물었다. 풍만한 가슴에서 향내가 맡아졌다. 젖꼭지에서 젖은 빨리지 않았지만 타액에 땀과 피부의 향이 섞여 비리면서 단맛이 난다. 그때 후원이 가쁜 숨을 뱉으며 말했다.

"지도부가 우리 둘의 이런 모습도 예상하고 있겠지요."

"그렇겠지."

후원의 아랫배를 쓸던 서동수의 손이 골짜기로 내려갔다. 기다리고 있었는지 후원이 서동수의 손을 다리로 꼬아서 감았다. 방안에 거친 숨소리와 함께 열기가 차올랐다. 꿈틀거리는 두 쌍의 사지는 서로 익숙한 터라 겹치거나 어긋나지 않는다. 후원의 샘은 이미 넘쳐흐르고 있다. 엉덩이를 들썩이면서 재촉하는 시늉을 했지만 이제 서동수의 입술은 배꼽으로 내려갔다. 다리를 치켜든 후원이 서동수의 머리를 감았다.

"미국이 일본에서 손을 뗄까요?"

후원이 신음을 뱉으면서 물었을 때 서동수의 얼굴이 골짜기를 덮었다. 잠깐 머리를 든 서동수가 말했다.

"쉽지 않을 거야. 하지만 나한테는 그런 의도로 말했고 일본 측도 알고 있는 것 같았어."

"아아아."

서동수의 머리칼을 움켜쥐면서 후원이 비명을 질렀다. 격렬한 쾌감이 계속되는 터라 허리를 흔들며 몸부림친다. 다시 얼굴을 든 서동수가 말을 이었다.

"일본이 중국 정부와 접촉하고 있다는 것도 알고 있어."

"아아아, 여보."

"지도부에 전해. 이제 한반도는 어느 편에 붙는가로 고민하지 않아."

"아이고, 여보."

그때 서동수가 젖은 얼굴을 들고 후원의 몸 위로 올랐다. 후원이 서둘러 손을 뻗어 서동수의 남성을 쥐었다. 그때 서동수가 허리를 뒤로 빼며 말했다.

"지금은 19세기와는 반대가 됐어. 한반도가 선택할 거야."

"여보, 빨리."

서동수가 후원의 이마에, 입술에 입을 맞췄다. 그럴수록 후원이 몸부

림쳤다. 두 다리로 서동수의 몸을 감았지만 아직 아래는 허전하다. 다시 서동수가 말을 이었다.

"그렇게만 전하면 지도부는 이해할 거야. 한반도가 중국의 대리인으로 동북아의 중심을 잡든지, 또는 미국과 러시아의 역할을 맡게 되든지."

그때 서동수의 몸이 후원과 합쳐졌다.

"아악."

방안이 떠나갈 것 같은 신음을 뱉으면서 후원의 사지가 빈틈없이 서동수와 엉켰다가 떨어졌다. 이제 서동수가 천천히 몸을 흔들면서 말했다.

"아니면 미·중·러 3대국의 대리인 역할을 동시에 맡든지 말이야. 내 생각이지만 그 방법이 가장 적절할 것 같아."

"아이고, 여보."

"한반도는 이제 동북아의 균형자 역할을 할 때가 됐다는 말이지. 섬으로 떨어진 일본은 한계가 있어."

"여보, 여보."

"지도부는 이해할 거야."

"나 죽어."

"이미 러시아는 이해했고 미국도 그런 맥락으로 나가고 있으니까."

그때 후원이 터졌다. 입을 딱 벌리면서 사지를 뻗은 것이다. 서동수는 빈틈없이 후원의 몸을 껴안았다. 그래도 다 들었을 것이다.

러시아 대통령 푸틴의 성명이 방영된 것은 그로부터 이틀 후인 오후 8시다. 크렘린 궁의 대회의실에 앉은 푸틴이 엄숙한 표정으로 말했다.

"러시아는 한국의 대한연방 구상을 적극 지지합니다."

그 순간 화면에 대한연방의 지도가 비치자 시청자들은 숨을 삼켰다. 보라, 한반도와 시베리아 동쪽 블라디보스토크, 하바롭스크, 그리고 한랜드로 이어지는 부분이 붉은색으로 칠해져 있다. 블라디보스토크, 하바롭스크 지역은 한랜드에 포함되지 않는데도 푸틴은 붉은색으로 칠해 주었다. 그렇게 되고 보니 중국의 동북아 지역은 붉은색으로 막혀버린 것 같다. 그때 화면에 푸틴의 엄숙한 표정이 비쳤다.

"러시아는 한랜드의 발전으로 시베리아 지역의 성공적인 경제 성장을 이룩했습니다. 시베리아 지역의 이주민이 급증했으며 앞으로 한랜드와 대한연방과의 관계를 더욱 돈독하게 유지할 것입니다."

다시 지도가 화면에 펼쳐졌고 푸틴의 손끝이 블라디보스토크, 하바롭스크 지역을 짚었다.

"나는 이 지역을 한랜드의 경제권에 포함시킬 예정입니다. 따라서 한반도에서 한랜드로 이어지는 대한연방의 구상은 허언이 아니라고 말씀드릴 수 있습니다."

소파에 등을 붙이고 앉은 서동수가 심호흡을 했다. 생방송이니 모스크바는 오후 3시일 것이다. 다시 푸틴의 말이 이어졌다.

"이로써 러시아와 대한연방은 영토를 공유한 연방국으로서 동북아 지역의 평화와 발전에 공동 참여하게 될 것입니다."

푸틴의 연설은 러시아 주민한테서도 적극적인 지지를 받을 것이다. 다시 붉은색으로 표시된 대한연방의 지도가 화면에 펼쳐졌는데 이제는 러시아의 위성국 같은 느낌이 들기도 했다. 이윽고 푸틴의 성명 발표가 끝났을 때 서동수가 머리를 돌려 방안을 둘러봤다. 방안에는 유병선, 안종관, 그리고 하선옥까지 셋이 모여 있다. 유병선이 리모컨으로

TV를 끄자 서동수가 말했다.

"이젠 확실하게 마무리가 됐어. 하 박사가 수고했어요."

이미 푸틴과의 면담을 보고한 터라 하선옥은 머리만 숙였고 서동수가 말을 이었다.

"오늘 러시아 입장이 분명해졌으니 중국의 동북 3성을 넣지 않아도 돼."

"누가 끼워 달라고 하지도 않았습니다."

안종관이 웃음 띤 얼굴로 말했다.

"한랜드로 압박을 느끼니 한반도까지 영향력 안에 넣으려고 했던 것 아닙니까?"

그때 유병선이 입을 열었다.

"이것으로 대한연방에 대한 과장된 루머는 교통정리가 될 것입니다."

서동수가 머리를 끄덕였다.

"이젠 일본이 더욱 위기감을 느낄 거야."

잠깐 풀어졌던 방안 분위기가 다시 굳어졌다. 서동수가 말을 이었다.

"이미 미국 측이 부담을 느끼고 있다는 사실을 알고 있을 테니까 말이야."

"이젠 대세를 거스르기가 쉽지 않을 것입니다."

안종관이 말했을 때 하선옥이 가볍게 헛기침을 했다. 끼어들겠다는 신호다. 셋의 시선을 받은 하선옥이 말을 이었다.

"대한연방은 일본에도 위협이지만 중국도 마찬가지 입장이 됩니다. 북한이라는 스펀지 역할을 해온 동맹국이 없어진 상황이 됐으니까요."

안종관이 금방 머리를 끄덕인 것은 공감이라는 표시다. 서동수가 커피 잔을 집어 들면서 웃었다.

"그래서 이 야단법석이 일어나는 것이지. 하지만 한반도는 이제 기세를 탔어."

6장 대물

김광도는 푸틴의 연설을 서울에서 들었다. 기획실장 고영일과 함께 서울로 일 보러 왔다가 방송을 본 것이다.

"그렇지, 바로 저것이야."

붉은색이 칠해진 지도를 홀린 듯이 보면서 유정수가 말했다. 유정수는 김광도의 고등학교 동창으로 학원 수학 강사다. 공부를 잘해서 일류 대학 경제과를 수석 졸업했지만 지금은 수학 강사가 됐다. 졸업하고 2년 동안 직장을 세 곳이나 옮겨 다녔는데 학원에서 가르치는 것이 적성에 맞는다는 것이다. TV 채널이 바뀌었을 때 돼지갈비 식당이 떠들썩해졌다. 모두 TV를 보고 있었기 때문이다. 마포의 식당 안이다.

"네가 서동수 장관의 분신이라며?"

술잔을 쥔 유정수가 붉어진 얼굴로 김광도를 보았다.

"그런데 이런 데 와서 술 마셔도 되냐?"

"너, 이런 데서 술 마시는 게 불편해?"

김광도가 되물었더니 유정수가 풀썩 웃었다.

"인마, 네가 불렀을 때 룸살롱이나 가는 줄 알고 왔잖아?"

"거기 갈래?"

"놔둬."

오후 9시도 안 되었으므로 얼마든지 갈 수 있다. 유정수가 소주잔을 들고 한 번에 삼켰다. 유정수는 부담 없는 친구 중 하나다. 친구 중에서 잘되면 연락을 해오고 안 되었을 때 연락을 끊는 경우가 많은데 그것에 일희일비한다면 세상 어렵게 사는 중생 중의 하나다. 그것은 당연한 일이다. 또한 안 되었을 때 잠적했다가 잘되었을 때 나타나는 습성까지 갖춘다면 각박한 세상 견딜 준비가 된 것이나 같다. 어쨌든 김광도는 유정수를 6년 만에 만났다. 유정수가 제 잔에 소주를 따르면서 물었다.

"무슨 일이야? 같이 푸틴 성명 발표 듣자고 부른 건 아닐 것이고."

"그것도 생각하고 왔다."

"네가 잘나간다는 소문은 다 났으니까 잘난 체하지도 마."

"안 해, 이 자식아."

"난 수학 선생이야. 한랜드에 가서 러시아 놈들한테 수학 가르칠 수는 없겠지."

"거긴 한국인이 60퍼센트야."

그때 어깨를 부풀렸던 유정수가 길게 숨을 뱉으며 말했다.

"솔직히 네가 만나자고 했을 때 이 자식이 웬일인가 했지. 난 내놓을 게 없거든."

"너한테 부탁할 일이 있어."

정색한 김광도가 유정수를 보았다.

"너, 한랜드로 와라. 네가 일할 곳이 있어서 그런다."

유정수가 눈만 껌벅였고 김광도의 말이 이어졌다.

"너 같은 인재가 이곳에서 썩으면 안 돼. 나하고 같이 한랜드에서 일하자."

주머니에서 명함을 꺼낸 김광도가 유정수 앞에 놓았다.

"네가 할 일이 많아."

명함을 집어 든 유정수의 얼굴이 이제는 하얗게 굳어졌다. 이윽고 유정수가 김광도를 보았다.

"너, 나 이혼한 거 알아?"

"모르는데?"

김광도가 머리까지 저었지만, 안다. 우연히 들은 것이다. 역시 일류 대학 출신인 아내하고 결혼 1년 만에 별거를 했고, 작년에 이혼했다. 유정수가 번들거리는 눈으로 김광도를 보았다.

"내가 비전이 없는 남자라는 거다. 그것이 이혼 사유야."

"한랜드에서는 얼마든지 바꿀 수 있어, 마음만 먹으면 말이다."

다시 술잔을 든 김광도가 말을 이었다.

"수학 강사가 사업가가 되고 장사꾼이 대통령으로 변신하는 곳이야, 인마."

얼떨결에 김광도는 멘토를 끄집어냈다. 2차를 갔다. 홍대 근처 클럽이었는데 홀에는 젊은 남녀로 가득 찼고 무대에서는 밴드에 맞춰 가수가 노래를 부르고 있다. 유정수가 룸으로 앞장서 들어가면서 김광도에게 말했다.

"야, 오늘은 내가 살 테니까 넌 팁만 내라고, 알았냐?"

"좋지."

"기념이다."

자리에 앉은 유정수가 어깨를 부풀리며 말했다.

"내가 한랜드행을 결심한 기념이야."

그때 종업원이 들어서자 유정수는 호기 있게 술과 안주를 시켰다. 주문한 위스키가 한 병에 30만 원이라는 말을 듣더니 잠깐 눈동자가 흔들렸지만 바꾸지 않았다. 방에 둘이 됐을 때 유정수가 웃음 띤 얼굴로 말했다.

"이게 내 수준이다. 내 최고 수준의 술집이지."

"괜찮군, 한랜드에서도 이 정도면 최고 수준이야."

김광도가 말했다. 거짓말이다. 이 정도면 싸구려 노동자급이다. 그때 유정수가 지그시 김광도를 보았다. 돼지갈비 안주로 소주 세 병을 마시고 온 터라 술기운이 올랐고 고기 냄새가 풀풀 났다.

"여기에 딱 한 번 왔어. 석 달 전에 우리 원장이 한잔 산다고 해서 말이야."

김광도가 머리만 끄덕였다. 유정수는 짠돌이로 소문이 났다. 예전부터 제 돈 내고 술을 마셔 본 적이 없는 놈으로 유명했다. 실제로 전에 김광도와 어울릴 때 단 한 번도 술값이나 밥값을 낸 적이 없다. 아버지가 은행 간부여서 집안 형편이 어렵지 않았는데도 그렇다. 종업원이 술과 안주를 가져오더니 김광도에게 물었다.

"합석할 아가씨들 모셔올까요?"

"뭐 마시는데?"

유정수가 불쑥 물었으므로 종업원의 표정이 굳어졌다.

"예, 맥주 마십니다."

그때 김광도가 물었다.

"양주 마시는 아가씨도 있어?"

"있지요."

종업원이 김광도에게로 몸을 돌렸다. 웃음 띤 얼굴이다.

"수준 높은 아가씨들이 많습니다."

합석이 된다면 아가씨들 술값은 자연스럽게 이쪽으로 이동되는 것이다. 김광도가 얼굴을 펴고 웃었다.

"비싼 술 마시는 아가씨일수록 수준이 높겠군. 그렇지?"

"자신이 있는 아가씨들이니까요."

머리를 끄덕인 김광도가 지갑을 꺼내 5만 원권 한 장을 종업원에게 내밀었다.

"어디 보자고."

"감사합니다."

허리를 꺾어 절을 한 종업원이 방을 나갔을 때 김광도가 말했다.

"오늘은 너를 한랜드로 끌어들인 기념으로 내가 사는 것으로 하지."

"네가 내 고용인이 되는 것이군."

술병 마개를 따면서 유정수가 혼잣말을 했다. 그러더니 머리를 들었다.

"따르겠어. 네가 한랜드로 같이 가자고 한 순간에 갑자기 목이 메더라. 난 네가 그런 말을 할 줄 몰랐거든."

유정수의 눈이 번들거리고 있다.

"고맙다, 나 같은 놈을 생각해 줘서."

"천만에. 내가 필요해서 그런 거야."

꼭 그런 것은 아니다. 인재는 얼마든지 있다. 다만 믿을 만한 인간이 필요했다. 유정수도 겪어 봐야겠지만 예상외로 발군의 능력을 보이는 인물도 있고 그 반대의 경우도 많다. 잔에 술을 따르면서 유정수가 말했다.

"넌 동창들 사이에 대물이라고 소문났어. 그건 물건이 크다는 말이 아니야."

그때 문이 열리고 종업원이 들어섰다. 종업원 뒤로 두 여자가 따라 들어서더니 제각기 김광도와 유정수를 훑어보았다. 이쪽도 마찬가지. 김광도는 앞장선 여자가 마음에 들었다. 파마를 한 긴 머리가 어깨를 덮었고 바지에 스웨터 차림, 한쪽 소매를 팔꿈치까지 걷어서 미끈한 팔이 드러났다. 뒤쪽 여자는 쇼트커트를 한 머리, 긴 목이 미끈했고 재킷에 바지 차림이었다. 둘 다 미모에 날씬한 체격, 한랜드 룸살롱에 내다 놔도 특급이 될 것이다. 서로를 살핀 것은 일순간이다. 그때 종업원이 한 걸음 물러서며 말했다.

"그럼 즐거운 시간 되십시오."

그때 김광도가 자리에서 일어섰다.

"어서 오십시오."

따라 일어선 유정수가 우물쭈물했을 때 긴 머리가 곧장 다가왔다. 그러더니 유정수 옆에 털썩 앉았으므로 짧은 머리는 자연스럽게 김광도 옆에 앉는다. 선택권이 여자한테 있는 것이다.

"반갑습니다."

이제 김광도가 옆에 앉은 여자에게 인사를 했다.

"잘 모시겠습니다."

한랜드의 룸살롱 여종업원들이 손님에게 하는 인사다. 그때 여자가 풀썩 웃었으므로 덧니가 드러났고 '차도녀' 같던 인상이 따뜻하게 변했다. 앞쪽 유정수는 아직 입도 떼지 않은 터라 시선이 이쪽으로 모였다. 그때 여자가 김광도에게 물었다.

"어떻게 하실 건데요?"

"저희를 파트너로 정해 주신다면……."

정색한 김광도가 쇼트커트를 보았다. 20대 중반쯤 되었을까? 화장기가 없는 얼굴에 솜털까지 보인다. 맑고 밝다. 직장인 같다. 심호흡을 한 김광도가 말을 이었다.

"오늘밤을 책임지겠습니다."

김광도가 여자 앞에 잔을 내려놓고 술을 따랐다. 앞장섰던 여자가 유정수 옆에 앉은 것은 당연했다. 유정수는 흰 피부에 귀공자형 미남인데다 날씬한 체격이다. 김광도와는 대조적이다. 술잔을 든 김광도가 말을 이었다.

"전 김동수라고 합니다."

서동수의 이름만 빌렸다. 멘토는 이럴 때도 이용하게 된다.

"전 전윤희라고 합니다."

술잔을 든 여자가 웃음 띤 얼굴로 김광도를 보았다.

"오늘밤 어떻게 책임지실 건데요?"

"내가 윤희 씨 부탁을 하나 들어드리죠."

한입에 술을 삼킨 김광도가 지그시 전윤희를 보았다.

"딱 하나만 말입니다."

"그것이 무엇이건 말인가요?"

"답답한 일, 분한 일이라면 최선을 다해서 들어드리지요."

"왜요?"

"그저 오늘은 생색을 내고 싶어서요."

그때 앞자리의 파마머리가 말했다.

"얘, 장난 그만 해."

유정수와 이야기를 하는 줄 알았더니 이쪽 대화를 듣고 있었던 것 같다. 전윤희가 말을 그쳤을 때 종업원이 들어왔다. 얼음을 가져왔는데 방안 분위기를 살피려는 눈치다. 김광도가 종업원에게 말했다.

"이분들 술, 이곳으로 옮겨."

"예, 사장님."

얼굴을 편 종업원이 바람을 일으키며 나갔을 때 전윤희가 말했다.

"저희 술값은 저희가 낼게요."

김광도의 시선을 받은 전윤희가 눈웃음을 쳤다.

"공연이 취소되어서 그래요. 극장 여유가 없다고 해서요."

전윤희가 턱으로 앞쪽 여자를 가리켰다.

"잰 연극 감독이고 전 기획자죠. 그러니 김 선생님께선 생색내시기 어려운 일이 되겠네요."

"그렇군요."

머리를 끄덕인 김광도가 지그시 전윤희를 보았다.

"극장을 빌리지 못했단 말이군요."

"네, 극장 하나 만들어 주실래요?"

웃음 띤 얼굴로 전윤희가 묻자 김광도가 되물었다.

"전용 극장 말입니까?"

"아휴, 그만."

앞에 앉은 파마머리가 안주로 가져온 땅콩 한 알을 집어 전윤희에게 던졌다. 땅콩이 전윤희 가슴에 맞고 떨어졌다. 그러나 유정수는 정색하고 김광도를 주시하고 있다. 그때 전윤희가 대답했다.

"전용 극장까지는 필요 없어요, 우리 연극을 공연할 수 있는 극장만 있으면 돼요. 100석짜리 객석이면 충분하죠, 열흘만 공연하게 해주면

되고.”

전윤희도 이미 술을 좀 마신 것 같다. 그때 종업원이 술과 안주를 쟁반에 받쳐 들고 왔는데 위스키 병은 반쯤 비워져 있다. 종업원이 방을 나갔을 때 다시 김광도가 전윤희를 보았다.

“공연자는 몇 명입니까? 그러니까 연극배우, 그리고 종사자들.”

“17명.”

전윤희가 바로 대답하더니 물었다.

“‘젊은 베르테르의 기쁨’이란 연극 아세요?”

“모르겠는데.”

“작년에 우리 연극단에서 공연했는데.”

“아아.”

“이번에 ‘득낙원(得樂園)’이란 연극을 공연하기로 인사동 하늘극장에 예약했는데 배신당했죠.”

“저런, 왜요?”

“계약금을 안 냈다는 핑계를 대지만 쓰레기 같은 놈들이 극장을 가로채 갔기 때문이죠.”

“흥행은 잘됩니까?”

그러자 전윤희가 입을 다물었고 앞쪽 여자가 대신 대답했다.

“오늘 술값으로 예비비가 다 나갔어요.”

김광도의 시선을 받은 여자가 술잔을 들어 보이며 웃었다. 목소리가 맑고 높은 편이다.

“아저씨는 뭐 하시는 분이에요?”

“아, 부동산업자.”

얼떨결에 그렇게 대답한 김광도가 술잔을 들고 한 모금 삼켰다. 그때 유정수가 거들었다.

"꽤 큰 부동산업자죠."

김광도가 다시 전윤희에게 물었다.

"한랜드에 가서 공연을 해보지 그래요? 관객들이 꽉 찰 텐데."

"한랜드요?"

앞쪽 여자는 눈만 크게 떴지만 전윤희가 김광도를 보았다.

"아저씨, 한랜드 부동산업자세요?"

"그런 셈이죠."

"한랜드에서도 연극 공연을 해요?"

"내가 알기에는 아직 없습니다. 극장은 막 늘어나고 있지만."

"관객 수준은요?"

"그건 모르겠지만 공연장은 구해 볼 수가 있을 것 같은데."

김광도의 머릿속에 신(新)룸살롱 타운의 극장에서 공연되는 연극이 떠올랐다. 한랜드에도 다양한 문화 기반이 다져져야 한다. 호텔, 룸살롱, 카지노, 식당으로만 넓혀가는 사업을 문화면으로도 확대하는 것이다. 여자 둘의 시선을 받은 김광도가 눈동자의 초점을 잡고 웃었다.

"오늘밤에 또 사업 파트너를 만났군."

"무슨 사업요?"

전윤희가 물었을 때 김광도가 정색했다.

"한랜드에서 공연하고 싶으시다면 준비를 해요. 도와드릴 테니까."

김광도가 주머니에서 명함을 꺼내 전윤희에게 내밀었다.

"내 명함이니까 내일 연락해요."

"안녕하십니까? 장관님."

안가 응접실에서 기다리던 후원이 자리에서 일어나 서동수를 맞았다. 오후 9시 반, 후원은 비밀 임무로 한랜드를 방문했을 때 이 안가를 이용한다. 후원의 시선을 받은 서동수가 웃음 띤 얼굴로 말했다.

"후 차관, 기다리고 있었어요. 푸틴 대통령의 성명에 대한 중국 측 반응이 궁금했거든."

정장 재킷을 벗어 소파에 걸쳐놓은 서동수가 앞쪽에 앉았다. 이곳은 외딴 숲속에 지어놓은 안가여서 베란다의 유리창 밖은 어둠에 덮여 있다. 저택 안도 조용하다. 후원이 차분한 표정으로 서동수를 보았다.

"한반도는 일본과 다르다고 말씀하셨습니다. 그렇게만 말하면 아실 것이라고 하시더군요."

서동수가 머리를 끄덕였다.

"알지요. 남북한연방이 되어도 중국과의 동맹관계는 유지될 테니까요."

그리고 미국과 남한의 동맹도 그대로 존속되는 것이다. 물론 국호를 남과 북에서 남북한연방으로 바꾸겠지만 내용은 같다. 그때 후원이 말했다.

"일본이 남북한연방을 노골적으로 방해하고 있지만, 중국은 이번 동북아 자치구 대성장(大省長) 사건에도 전혀 관여하지 않았습니다. 이것은 중·한 관계를 이간질하고 장관님을 음해하려는 세력들의 음모입니다."

서동수가 다시 머리를 끄덕였다. 한국의 민족당과 일본일 것이다.

"고맙소, 후원."

서동수가 웃음 띤 얼굴로 후원을 보았다.

"시 주석께 꼭 전하시오. 나는 중국을 대한연방을 탄생시킨 뿌리로 생각하고 있습니다."

"그렇게 전하겠습니다."

"중국과 갈등을 일으킬 수는 없지요. 나는 한·중 동맹을 철저히 지킬 겁니다."

"알겠습니다."

"러시아와의 동맹은 한랜드가 임차지인 이상 어쩔 수가 없지요."

"그렇게 전하겠습니다."

"일본에 대해서는 꼭 한·중이 공동 대처하겠다고 약속합니다."

"네, 장관님."

"미국이 일본에 대한 기대를 많이 버릴 것 같습니다. 일본이 북한의 민생당과 결탁하고 있다는 자료를 미국 측이 보내주고 있는 상황이지요."

후원이 숨만 들이켰을 때 서동수가 소파에 등을 붙였다. 그러고는 웃음 띤 얼굴로 물었다.

"녹음했지요? 그럼 이만 끝냅시다."

얼굴이 붉어진 후원이 탁자에 놓은 손가방을 열더니 손을 넣었다가 빼냈다. 녹음기 전원을 끈 것 같다. 그때 서동수가 물었다.

"내가 오늘 여기서 자고 가도 되나?"

"그러실 예정으로 오신 것 아녜요?"

후원이 웃음 띤 얼굴로 물었으므로 서동수가 자리에서 일어섰다.

"녹음하느라고 힘들었어."

"한잔하실 건가요?"

따라 일어선 후원이 물었다. 시선을 받은 후원이 눈으로 욕실을 가리켰다.

"먼저 씻으세요. 욕조에 물 채워 놓았습니다. 씻으실 동안 술상 준비할게요."

"고맙군."

후원에게 다가간 서동수가 허리를 바짝 당겨 안았다. 하반신이 딱 붙으면서 후원이 두 팔로 서동수의 목을 감았다.

"아름답군."

머리를 조금 젖힌 서동수가 감탄한 표정으로 말했다.

"중국 황제들이 이런 미인계 때문에 알면서도 제국을 망친 것 같아."

후원의 몸 안으로 들어가면서 서동수의 머릿속에 떠오른 생각이 있다. 섬광처럼 번쩍인 단어.

'대세(大勢).'

한국이, 남북한연방이 대세를 탔다는 느낌이다. 그 기운을 외부에서부터 느끼고 있다.

"아아아."

후원이 입을 딱 벌리면서 환호하고 있다. 보라, 이 매끈한 피부, 풍성한 몸, 찡그린 얼굴의 서시(西施)가 이보다 더 고울까? 후원이 허리를 들어 올려 서동수의 몸을 받다가 이제는 감촉을 더 느끼려는 듯 거침없이 몸을 폈다. 거친 숨소리에 섞인 탄성이 방안을 메우고 있다. 후원과 여러 번 정사(情事)를 나누었지만 언제나 새롭다. 이제 후원의 탄성에 흐느낌 소리가 섞였다. 무아지경에 빠져들었다는 것이 몸으로 나타나고 있다. 서동수는 후원에게 입을 맞췄다. 이것은 존경의 표현이다. 아름다운 교합에 대한 존경이다. 후원의 샘은 넘쳐흐르고 있었지만 탄력을 잃지 않았다. 단단하고 수축력이 강하면서 부드럽게 감싸 안는다.

"아아."

입을 떼었더니 후원이 두 다리를 번쩍 치켜들었다가 내리면서 절규했다. 오늘은 빠르다. 서동수가 상반신을 들고는 후원의 허리를 옆쪽으로 미는 시늉을 했다. 그러자 후원이 하반신을 딱 붙이더니 몸을 비틀면서 그 자세를 그대로 유지한 채 엎드렸다. 빠지지도 않고 후배위 자세가 된 것이다. 후원이 젖가슴을 침대 위에 붙이고는 엉덩이를 들어올렸다. 둥글고 풍만한 엉덩이가 서동수의 눈앞에 펼쳐졌다. 서동수는 숨을 들이켰다. 후원의 엉덩이를 물어뜯고 싶은 충동을 느꼈기 때문이다. 그때 후원이 엉덩이를 좌우로 흔들었으므로 서동수는 신음했다. 강한 자극을 받은 것이다. 서동수는 엄지 손끝으로 후원의 엉덩이 사이를 부드럽게 쓸어 올렸다.

"으으으."

뺨을 침대에 붙인 후원이 한쪽 얼굴만 보인 채 신음했다. 엉덩이가 들썩였고 앞으로 뻗은 두 손이 침대 위쪽을 움켜쥐고 있다. 다시 서동수가 힘차게 허리를 움직이기 시작했다.

"아아, 여보."

후원이 커다랗게 소리치면서 엉덩이가 격렬하게 흔들렸다. 서동수는 상반신을 숙여 후원의 등에 입술을 붙였다. 그러나 허리는 더 거칠게 움직였다. 그때 후원의 신음이 딱 그치더니 입만 크게 벌렸다. 그 순간 서동수는 강한 압박을 느끼고는 숨을 들이켰다.

"아아아아."

이윽고 후원이 엉덩이를 힘껏 밀면서 폭발했다. 서동수는 후원의 상반신을 뒤에서 감싸 안은 채 폭풍이 가라앉기를 기다렸다. 이윽고 후원이 몸을 뻗으면서 늘어졌을 때 서동수는 옆에 누웠다. 그러고는 후원의 알몸을 당겨 안았다. 아직도 후원은 거친 숨을 몰아쉬고 있었지만 서동수의 가슴에 볼을 붙였다. 서동수가 후원의 어깨를 안고 말했다.

"후원, 있는 그대로 다 말해. 생각나는 대로. 그러면 돼."

"알아요."

후원이 아직도 더운 숨결을 서동수의 가슴 위로 뱉으면서 말했다.

"난 전달자일 뿐입니다. 당신은 날 전달자로 이용하면 돼요."

"나는 미국 측으로부터도 정보를 받고 있어. 그것은 미국이 대한연방을 인정한다는 증거지."

서동수는 시진핑에게 전달할 이야기를 하고 있는 것이다. 한 손으로 후원의 젖가슴을 주무르면서 말을 잇는다.

"이것이 대세라는 것을 미국도 인정한 거야."

다음 날 오전 11시, 테헤란로의 나라호텔 2001호실로 전윤희와 이미연이 들어섰다. 둘은 긴장한 듯 얼굴이 굳어 있다. 2001호실은 특실이다. 문을 열면 대기실이 있고 다음이 회의실, 응접실, 침실이 배치됐다. 침실은 3개, 헬스실도 갖춰져서 테헤란로를 내려다보며 러닝머신에서 뛸 수 있다. 둘은 비서의 영접을 받고 곧장 응접실로 안내됐는데 더 굳어졌다. 위축된 것이다.

"여기서 좀 기다리시죠."

이번 출장에 김광도를 수행한 비서는 북한계 한랜드인 조성수다. 밀입국자인 조성수는 한랜드 시민이 되면서 러시아 여권을 발급받았다. 김일성대 출신으로 러시아어, 영어, 중국어에 능통한 30대 초반의 외교관 출신. 부모가 숙청당하자 한랜드로 도망쳐온 사람 중의 하나다. 응접실에 나란히 앉은 전윤희와 이미연은 서로의 얼굴을 보았다. 이미연은 어젯밤 이름도 밝히지 않았다. 전윤희는 김광도의 명함을 건성으로 받아 넣었다가 어젯밤 헤어지고 나서 우연히 꺼내 보았다. 이름이 김동수가 아니었고 김광도였는데 '유라시아그룹 대표'라고 찍혀 있었다. 이제 유라시아그룹은 한국에도 알려져 있는 회사다. 그래서 아침에 확인차 전화를 했더니 김광도가 만나자고 했던 것이다. 혼자 가기가 꺼림칙했으므로 이미연을 불러 여기까지 왔다.

"아, 기다리셨네요."

옆쪽에서 목소리가 들렸으므로 둘은 서둘러 일어섰다. 김동수가, 아니 김광도가 다가왔는데 뒤를 정장한 사내 둘이 따라오고 있다. 다가온 김광도가 고개를 끄덕이더니 상석에 앉았다. 따라온 두 사내는 전윤희의 앞쪽에 자리 잡는다. 조금 전의 비서가 끝 쪽에 앉더니 노트를 펼치고 적을 준비를 했다. 전윤희는 뭐라고 말을 해야겠다고 생각했지만 입이 떨어지지 않았다. 오전 9시쯤 전화했을 때는 김동수 씨가 김광도 씨 맞느냐? 왜 이름을 그렇게 말했느냐? 가짜 명함이 아니냐는 등 따지는 것처럼 물어보다가 나중에는 장난처럼 극장을 알아봐 주겠느냐고 했던 것이다. 그러자 김광도가 호텔로 찾아오라고 하길래 이미연을 불러 같이 오게 됐다. 물론 오기 전에 둘이 인터넷을 뒤져 유라시아그룹을 검색했고 회장 김광도의 얼굴까지 확인했다. 김동수가 김광도임을 확인한 순간 둘은 경악했다. 특히 이미연은 노골적으로 안타까운 표정을 지었다. 어젯밤 김광도를 파트너로 만들 수 있었기 때문이다. 그러나 어젯밤은 아무 일도 없이 헤어졌다. 유 아무개란 파트너는 명함도 주지 않았던 것이다. 그때 김광도가 입을 열었다.

"오전에 우리 그룹 중역들하고 상의했는데 좋은 아이디어라고 칭찬받았어요."

그러자 앞쪽 40대쯤의 두 사내가 쓴웃음을 지었다. 김광도가 말을 이었다.

“앞에 앉은 분들이 우리 그룹 기획실장하고 관리부장입니다. 두 분께 이야기했으니까 상의해 보세요.”

그러고는 김광도가 일어섰으므로 두 사내와 비서가 따라 일어섰고 두 여자도 일어나지 않을 수 없다. 김광도와 비서가 응접실을 나갔을 때 사내 하나가 먼저 둘에게 명함을 내밀었다.

“내가 기획실장 고영일입니다.”

명함을 받은 둘은 기획실장 사장이라고 찍힌 것을 보았다. 그때 다른 사내도 명함을 건네주었다.

“난 관리부장 안기춘입니다. 그룹 전반을 관리하고 있지요.”

명함에는 관리부장 사장이다. 숨을 들이켠 둘이 다시 자리에 앉았을 때 고영일이 먼저 입을 열었다.

“극장은 얼마든지 있어요. 관객도 마찬가지.”

12시가 안 되었을 때 둘은 호텔 근처의 커피숍에서 마주앉아 있었는데 그냥 헤어질 수가 없었기 때문이다. 흥분된 상태여서 둘이 풀어야 한다. 둘 다 상기된 표정으로 두 눈이 번들거리고 있다.

“세상에, 이런 일도 있네.”

커피를 시키고 난 전윤희가 말했다.

“로또 1등 당첨되었을 때의 기분이 이런 것일까?”

“그보다 낫지.”

이미연이 떨리는 목소리로 말했는데 외면하고 있다.

“그까짓 몇십억 떨어진 것보다 우린 금광을 발견한 거야.”

“금광?”

전윤희가 눈을 가늘게 뜨고 웃었다.

"김광도 회장이 금광이냐?"

"아니, 다이아몬드 광산."

웃지도 않고 대답한 이미연이 전윤희를 보았다.

"너, 내가 김 회장 유혹해도 돼?"

"하하."

소리 내어 웃은 전윤희가 종업원이 가져온 커피 잔을 들었다.

"또 식탐을 하는군, 체하려고."

"넌 윤성 씨가 있잖아?"

"헤어질 거야."

"어라?"

이미연이 눈을 크게 떴다.

"김 회장 때문에?"

"한랜드에 가면 어차피 헤어지게 될 텐데 뭐."

조금 전 둘은 극단을 한랜드로 옮기는 가계약에 사인을 하고 온 것이다. 그야말로 대박, 하늘에서 금덩이가 뚝 떨어진 것이나 같다. 극단 '사람'의 기획자 겸 대표 전윤희와 감독 이미연은 대학 동창으로 10년째 '사람'을 공동 운영해왔다. 한랜드의 유라시아그룹은 '사람' 극단과 계약을 한 것이다. 전용 극장 설립은 물론 극단원 보수 지급, 아파트 무상 임대, 수익금 배분까지 결정했다. 그리고 열흘 후에 한랜드로 떠나게 된 것이다. 극단원 중 한랜드로 떠나는 것에 반대하는 사람은 하나도 없다. 호텔에서 전화로 물어봤지만 오히려 더 모일까 걱정이 되는 상황이다. 그때 이미연이 외면한 채 말했다.

"욕심은, 어제 아침만 해도 윤성 씨하고 결혼한다고 했으면서."

"결혼이나 할까 보다라고 했지, 꼭 한다고 했냐?"

"말하는 것 좀 봐. 결혼이 식당에 가서 음식 골라 먹는 거냐?"

"연극 대사 쓰고 있네."

"아유, 유치해. 이런 대화 싫어."

"네가 먼저 말 꺼냈잖아? 난데없이 김 회장 양보하라는 말이 뭐냐? 진짜 유치하게."

"넌 윤성 씨가……."

"네가 어젯밤에 그 허여멀건 애한테 먼저 갔잖아? 자기가 골라놓고는 남의 떡까지 빼앗으려고 그래?"

"나, 간다."

이미연이 벌떡 일어서자 전윤희가 눈을 치켜떴다.

"나하고 갈라설 거야?"

"뭐?"

"내가 극단 대표야, 내가 사인했다고."

말문이 막힌 이미연이 숨만 들이켰을 때 전윤희가 말을 이었다.

"이제 계약했으니까 확실하게 하자. 넌 그런 사고방식 고치지 않으면 나하고 일 못 해. 감독은 얼마든지 있다고, 윤상희 시켜도 너만큼은 해."

"뭐라고?"

얼굴이 하얗게 질린 이미연의 눈동자가 흔들리다가 곧 어금니를 물었다.

"나쁜 년, 배신자."

이미연이 몸을 돌려 발을 떼었는데 휘청거렸다.

김광도도 심복이 있다. 바로 그룹 기획관리실장 고영일이다. 동성그룹 기획실 출신의 고영일은 현재 서동수의 비서실장으로 최측근인 유병선의 계보이기도 하다. 동성에서 유병선의 부하로 근무했다. 오후 3시 반, 고영일이 방으로 들어와 김광도의 앞쪽 자리에 앉았다. 김광도보다 10년 연상인 43세지만 깍듯이 예의를 차린다. 정색한 고영일이 서류를 펼치면서 말했다.

"회장님, 전윤희 씨는 만나는 남자가 있습니다. 국제대학 전임강사로 나가는 김윤성이라는, 미국에서 박사 학위를 딴 사람입니다."

김광도의 시선을 받은 고영일이 말을 이었다.

"5년쯤 사귀고 있다는군요. 전윤희 씨는 서동대 경영과 출신입니다. 극단 '사람'을 운영한 지 7년 됐고 그동안 꾸준히 연극을 공연했지만 수익은 올리지 못했습니다. 이것은 연극에 대한 애착이 없으면 할 수 없는 일이지요."

김광도가 고영일이 내민 서류를 받아 읽었다. 고영일은 김광도가 의뢰하지 않았지만 신상 조사를 해온 것이다. 전윤희는 31세, 남자관계가 깨끗한 편이다. 이미연에 비교하면 더욱 그렇다. 김광도가 이미연의 서류를 펼치자 고영일이 번역하는 것처럼 설명했다.

"이미연은 남자관계가 복잡합니다. 단원들로부터 정보를 수집했는데 만나는 남자가 항상 서너 명이 된다고 합니다. 모두 섹스 파트너인 셈이지요."

김광도는 머리만 끄덕였고 고영일의 말이 이어졌다.

"금전 관계도 복잡합니다. 사치가 심하고 허영심이 강해서 부채가 2억 원 가까이 됩니다. 사채업자한테서도 돈을 빌려 현재 쫓겨 다니고 있는 실정이지요."

이미연의 얼굴을 떠올린 김광도가 쓴웃음을 지었다. 눈이 번쩍 뜨이는 미모, 그녀가 자신을 선택해 주기를 바랐던 그 순간의 긴장이 지금도 생생했기 때문이다. 서류를 보니 이미연은 사채업자한테서 급전 4500만 원을 빌렸는데 이자까지 합쳐서 8500만 원으로 늘어나 있었다. 부친은 퇴직 중소기업 임원으로 대전에 거주하고, 오빠는 대전 근처에서 편의점을 운영하고 있다. 그런데 이미연은 가족과 인연을 끊은 지 3년째라고 적혀 있다. 돈을 빌리고 갚지 않았기 때문이다. 이윽고 서류에서 시선을 든 김광도가 고영일을 보았다.

"좀 삭막하지만 이렇게 조사해 놓고 상대하는 것이 낫지."

그때 고영일이 어깨를 펴고 숨을 들이켰다. 여전히 정색한 얼굴이다.

"불편하시더라도 제가 사전에 조사해 놓은 것을 참조하시길 바랍니다."

"이미연이 극단 일을 제대로 할 수 있을까요?"

김광도가 묻자 고영일이 다시 서류를 펼쳤다.

"감독으로 재능이 있습니다. 세 번이나 연극 감독상을 받았는데 작년에는 소극단 감독으로는 처음으로 대상을 받았습니다."

"그런 재주는 있네요."

"하지만 극단 대표는 전윤희 씨입니다. 이번 계약도 전윤희 씨와 맺은 것이고 이미연 씨는 고용원일 뿐입니다."

"그렇군요."

"이런 상황에서 이미연 씨가 한랜드로 떠날 수 있을지 의문입니다. 사채업자들이 가만있지 않을 테니까요."

김광도가 머리를 끄덕이자 고영일이 말을 이었다.

"이미연은 주변 남자들한테서도 돈을 빌렸을 가능성이 있습니다."

김광도의 눈앞에 다시 이미연의 모습이 떠올랐다. 그렇게 산뜻한 분위기의 여자가…….

"어서 오십시오."

자리에서 일어선 진기섭과 오성호, 그리고 강동인까지 반갑게 인사를 했다. 그들 뒤에 50대쯤의 사내가 어색한 웃음을 띠고 서 있다. 셋과 악수를 나눈 서동수가 그에게 손을 내밀었다.

"반갑습니다."

사내가 두 손으로 서동수의 손을 잡는다. 민족당의 재선의원 임창훈이다. 진보 성향으로 신의주특구부터 한랜드까지 끈질기게 비판해온 강경파 중 한 명, 특히 임창훈은 서동수의 자질을 문제 삼았다. 일류대 출신에 사법시험 합격, 미국에서 박사까지 받은 임창훈인 것이다. 이태원의 요정 성운각의 방안, 교자상에는 이미 산해진미가 쌓여 있었으므로 다섯은 자리에 앉았다. 대개 직사각형의 상에 차렸지만 오늘은 원탁을 놓아서 둥글게 둘러앉은 셈이다. 여자를 부르지 않았기 때문인지 마담도 들어오지 않는다.

"난 아가씨가 있어야 술이 들어가는데."

술잔을 든 서동수가 임창훈을 바라보며 웃었다.

"임 의원께서도 그렇게 말씀하신 적이 있었지요?"

"예, 그렇습니다."

쓴웃음을 지은 임창훈이 시인했고 웃음소리가 일어났다. 한 모금 소주를 삼킨 서동수가 임창훈을 보았다. 시선이 마주치자 임창훈이 얼른 외면했다. 서동수가 심호흡을 했다. 진기섭 등에게 전화로 성운각에서 만나자고 해놓고 임창훈도 참석할 거라고 했더니 모두 깜짝 놀랐던 것이다. 방에서 먼저 셋이 만났지만 임창훈에게 무슨 일이냐고 물어볼 수는 없었을 것이다. 서동수가 임창훈의 잔에 술을 따르면서 말했다.

"앞으로 여기 세 분하고 수시로 상의해주시기를 바랍니다."

"알겠습니다."

임창훈이 잔을 받으면서 고분고분 대답하자 셋은 숨소리도 죽이고 있다. 이것은 전향 정도가 아니다. 배신인 것이다. 그때 서동수가 말을 이었다.

"몇 분 더 민족당에서 오실 겁니다. 그분들은 임 의원께서 이끌어주셔야 되겠어요."

"알겠습니다."

진기섭 등 셋은 이제 술잔을 들거나 젓가락을 쥔 손을 내리지도 못하고 있다. 천지개벽이 일어난 것 같았을 것이다. 머리를 든 서동수가 정색하고 셋을 둘러보았다.

"연방이 될 때까지는 힘을 합쳐야 합니다. 되고 나서 서동수의 자질, 여자 문제, 특혜 문제, 다 끄집어내 난도질을 하세요."

네 쌍의 시선을 받은 서동수가 쓴웃음을 지었다.

"그때는 민족당, 민생당도 달라지겠지요. 아마 새 이름의 야당으로 다시 태어나지 않을까요?"

"그, 그럴 리가요."

진기섭이 그때야 입을 열었다.

"임 의원께서 야당 총재를 맡으시고요."

"아이고, 그런 말씀 마십시오."

쓴웃음을 지은 임창훈이 한입에 소주를 삼키더니 서동수에게 잔을 내밀며 말했다.

"전화를 받고 나서 한참 동안 가만있었습니다. 처음에는 아무 생각이 없다가 정신이 들더군요."

임창훈이 서동수가 받은 잔에 술을 따랐다. 얼굴이 상기되어 있다.

"내가 지금까지 헛살았다는 생각이 들었어요. 그렇습니다. 헛것을 머릿속에 넣고 있었던 겁니다. 그 몇 마디 말에 다 뒤집혔어요."

그러고는 임창훈이 입을 꾹 다물었다. 셋도 어리둥절했지만 서동수는 안다. 임창훈은 며칠 전, 김동일 위원장의 전화를 받은 것이다. '서동수에게 협조해서 우리 한번 잘살아보자'라는 몇 마디 말을 들었다.

북한 민생당을 배후 지원하고 있는 한국 민족당 의원이 김동일의 지시를 거역할 수는 없는 것이다. 북한도 남북연방에 대비하여 공산당 대신 민생당으로 조직을 바꾸고 정비했다. 그러나 여전히 민생당 총재는 김동일이 맡고 있다. 그 민생당 총재 김동일이 임창훈에게 연락을 한 것이다. 서동수가 말을 이었다.

"이제 임 의원께서도 상황을 짐작하셨겠지요. 김 위원장은 한민족의 미래를 위해 용단을 내리신 것입니다. 남북연방이 되고 한랜드까지 이어지는 대한연방은 모두 김 위원장의 공적이 될 겁니다."

진기섭 등 셋은 숨을 죽였다. 윤곽이 드러났기 때문이다. 임창훈의 뒤에는 김동일이 있다. 그때 임창훈이 말했다.

"솔직히 민족당에서 김동일 위원장의 요청을 거절할 의원이 있겠습니까? 저도 지금까지 중립적 입장을 취하고 있었지만 위원장님의 전화를 받고 나서 제 위치를 깨닫게 되었습니다."

넷은 임창훈의 얼굴에 웃음이 떠오르는 것을 보았다. 일그러진 웃음이다.

"예, 우리는 김 위원장님을 뿌리로 여기고 있었지요. 이번 선거도 1945년 해방된 후에 남북한 공동 선거를 하기 전과 상황이 같습니다."

그렇다. 결국 공동 선거는 무산되고 남북한 단독 정부가 들어서면서 분단 70년이 되었다. 어깨를 늘어뜨린 임창훈이 서동수를 보았다.

"한국당은 자만하고 있는데 만일……."

호흡을 가눈 임창훈이 말을 이었다.

"서 장관께서 무슨 일을 당하셨을 때 정세가 어떻게 될 것 같습니까?"

"뭐라고요?"

진기섭이 되물었지만 말끝이 흐려졌다. 오성호 등도 대번에 얼굴이 굳어졌다. 서동수도 쓴웃음을 지어 보이고는 입을 열지 않는다. 그때 임창훈이 말을 이었다.

"남북한이 상승기류를 탔지만 아직도 강대국의 견제를 받는 현실이고 그 핵은 장관님이시지요. 그런데 그 핵이 유고 시에는 하루아침에 정국이 혼란에 빠지면서 다시 70년 전 해방 직후의 상황으로 돌아가게 될 것입니다."

서동수도 침묵했다. 임창훈으로부터 이런 말을 듣게 된 건 예상 밖이었던 것이다. 임창훈은 민족당의 정책위 소속으로 두뇌 그룹이다. 한국당 측이 정세를 낙관하고 있던 것도 사실이었다. 대한연방은 한민족의 꿈이 되었다. 아시아 대륙의 동북방 반도에서 열강에 부대껴오기만 했던 한민족이 아시아를 관통해서 유럽까지 진출한다. 그런데 현실은 냉혹하다. 분단 70년의 후유증이 남북한의 순조로운 연방을 가로막고 있다. 남쪽의 민족당이 그 중심이다. 서동수가 입을 열었다.

"내가 여러 번 말했지만 다 포용할 거요. 그러나 용서하지 못할 인간들도 있기 마련이지."

서동수의 얼굴에 희미한 웃음이 떠올랐다.

"난 내 모든 것을 걸었습니다. 그럴 만한 가치가 있는 일이니까. 따라서 대의에 어긋나는 자들은 가차 없이 처단할 겁니다."

처단이란 단어가 섬뜩한지 넷의 표정이 굳어졌다. 그러나 목숨을 걸고 하는 대업이다. 임창훈은 서동수의 유고까지 거론하는 상황인 것이다. 임창훈이 머리를 끄덕이더니 웃었다.

"그런 각오를 하셔야 될 것입니다. 이런 대업에는 희생이 따르는 법입니다."

"천군만마를 얻은 것 같습니다."

그제야 진기섭이 임창훈에게 인사를 했다. 임창훈의 잔에 술을 따르면서 진기섭이 말을 이었다.

"어쨌든 대세는 우리 쪽으로 기울었지 않습니까?"

김동일의 의지가 이렇게 만들었다. 단 한 사람의 의지가 한민족의 운명을 결정짓는다.

"대표님, 기다리셨어요?"

앞자리에 앉은 윤상희가 손목시계를 보는 시늉을 하면서 물었다. 오후 4시 50분, 약속 시간보다 10분 일찍 나왔는데도 전윤희가 기다리고 있는 것이다. 소공동의 커피숍 안이다. 머리만 끄덕인 전윤희가 윤상희를 봤다. 윤상희는 '사람'의 조감독으로 이미연과 6년 동안 함께 일했다. 이미연의 분신과 같다.

"준비 잘되고 있어?"

전윤희가 묻자 윤상희의 얼굴에 웃음이 떠올랐다.

"그럼요. 문제없어요."

열흘 후에 한랜드로 떠나는 것이다. 윤상희가 말을 이었다.

"우리가 한랜드 최초의 극단이 되다니 꿈만 같아요. 더구나……."

윤상희가 말을 그쳤지만 뒷말을 전윤희가 이을 수 있다. 유라시아그룹으로부터 전액 지원을 받아 극단 활동을 하게 되는 것이다. 한시티에 주택이 제공될 뿐만 아니라 월급과 공연 수당까지 받게 됐으니 이런 행운이 없다. 지금까지 수백 개의 극단이 창단됐다가 사라지는 것을 지켜봤기 때문이다. 그때 전윤희가 윤상희를 봤다.

"너, 이미연 대신 감독 맡을 수 있지?"

"네?"

놀란 윤상희의 얼굴이 굳어졌다. 그러나 산전수전 다 겪은 윤상희다. 눈을 똑바로 뜨고 되물었다.

"대표님, 무슨 일 있어요?"

"이미연이 그만둬야겠어. 그래서 그래."

"왜요?"

"나하고 안 맞아."

"어머나."

"나하고 안 맞으면 할 수 없지. 그 이유까지 너한테 말할 필요는 없고."

"……."

"네가 이미연한테 이유를 물어봐도 상관없어. 어쨌든 너, 어떡할래?"

"뭘요?"

"나하고 같이 한랜드 갈래? 의리 지켜서 이미연하고 남을래?"

"무슨 의리요?"

"같이 일했잖아?"

"대표님도 참."

"뭐가?"

"내가 조폭이에요?"

"무슨 말이야?"

"일하는데 무슨 의리가 필요해요. 내 일을 열심히 하면 되지."

"간다는 거야?"

"그럼 제가 감독이 되는 건가요?"

"그래."

의자에 등을 붙인 전윤희가 소리 죽여 숨을 뱉고 나서 말했다.

"네가 감독을 맡아. 외부에서 데려오는 것보다 네가 맡는 것이 효율적이라고 생각했어."

"열심히 할게요."

"솔직히 지금까지 문제가 많았어. 감독 고집 때문에 수익을 내지 못한 경우가 많았단 말이야. 너도 알지?"

"알아요."

"이젠 유라시아 극단으로 선정된 데다 수익 창출 기회가 많아졌어. 기회가 온 거야."

전윤희의 목소리가 밝아졌다.

"유라시아그룹은 한랜드에서 가장 성장 속도가 빠른 그룹이야. 너도 알지?"

"그럼요."

윤상희도 웃음 띤 얼굴로 맞장구를 쳤다.

“도대체 어떻게 그 그룹에 선정되셨어요? 대표님의 로비력은 대단해요.”

“뭐 로비랄 건 없고, 노력 좀 했지.”

“모두 부러워해요. 그런데 감독님이 왜 그렇게 됐는지…….”

말을 그친 윤상희가 힐끗 전윤희의 눈치를 살피더니 결론을 냈다.

“다 제 복이죠 뭐.”

“언니, 감독 그만두셨어요?”

안미나가 묻자 이미연이 숨을 들이켰다.

“왜?”

“금방 윤상희한테 전화를 받았는데 언니가 그만뒀다고 해서요.”

“윤상희가?”

“네, 윤상희가 감독을 맡았다고 하더군요. 조금 전 전 대표를 만나 이야기를 들었다고.”

“…….”

“언니가 그만뒀다는데, 맞아요?”

“응.”

“그럼 한랜드에 안 가세요?”

“그만뒀는데 내가 왜 가니?”

안미나가 가만있었으므로 이미연이 심호흡을 한 번 하고 나서 말했다.

“너희들이나 잘 해봐. 한랜드는 기회의 땅 아니냐.”

“전 대표하고 문제가 있어요?”

“없어.”

그럼 왜요?"

"몰라도 돼."

이미연이 머리를 돌려 창밖을 보았다. 영등포의 연립주택 안이다. 15평형 월세이어서 가구는 TV와 침대, 옷장 하나뿐이었고 청소도 안 해서 옷가지가 이곳저곳에 흩어져 있다. 창밖의 주택단지도 지저분했다. 안미나는 극단의 주연급 여배우다. 안미나가 극단의 간판과 같다. 지금까지 안미나는 이미연과 손발을 맞춰 왔다. 잘 맞는 짝이라는 소문도 났다. 그때 안미나가 물었다.

"언니, 전 대표가 너무 쉽게 생각하는 거 아녜요?"

"뭘?"

"언니 아웃시키고 윤상희를 감독으로 하면 줄줄 끌려갈 거라고 믿고 있을까요?"

"내가 어떻게 아니?"

"물론 다 먹고살기 힘들기 때문에 간다고는 했어요."

"가야지. 이런 기회가 없어, 솔직히."

"나하고 정윤이, 민기, 수환이가 빠지면 어떻게 될까요?"

"뭐?"

이맛살을 찌푸린 이미연이 다시 창밖을 보았다. 부연 스모그에 덮인 주택단지 위로 어둠이 내려앉고 있다. 다시 안미나의 말이 이어졌다.

"우리 넷이 말을 맞췄어요. 언니가 한랜드에 안 가면 우리도 안 간다고."

"야, 그만둬."

핸드폰을 고쳐 쥔 이미연이 이맛살을 찌푸렸다. 안미나와 최정윤, 이민기, 조수환은 극단의 주연급이다. 주연급 넷이 다 빠지면 극단은 와

해된 것이나 같다.

“너희가 그러면 남은 식구들은 어떻게 하니? 걔들은 기회를 잡았다면서 기뻐 날뛰고 있는데.”

“그렇다고 우리 주연급도 덩달아 뛰어야 해요? 우리가 이 자리에 오기까지 얼마나 힘들었는지 언니도 아시잖아요?”

숨을 들이켠 이미연의 귀에 안미나의 목소리가 울렸다.

“대표의 월권이에요. 감독을 바꾼다면 최소한 우리와 상의라도 했어야 하지 않아요? 조감독만 불러서 네가 감독해라, 그러면 우리가 그냥 따를 거라 생각했나 보죠?”

“…….”

“우리 넷은 조금 전에 말을 맞췄어요. 언니가 한랜드에 안 간다면 우리도 안 가요. 그것을 이민기가 대표한테 통보할 거예요. 그러니까 언니는 그렇게만 알고 계세요.”

통화가 끝났을 때 이미연은 어깨를 늘어뜨렸다. 안미나와 사이가 좋은 것도 아니었다. 그렇다고 안미나가 새로 감독이 되는 윤상희와 사이가 나쁜 것도 아니었다. 그렇다면 무엇 때문인가? 이미연의 얼굴에 쓴웃음이 떠올랐다. 간단하다. 배고팠을 때와 배부를 때 생각이 다르기 때문이다.

문을 두드리는 소리에 이미연이 숨을 들이켰다. 오후 7시 반, 심란해서 휴대전화 전원도 꺼 놓은 채 누워 있던 중이다. 다시 문 두드리는 소리가 들렸으므로 이미연이 침대에서 몸을 일으켰다. 벨이 고장 나서 문을 두드려야 하지만 아예 주먹으로 치는 것 같다. 그때 문 두드리는 소리가 커지더니 외치는 소리가 들렸다.

"이미연 씨! 문 열어!"

대부업체 조 과장이다. 문으로 다가간 이미연이 문고리를 풀었다. 그 소리를 들었는지 밖이 조용해지더니 문이 열리면서 두 사내가 이미연을 밀치고 집 안으로 들어섰다.

"왜 미는 거야?"

화가 난 이미연이 버럭 소리치자 둘은 털썩 응접실 바닥에 앉았다. 소파도 없었기 때문이다. 벽에 등을 붙이고 앉은 조 과장이 이미연을 올려다보았다. 긴 얼굴, 가는 눈, 웃을 때면 소름이 끼친다.

"극단이 한랜드로 옮겨간다더군. 대박이라고 소문이 났던데."

이미연이 창가로 다가가 문틀에 등을 붙이고 섰다. 조 과장이 말을 이었다.

"자, 그럼 유라시아그룹에서 선금을 받게 되지 않겠어? 8500만 원쯤이야 코딱지만 한 금액이지. 안 그래?"

"실망시켜서 미안한데."

쓴웃음을 지은 이미연이 조 과장을 내려다보았다.

"난 잘렸어. 정보가 늦은 모양이군. 난 '금성신용금고'가 매일 빚 독촉을 하기 때문에 극단 일을 하기가 불가능하다는 결론이 났거든."

조 과장의 눈썹이 치켜 올라갔다. 이미연이 말을 이었다.

"확인해 봐. 극단 대표 알지? 걔한테 전화해 보면 알 수 있을 거야."

"이년이 지금 누구 약 올리나?"

"내가 너 같은 개새끼 약 올릴 이유가 있니?"

"이년이 죽으려고 환장을 했나?"

옆쪽에 앉은 사내가 벌떡 일어났으므로 이미연이 짧게 웃었다. 조 과장이 데리고 다니는 부하다.

"병신, 육갑 떨고 있네. 야, 이 새끼야. 어디 쳐봐라, 제발."

이미연이 한 발짝 다가섰다.

"제발 네 덕분에 병원에 가보자."

"뭐야?"

눈을 부릅뜬 사내가 다가서서 둘 사이는 한 걸음도 안 되었다. 그러나 사내는 어깨만 부풀렸을 뿐이다. 손을 대었다가는 바로 경찰이 개입하게 되는 것이다. 진단서를 끊게 되면 빚은 다 받게 된다. 요즘은 세상이 달라졌다. 이미연이 사내를 노려보면서 이 사이로 말했다.

"병신, 사채업자 똘마니 주제에 조폭 흉내를 내고 있어. 너 같은 놈은 그냥 양아치야, 이 새끼야."

"뭐야? 이……."

사내가 와락 어깨를 부풀렸을 때 조 과장이 소리쳤다.

"야, 이 새꺄."

흠칫 숨을 죽인 사내가 시선을 주자 조 과장이 이 사이로 말했다.

"앉아, 이 새꺄."

"형님."

"저년한테 말려들지 마, 병신아."

입맛을 다신 조 과장이 두 다리를 길게 뻗었다.

"어쨌든 상관없어. 그럼 오늘부터 우리도 여기서 숙식을 해결하기로 하지."

"어디 한번 해보자."

발을 떼면서 이미연이 둘을 번갈아 보았다.

"일단은 무단 침입 신고부터 하고."

침실로 들어가면서 이미연이 말을 이었다.

"같이 경찰에 가서 진술하기로 하자. 나, 실업자 되어서 오늘부터 시간이 많아. 경찰서에 가서 같이 놀자."

윤성의 남성이 갑자기 더 굵어진 느낌이 들었으므로 전윤희가 어깨를 움켜쥐었다. 말리려는 시늉이 그렇게 나타난 것이다. 그 순간 윤성이 폭발했다.

"아앗."

전윤희의 입에서 신음이 터졌다. 이것도 무의식적 반응으로 버릇이 된 것이다. 다음 순간 윤성이 엎어지면서 몸이 두 배는 무거워진 것 같다. 늘어졌기 때문이다. 아직도 몸이 뜨거웠지만 전윤희는 더 이상 윤성한테 기대할 것이 없다는 것을 안다. 숨이 가쁜 데다 몸은 물속 깊은 곳에서 수압을 받는 것처럼 무겁고 답답하다. 더구나 뜨거운 샘 속에 든 윤성의 남성이 급격히 시들어가고 있는 것에 짜증이 난다. 전윤희가 마침내 윤성의 어깨를 밀었다.

"나 숨 막혀."

윤성이 몸을 굴려 옆으로 누우면서 긴 숨을 뱉었다.

"어때? 좋았어?"

윤성이 버릇처럼 묻자 전윤희가 가쁜 숨을 고르면서 대답했다.

"응, 오늘은 너무 긴 것 같아."

"그래?"

비꼬는 것도 모르고 윤성이 벌쭉 웃었다. 아버지가 정빈 공장 사장인 터라 10년쯤 후면 정비공장을 물려받게 될 것이다. 알몸으로 누운 윤성이 천장을 바라보며 물었다.

"한랜드 언제 간다고 했지?"

"8일 남았어."

"그럼 그 안에 우리 어머니 만나고 가지 않을래?"

"어머니?"

머리를 돌린 전윤희가 윤성을 보았다. 결혼 때문이다. 지난번 인사를 했고 결혼식 이야기를 하려는 것이다.

"요즘 너무 바빠서, 더구나 미연이도 감독을 그만뒀고……."

전윤희가 윤성에게 몸을 돌려 가슴에 볼을 붙였다.

"한랜드에 기반을 잡고 와서 어머니 보면 안 될까? 한두 달쯤 걸릴 건데."

"그럼 그렇게 하지 뭐, 바쁜데 끌고 가는 것도 그렇다."

"미안해."

"아냐."

윤성이 전윤희의 어깨를 당겨 안았다. 선배 소개로 만난 윤성과는 3년째 교제하고 있다. 뜨뜻미지근한 관계였지만 결혼까지 약속하게 되었던 윤성이다.

"그런데 왜 이미연 씨가 감독을 그만두는 거야? 엊그제만 해도 같이 간다고 좋아하더니?"

"응, 걔가 부채가 많아서. 내가 지난번에 이야기했잖아?"

"아, 사채업자한테 빌렸다는 돈?"

"그것뿐만이 아냐."

전윤희가 팔을 뻗어 윤성의 남성을 쥐었다.

"만나는 남자들한테도 돈을 빌렸어. 내가 알기로도 세 명이 넘어."

"도대체 무엇 때문에 그러는 거야?"

"허영이지. 사치품 사고, 걘 명품백이 10개도 넘어. 지금은 다 전당포에 맡겼지만 그런데도 또 산다고…….”

“…….”

“병이야. 마약 중독 같아서 끊기가 어렵다고 제 입으로 말하더라니까?”

“그래서 사채업자가 못 가게 한 거야?”

“따라간다고 하며 난리를 치니까 자진해서 그만둔다고 한 거지. 유라시아그룹에서 알면 바로 잘릴 테니까.”

“도대체 채무가 얼마나 되는 거야?”

“자기가 그거 알아서 뭐하게?”

주무르던 윤성의 남성이 단단해졌으므로 전윤희가 몸 위에 오르면서 물었다. 오후 10시, 둘은 단골인 논현동의 극동모텔에 들어와 있다. 곧 방안에서 신음이 울렸다.

“응, 준비 다 했어?”

휴대전화를 귀에 붙인 전윤희가 부드럽게 물었다. 오전 11시, 오늘은 한랜드에서 입을 파카와 부츠를 사려고 외출 준비를 하다가 이민기의 전화를 받은 것이다. 이민기는 ‘사람’ 극단의 간판스타로 연극상을 두 번이나 수상했다.

“네, 그런데요…….”

이민기의 굵은 목소리가 수화기를 울렸다. 달콤한 목소리다. 나이가 세 살 연하지만 전윤희는 한때 이민기를 애인으로 삼을까 고민했었다. 그때 이민기에게 애인이 생겨서 포기했지만 그만큼 매력 있는 놈이다.

“그래, 무슨 일? 가불이라면 며칠 기다려. 가기 전에 자금이 나올 것 같으니까.”

들뜬 전윤희의 말이 이어졌다.

“근데, 많이는 못 줘. 유라시아그룹 쪽에서도 이런 경우는 처음이라…….”

“대표님, 저희들은 못 갑니다.”

불쑥 이민기가 말했을 때 그것을 이해하기까지 2초쯤 걸렸다.

“응? 못 가? 무슨 말이야?”

“감독을 바꾸셨다면서요?”

“응, 그래서?”

“저희들은 기계 부속이 아닙니다. 감독을 바꾼다면 저희들하고 상의라도 해야 되는 것 아닙니까?”

“이봐, 이민기 씨.”

이제 전윤희의 얼굴이 굳어졌다.

“지금 무슨 말을 하는 거야?”

“솔직히 지금까지 참았지만 대표님의 독단을 더 이상 받아들이지 못하겠습니다.”

“뭐라고? 말 다 했어?”

“전 이 감독이 없으면 한랜드 못 갑니다. 계약기간도 정하지 않았으니까 날 끌고 가지 못할 겁니다.”

“과대망상증에 빠진 것 같군.”

마침내 전윤희도 눈을 치켜떴다.

“연극을 이민기 씨 혼자서 하나? 이민기 씨 대신할 사람도 많아.”

“그러시겠죠. 그러니 하루아침에 감독을 자르고 조감독을 내세웠겠죠.”

“안 간다면 할 수 없지.”

"저만 안 가는 게 아닙니다."

숨을 죽인 전윤희가 몸을 굳혔고 이민기의 말이 이어졌다.

"안미나, 최정윤, 조수환도 같이 안 갑니다. 이제 내 대역도 없어졌죠?"

"……."

"그리고 무대감독 양기선, 분장 오미경, 단원 박문수, 조희성도 조금 전에 우리하고 행동을 같이 하겠다고 서약했습니다."

그러면 주·조연은 다 빠졌고 분장에다 주요 단원까지 제외되었다. 남은 건 엑스트라 급 대여섯 명뿐이다. 극단 '사람'은 해체된 것이나 같다.

"아니, 정말, 도대체……."

갈라진 목소리로 전윤희가 신음하듯 말했다. 두 눈이 충혈되었고 입술 끝이 떨렸다.

그때 이민기의 가라앉은 목소리가 이어졌다.

"그래서 우리가 유라시아그룹 쪽에 진정서를 내기로 했습니다. 그쪽도 알아야 될 테니까요."

"이봐, 이민기!"

전윤희가 다급하게 불렀지만 이민기는 통화를 끝냈다.

"이, 개자식."

눈을 치켜뜬 전윤희가 아직까지도 한 손에 들고 있던 빗을 내동댕이쳤다.

"이, 나쁜 년!"

저절로 전윤희의 입에서 욕이 쏟아졌다. 이미연을 욕한 것이다. 모두 이미연이 뒤에서 조종한 것이 분명했다. 심호흡을 세 번이나 하고 난 전윤희가 다시 휴대전화를 들고 윤상희의 번호를 눌렀다가 신호음이 세 번 울렸을 때 껐다. 윤상희가 별 도움이 안 된다는 생각이 들었기 때문이다. 큰일 났다. 진정서가 간다면 유라시아그룹은 계약을 취소할 가능성이 많다.

경찰서 현관을 나와 계단을 내려갈 때 휴대전화가 울렸다. 가방에 든 휴대전화를 꺼내본 이미연이 잠자코 귀에 붙였다. 안미나인 것이다.

"언니, 단원 17명 중 12명이 서명했어요. 남은 다섯은 그냥 놔뒀어요."

안미나의 목소리는 밝다. 남은 다섯은 신임 감독이 된 윤상희와 조연급 둘, 엑스트라 단원 둘이다. 극단 '사람'은 해체된 것이나 같다. 다리에 힘이 빠졌으므로 이미연은 민원상담실 앞쪽의 벤치에 앉았다. 오후 2시 반, 함께 경찰차를 타고 왔던 대부업체 조 과장과 부하는 변호사와 같이 10분쯤 전에 먼저 나갔다. 이미연이 그들을 가택 무단침입 혐의로 112에 신고했기 때문이다. 다시 안미나의 말이 이어졌다.

"조금 전에 이민기가 연기자 대표로 진정서를 갖고 유라시아그룹 기획실장을 만나러 갔어요."

"……."

"진정서 갖고 간다니까 놀라는 눈치더래요. 고 실장인가를 직접 만나러 갔어요."

"혼자 갔어?"

"최정윤, 조수환하고요. 난 애들하고 카페에 남아 있어요."

그때 이미연이 긴 숨을 뱉었다. 극단 '사람'의 한랜드 진출은 끝난 것이나 같다. 17명에서 12명이라니. 이민기, 안미나, 최정윤, 조수환이라면 모두 주연급이다. 안미나가 말했다.

"언니, 이 기회에 우리 극단 하나 다시 만들어요. 솔직히 전윤희 씨 돈도 없으면서 독단적으로 극단 운영하는 꼴을 더 이상 못 보겠어요. 이것이 이번 기회에 터진 것이라고요."

"……."

"운좋게 호박이 굴러 떨어지니까 다 제 공인 줄 알고 언니 자르고 혼자 생색내는 것 좀 봐요. 전윤희 씨가 유라시아그룹 쪽에 선금으로 10억 요구한 것 아세요?"

모르는 일이었으므로 이미연은 숨만 들이켰고 안미나가 말을 이었다.

"이민기가 전윤희 씨한테 전화했을 때 먼저 가불이 어쩌고 이야기를 꺼내더니 유라시아그룹에서 자금이 좀 나올 것 같다고 했다네요. 그래서 제가 그쪽에다 확인을 해봤죠. 그랬더니 떠나기 전에 10억을 지원해 주기로 했다네요."

"……."

"이제 끝난 거죠. 그런데 그 돈 이야기를 아무한테도 안 했어요, 나쁜 년."

"얘, 그만."

마침내 이미연이 쓴웃음을 짓고 말했다.

"걘 돈 끌어오는 재주는 특별하잖니? 난 돈 빌려 쓰다가 망한 경우에 들고."

이번에는 안미나가 입을 다물었고 이미연이 말을 이었다.

"난 지금 경찰서 마당 벤치에 앉아서 전화를 하고 있어. 사채업자가 어제 내 집에 쳐들어와서 같이 잤단다, 글쎄."

"……."

"물론 그런 거 한 건 아니고."

"……."

"내가 오늘 오전에 112 신고를 해서 같이 경찰서로 온 거야. 지금 다 끝났지만 그놈들은 오늘 저녁에 또 온다는구나. 이젠 집 앞에서 돈 받기를 기다리겠대."

"……."

"사채업자 돈 빌려서 뭐 했냐고? 술 마시고 옷 사고 가방 샀어. 참, 비즈니스석 타고 방콕도 갔다 왔구나."

"언니, 그만 해요."

"나하고 같이 잔 놈들한테서도 돈 빌려 썼어. 한 3천쯤 될 거야."

그때 통화가 끊겼으므로 이미연이 휴대전화를 귀에서 떼었다. 모두 네 놈이다. 네 명과 자고 나서 돈을 빌렸다. 매음한 것이다.

응접실로 들어선 서동수가 하선옥을 보더니 빙그레 웃었다. 오후 8시 반, 이곳은 한시티 교외의 별장, 하선옥의 숙소로 사용되는 곳이다.

"아름답군."

눈을 가늘게 뜬 서동수가 다가와 앞에 섰다.

"감사합니다, 장관님."

"참을 수가 없어서 말하는 거야. 속으로만 삭이는 건 위선이고 죄악이야."

"아이구, 장관님."

마침내 하선옥의 볼과 눈 주위가 붉어졌다. 하선옥이 저절로 몸을 비틀었다.

"부끄럽잖아요."

"이것 봐. 이것을 교태라고 하지. 얼마나 황홀한 자태인가?"

"제발 그만요."

하선옥이 눈을 흘겼으므로 서동수가 소파에 앉았다. 앞쪽에 앉은 하선옥이 웃음 띤 얼굴로 물었다.

"술 드셨어요?"

"보드카를 반병쯤, 손님들하고."

서동수의 시선이 탁자 위로 옮겨지더니 얼굴을 펴고 웃었다.

"하 박사도 한잔하고 싶은 모양이군."

탁자 위에 술과 안주가 차려져 있었던 것이다. 술은 보드카다.

"아뇨, 혹시 드시고 싶어 하지 않을까 해서."

"좋은 일 있나?"

하선옥은 한국에서 온 것이다. 서동수의 비공식 홍보책임자 겸 보좌역인 하선옥은 밀사 역할도 한다. 시선을 받은 하선옥이 이제는 정색하고 말했다.

"북한의 민생당 기세가 꺾이고 있습니다. 그것은 아직도 최고 존엄인 김동일 위원장이 적극적인 자세를 보이지 않기 때문이지요."

서동수가 머리를 끄덕였다. 오히려 김동일은 한국의 민족당 핵심 의원에게 서동수를 도와주라고 부탁하는 상황인 것이다. 그런 분위기를 북한의 고위층들이 모를 리 없다. 서동수는 하선옥에게 임창훈을 만난 이야기도 해주었던 것이다.

"국민들은 남북한연방이 되고 통일이 된 후에 한랜드로 이어지는 대한연방 계획에 환호했지만 금방 식었습니다. 변화를 피부로 느끼지 못하게 되면 잊게 되고 나중에는 싫증을 내게 되지요. 그래서 포퓰리즘이 성행하게 됩니다."

서동수가 잠자코 듣다가 다시 웃었다.

"하 실장의 말도 너무 길어. 요즘은 좋은 말도 길면 싫어하더군."

"그래서 요약된 말이 필요하지만 듣기 좋으라고 짧게 꾸민 말로 사기를 칠 수는 없습니다."

"옳지."

하선옥이 긴장하고 말했지만 서동수가 크게 머리를 끄덕이며 동감했다.

"잘 지적했어. 끊임없이 문제를 일으킨 정치인이 인지도가 높다는 이유로 선택이 되더군. 그것도 같은 맥락이야."

"비전을 끊임없이 제시해야 됩니다."

하선옥이 앞에 놓인 수첩을 집어 들고 말을 이었다.

"국민들이 지치지 않도록, 식상하지 않도록 끊임없이 새로운 비전을 내놓는 것도 정치인의 의무지요."

"과연."

"한랜드는 대한연방을 세계로 뻗게 해줄 반석입니다. 그 한랜드가 바로 장관님인 것입니다. 선전이 필요합니다."

서동수는 잠자코 하선옥을 보았다. 그리고 매번 그러지만 자신을 돌이켜본다. 내가 어떻게 이곳까지 왔는가? 나보다 나은 참모들의 의견을 받아들였기 때문이다. 서동수가 긴 숨을 뱉고 말했다.

"다시 신바람을 일으켜야 해. 그래야 시너지를 받은 한국인의 저력이 일어나."

그 신바람의 원동력이 무엇인가? 찾아야 한다.

"아, 벌써 시간이 이렇게 되었나?"

벽시계를 본 서동수가 자리에서 일어섰다. 탁자 위의 보드카도 반쯤 비워졌고 벌써 밤 11시 반이다. 따라 일어선 하선옥에게 서동수가 쓴웃음을 짓고 말했다.

"난 여자하고 같이 있으면 시간 가는 줄 몰라서 탈이야."

"저도 시간 가는 줄 몰랐어요."

하선옥이 웃음 띤 얼굴로 말했다. 하선옥은 반팔 셔츠에 면바지를 입었는데 날씬한 몸매가 다 드러났다. 서동수가 앞에 선 하선옥을 보았다.

"지금도 나하고 김동일하고 연방 대통령 선거에서 붙으면 내가 진다는 사람들이 많아. 하 박사 의견은?"

"신빙성이 있습니다."

하선옥이 똑바로 서동수를 보았다.

"남한 사람이 연방 대통령이 되면 일제가 조선 식민지를 통치했던 것처럼 북한 인민을 종으로 부릴 것이라는 소문이 그럴듯한 사례까지 붙어서 유포되고 있거든요."

머리를 끄덕인 서동수가 한 걸음 다가섰다. 이제 하선옥과는 반걸음 사이여서 손만 뻗으면 허리를 안을 수 있다. 서동수도 보고를 받은 유언비어다. 북한 민생당이 조직적으로 퍼뜨렸고 그럴듯한 사례는 한국 민족당이 조작해서 보여준다. 손발이 맞는다. 하선옥이 말을 이었다.

"또한 1년 남은 연방 대통령 선거 전에 국내외에서 어떤 변수가 돌출될지도 모릅니다."

그 변수는 수십 가지다. 일본과 중국의 견제는 마지막 날까지 계속될 것이며 민족당은 당의 명운을 걸고 저지할 것이다. 서동수가 연방 대통령이 되면 민족당은 사멸의 길을 걸어야 할 것이기 때문이다. 남북이 연방으로 통일돼 남한의 자본주의 체제를 이어받은 인사가 대통령이 되는 것이다. 민족당은 내부 구성원은 물론 당령, 당명까지 바꾸고 새로 태어나야 한다. 그때 서동수가 팔을 뻗어 하선옥의 허리를 감아 안았다.

"하 박사."

하반신이 붙었고 서동수가 부르자 하선옥이 상체를 조금 젖힌 모습으로 시선을 주었다. 그러자 하반신이 더 밀착되는 순간 하선옥의 얼굴이 붉어졌다. 서동수의 단단해진 남성을 느꼈기 때문이다. 그러나 시선은 떼지 않는다.

"통일이 되면 드러나게 될 반역자들이 있어. 그들이 필사적으로 방해할 거야."

"그렇군요."

하선옥의 두 손이 서동수의 가슴에 포개졌다.

"반역의 증거들이 드러나겠군요."

"북한 측에서 협조해줄 테니 깜짝 놀랄 만한 거물 반역자도 밝혀지겠지."

"필사적으로 나오겠군요."

그때 서동수가 허리를 감은 팔에 힘을 주었다.

"그놈들이 내 목숨을 노리고 있어."

놀란 하선옥이 숨을 들이켰고 눈을 크게 떴다.

"그것이 놈들한테는 가장 간단한 방법이지, 그렇지 않아?"

"그, 그것이 사실인가요?"

서동수가 하선옥의 검은 눈동자에 박힌 제 얼굴을 보았다. 하선옥에게 오기 전에 국정원 요원들을 만나고 온 것이다. 그들에게서 들은 것이다.

"오늘밤 자고 갈까?"

대답 대신 서동수가 묻자 어깨를 조금 올렸던 하선옥이 머리를 끄덕였다. 시선도 떼지 않는다.

"전 준비됐어요."

"무슨 준비라는 거야?"

놀란 듯 서동수가 물었더니 하선옥이 눈을 흘기면서 허리를 비틀었다. 그 순간 서동수의 남성이 하선옥의 다리 사이를 훑고 지나갔다.

다음 날 오전, 장관실에 들어와 보고를 마치고 일어나던 유병선이 생각난 것처럼 말했다.

"유라시아그룹에서 전용 연극단을 만들어서 데려오려다가 무산됐다고 합니다."

서동수는 시선만 주었고 유병선의 말이 이어졌다.

"문화사업의 일환으로 자금난에 빠진 극단을 후원할 계획을 세웠다고 합니다. 그런데……."

유병선이 '사람' 극단 이야기를 했다. 유병선의 부하였던 고영일은 지금도 수시로 보고하기 때문이다. 서동수가 듣고만 있었으므로 싱거워진 유병선이 마무리를 했다.

"김 회장이 이제는 문화사업에도 관심을 갖는 것 같습니다."

그러고는 유병선이 몸을 돌렸을 때 서동수가 물었다.

"그, 감독이란 여자 때문에 극단 초청이 무산된 것인가?"

"예, 감독 책임도 있지만 대표가 독단으로 일 처리를 했기 때문에 단원들이 집단 반발을 한 것이죠."

"감독이 낭비가 심하고 사채까지 얻어서 명품을 사는 정신 이상자라고 하지 않았어?"

"제가 그렇게 말했습니까?"

쓴웃음을 지은 유병선이 입맛을 다셨다.

"남자가 여럿인데, 그 남자들한테서도 돈을 빌려 탕진했다고 해서요."

"그런 여자가 제대로 감독을 할 리가 없지."

"하지만……."

다시 입맛을 다신 유병선이 서동수를 보았다.

"소극단 감독으로 유일하게 대한민국 연극 감독상을 두 번이나 받았다고 합니다. 배우들이 그래서 따르는 거죠."

"골치 아프게 만드는 여자군."

더 이상 이야기할 가치가 없다는 듯이 외면한 서동수가 손목시계를 보았다. 오후에 서울로 갈 예정이다. 요즘은 1주일에 한 번꼴로 서울에 가서 정치인들을 만난다. 서동수가 문으로 다가가는 유병선에게 말했다.

"한랜드에서 그런 극단을 후원해주는 것도 좋겠군. 오늘 서울에 갔을 때 추진해 보도록."

"알겠습니다."

의도적이든 아니든 간에 제가 말을 꺼낸 일이어서 유병선이 바로 대답했다.

"극단을 알아보겠습니다."

"아니, 그 사이코 감독의 극단."

서동수가 정정했다.

"남자한테 돈 뜯어내는 감독 말이야. 재능이 있다고 하지 않았어?"

"예, 그것은 그렇지만……."

"자세히 조사해 보도록."

"예, 장관님."

방을 나온 유병선이 이제는 혀를 차면서 후회했다. 가끔 지루한 보고 때 사건 사고를 끼워 넣어 분위기를 바꾸는 트릭이 필요하다. 오늘도 그런 경우였는데 귀찮은 일감을 맡게 된 것이다. 그 시간에 '사람' 극단 대표 전윤희는 유라시아그룹 기획실 과장 박양수와 통화 중이다. 박양수는 이번에 기획실장 고영일을 수행한 직원이다. 박양수가 말했다.

"저기, 알고 계시겠지만 극단 단원들의 진정서 문제도 있고, 실제로도 '사람' 극단이 제 기능을 발휘할 수 없다고 판단이 돼서요."

박양수는 말은 느렸지만 정확했다. 전윤희는 어금니만 물었고 박양수의 말이 이어졌다.

"저희 실장께서 '사람' 극단과의 계약은 무효화하겠다고 결정하셨습니다. 계약 조건에도 그렇게 돼 있으니 법적 하자도 없습니다."

그러고는 통화가 끊겼다.

전화가 왔는데 모르는 번호다. 진동으로 해놓았기 때문에 다시 점퍼 주머니에 넣었더니 떨다가 곧 그쳤다. 마치 주머니에서 벌레가 죽은 느낌이 든다. 사채업자다. 그놈들은 전화가 몇 대인지 계속 다른 번호로 전화를 해댄다. 오후 6시 반, 집 나온 지 이틀째. 같이 경찰서에 갔다가 나왔으니 놈들도 악에 받쳐 있을 것이다. 그래서 집에서 옷가지만 몇 개 싸들고 나와 이렇게 헤매고 있다. 전에는 전윤희 집에서 자거나 돈을 빌렸지만 지금은 그쪽도 원수가 된 상태. 커피 잔을 쥔 이미연이 주위를 둘러보았다. 광화문 근처의 커피숍 안이다. 문득 쓴웃음이 터졌으므로 이미연은 마시던 커피 잔을 내려놓았다. 이러면서도 잘도 연극 감독을 해왔다는 생각이 들었기 때문이다. 연극 할 때는 집중했다. 몰두했다는 표현이 맞다. 잠깐 쉴 때마다 압박감이 밀려왔고 그것을 잊으려고 또 몰두했다. 그래서 스트레스가 없으면 느슨해져서 일도 못 할지 모른다는 생각까지 들었다. 그때 주머니에서 핸드폰이 잠깐 진동했다. 문자가 왔다는 표시. 사채업자가 보냈겠지. 요즘은 문자 협박이 그대로 증거물이 되니까 점잖게 독촉하는데 그것이 더 소름 끼친다. 전화야 받으면 목소리가 쏟아지지만 문자는 읽고 지우면 된다. 그래서 이미연은 핸드폰을 꺼냈다. 과연 문자, 모르는 번호. 심호흡을 한 이미연이 버튼을 누르자 곧 문자가 떴다.

'전화를 받지 않으시는군요. 한랜드 장관 비서실 최영배 보좌관입니다. 한랜드 정부에서 문화사업의 일환으로 극단을 지원할 예정입니다. 관심이 있으면 연락 주세요.'

이미연은 읽고 또 읽었다. 이것이 전윤희에게 가는 문자가 잘못 온 것이 아닌가 생각이 들었다가 그럴 리는 없을 것 같았다. 유라시아그룹과 가계약할 때 전윤희 전화번호만 적었기 때문이다. 그리고 이건 한랜드 정부다. 유라시아그룹이 아니다. 그럼 왜? 나 같은 소극단 감독, 더구나 잘린 감독에게 이런 난데없는 연락이 온단 말인가? 연극 대상? 그건 큰 극단 감독들도 수십 명이 수십 년간 받았다. 내가 예뻐서? 아, 그만두자. 혹시 내가 SNS에서 떴을까? 엊그제 사채업자하고 경찰서 간 것이 찍혔을까? 아니, 그렇다면 한랜드 정부에서 이럴 리가 없지. 혹시 이것도 보이스 피싱? 이윽고 이미연이 발신자 번호를 손끝으로 누르고는 호흡을 골랐다. 그 순간 사채업자가 이랬을지도 모른다는 생각이 스치고 지났지만 설마 그렇게까지야. 그때 신호음이 두 번 울리더니 연결됐다.

"여보세요."

"예, 저……."

"이미연 감독이시죠?"

부드러운 사내의 목소리. 감독이라는 호칭에 갑자기 이미연의 코끝이 찡해졌다.

"네, 저기 무슨 일로……."

"문자로 간략하게 말씀드렸지만 한랜드 정부에서 극단을 지원하려고 하는데요."

"근데 제 번호는 어떻게 아셨어요?"

이건 피해망상적인 반응이지만 어쩔 수 없다. 이것이 더 궁금하다.

"예, 극단협회에서 이미연 씨 전화번호를 받았습니다."

"아아."

"소극단 감독으로 두 번이나 대상을 받으셨더군요. 그런데 '사람' 극단하고는 문제가 있어서 얼마 전에 사임하셨고."

그것은 어떻게 알게 되었느냐고 물을 의욕은 나지 않는다. 그때 사내가 말했다.

"내일 오전 10시에 광화문의 서울시청 별관 201호실로 오실 수 있으세요? 일하실 의향이 있으시다면 말입니다."

서울시청 별관 201호실은 한랜드 정부가 임차해서 사용하고 있다. 오전 10시, 한랜드 마크가 붙여진 201호실로 다가간 이미연에게 문 앞에 선 경비원이 물었다.

"누구 찾아오셨죠?"

"예, 한랜드 비서실의 최영배 보좌관님요. 저, 오늘 약속이……."

별관 입구로 들어섰을 때부터 기가 죽어 있던 이미연의 말이 끝나기도 전에 경비원이 비켜섰다.

"아, 연락받았습니다. 들어가시죠."

안으로 들어선 이미연이 벽 쪽에 앉아있는 안내원을 보았다.

"저기, 최영배 보좌관님을, 전 이미연이라고 하는데요."

다가간 이미연이 말했더니 오드리 헵번을 닮은 안내원이 자리에서 일어나 복도 옆방까지 안내했다. 방문에 가볍게 노크를 한 안내원이 문을 조금 열고 비켜섰다.

"들어가시죠."

숨을 들이켠 이미연이 안으로 들어섰다. 창가에 서 있던 사내가 이미연에게 다가왔다. 40대쯤의 단정한 인상이다.

"이미연 씨, 제가 최영배입니다."

"안녕하세요."

이미연은 제 목소리가 떨리는 것을 듣고는 폐에 숨을 집어넣었다. 최영배가 옆쪽 소파를 손으로 가리켰다.

"앉아 계시죠. 제가 실장님을 모셔오겠습니다."

실장이라니? 비서실장이란 말인가? 시킨 대로 소파 구석 쪽에 엉거주춤 앉는 사이에 최영배가 방을 나갔다. 비서실장이라면 이미연도 안다. 유병선, 한랜드 장관 서동수의 최측근으로 TV에도 여러 번 등장했다. 비서실장까지. 입안에 고인 침을 삼킨 이미연이 스커트를 당겨 무릎을 가리려고 했지만 짧아서 안 되었다. 어젯밤 안미나한테서 빌려온 정장이다. 그때 옆문이 열리더니 최영배와 유병선이 들어섰으므로 이미연이 일어섰다. 그러고는 숨을 들이켰다. 뒤에 한랜드 장관 서동수가 따라오고 있는 것이다. 이미연이 엉겁결에 머리를 숙여 인사를 했는데 정신이 없어서 눈앞이 잘 보이지도 않았다.

"거기 앉아요."

이 말은 유병선이 했다. 서동수는 잠자코 맨 위쪽 상석에 앉는다. 그래서 이미연은 유병선과 최영배를 마주보는 위치가 되었고, 서동수는 왼쪽에 앉았다. 방안에 잠깐 정적이 흘렀는데 그동안 이미연은 숨도 안 쉬었다. 그때 유병선이 정적을 깨뜨렸다.

"이번에 극단에서 해임되었지요?"

"네."

머릿속이 하얗게 된 상태에서도 대답은 했다. 유병선이 바로 다시 물었다.

"채무가 많고, 사채도 빌려 써서 며칠 전에는 경찰서에도 갔다 오셨더군."

이제 이미연은 입을 다물었다. 경찰서에서는 사채업자 조 과장에게 욕을 해대면서 기승을 부렸던 이미연이다. 시선을 내린 채 어금니만 물었다. 얼굴이 하얗게 굳어졌고 문득 벌떡 일어나 나가고 싶었지만 다리에 힘이 들어 있는 것 같지가 않다. 그때 유병선이 말을 이었다.

"오해하지 마세요. 추궁하는 것 아닙니다. 우리는 이미연 씨의 능력을 인정하고 한랜드에서의 새로운 출발을 도우려는 것이니까요."

유병선이 똑바로 이미연을 보았다.

"그러려면 분명하게 정리할 필요가 있습니다. 그렇지요?"

이미연의 어깨가 늘어졌다.

"네."

그때 왼쪽에서 목소리가 울렸다.

"자, 그럼 됐고. 둘은 잠깐 자리를 비워주지."

장관 서동수가 유병선과 최영배를 나가 있으라고 한다.

<2권 계속>